ريما بالي

غدي الأزرق

رواية

دار الآداب - بيروت

موت مختلف

ريما بالي/كاتبة سوريّة

طبعة أولى 2018

ISBN 978-9953-89-604-5

دار الآداب للنشر والتوزيع

ساقية الجنزير - بناية بيهم

بيروت - لبنان

هاتف: 861633 (01) - 861632 (03)

فاكس: 009611861633

e-mail: rana@daraladab.com

info@daraladab.com

Daraladab @Daraladab daraladab.com

جان دارك

ـ 1 ـ

نعم.. كان وضعها أسوأ؛ أسوأَ من الوضع الذي تخيَّلت أنَّه لم يعد هناك في الكون ما هو أسوأُ منه.

جثَّة حيَّة محبوسة في سرير.. وروح شبه ميِّتة مدفونة في جسد.. هذا الوضع حتمًا.. أسوأُ من الذي أنا فيه.

عندما ولجْتُ غرفتها برفقة روزيت مديرة المركز، والتي كانت تقودني في جولة للتَّعرُّف إلى أقسامه، كانت جالسة في فراشها محنيَّةَ الظهر.. تسند مرفقيها إلى ركبتيها المستسلمتين، وتلقي برأسها الثقيل القصير الشعر بين كفَّيها الكبيرتين الخشنتين... تهزّ جذعها بحركة عموديَّة، إلى أسفل.. إلى أعلى، وتضرب بكفَّيها على رأسها بانتظام مع كلّ هبوط.

ـ ماريتا.. اهدئي يا عزيزتي.. اهدئي.

خاطبتها روزيت، وهي تحرّر لها رأسها من بين كفَّيها، وتدفعها بلطف من كتفها لتُلقيها على الفراش.

عندما أراحت رأسها على المخدّة، واجهتني بعينين مفتوحتين ذاب مركز سوادهما في بقعة بيضاء ميتة، فاقشعرّ بدني وصفعني لوهلة خاطفة ذعرٌ شديد.

- لا تستطيع أن ترى.

قالت لي روزيت وهي تربّت على خدِّها.

- وتسمع القليل فقط، من خلال أذنها اليمنى.

انحنت على أذنها اليمنى، وصبَّت فيها صوتها قائلة:

- ماريتا الحلوة.. اهدئي، يا طفلتي.

نظرت إلى وجهي المذعور، وابتسمت وقالت:

- لاتستطيع مغادرة الفراش أيضًا، ولا الكلام. نصفها السّفليّ مشلول تقريبًا، تحرِّك فقط ذراعيها، ولكن بوهن وصعوبة.. ليست خطيرة؛ تكون عصبيَّة أحيانًا، لكنَّها مسالمة.

رَسَمْتُ شبح ابتسامة ودود لأُرخي التشنُّج الذي أصاب قسمات وجهي، وتذكَّرت أنَّ ما مرَّ عليّ من مشاهد وقصص منذ زمن قريب، لم يكن أقلّ فظاعة من حال ماريتا، ولكن في إطار مختلف.

- ما الذي سبَّب لها كلَّ هذا؟

- الأيدز، ومضاعفاته.. وأبشعُها التهاب الدماغ!

- آه!!!

انسحبت ابتسامتي الودود تاركةً مكانَها لذهول شاحب، وعدتُ إلى تأمُّل ذلك الجسد البدين المسجَّى على السَّرير، باحثةً عن الرُّوح التي تسكنه، وعن ماهية الشّعور الذي يسكنها.

غادرتْ روزيت الغرفة فتبعتها، وانتقلت خلفها من واحدة إلى أخرى، متفرِّجةً ومستمعة إلى ملاحظاتها ووصفها لحالات نُزلاء المأوى الذين كنَّا نلتقيهم في الغرف.

ـ وهذه إيڤا.

قالت لي عندما دخلنا الغرفة الأخيرة في الرُّواق، مشيرة إلى امرأة سمراء كانت تقف أمام النافذة، موليةً ظهرَها للباب الذي دخلنا منه، وسارحة في الأفق البعيد.

ـ صباح الخير إيفيتا.

ـ صباح الخير.

أجابتها وهي تدير وجهًا منهَكًا في اتّجاهنا.

ـ كيف حالك هذا الصباح؟ ألن تخرجي إلى الحديقة؟

ما إن استدارت إيڤا، حتّى نظرَتْ إليَّ باستغراب، ولم تُجِب.

ـ هذه ندى، المشرفةُ المسائيَّة الجديدة.

قالت لها روزيت مشيرة إليَّ، فهزَّت إيڤا رأسها وهي تتابع تحديقها فيَّ بوجل.

ـ مرحبًا، إيڤا!

حيَّيتُها بابتسامة خفيفة، وراعني الشَّبهُ الكبير بينها وبين مارتا. كانت تحمل الوجه نفسه فوق جسم أنحف.

«إيڤا هي أخت مارتا التوأم».

عاجلتني روزيت قبل أن أسأل بعد أن غادرنا الغرفة.

«نعم، لقد لاحظت الشَّبَه»، أجبت، وأضفت:

ـ وما هي علتّها هي الأخرى؟

ـ الأيدز أيضًا، لكن حالتها مستقرَّة نوعًا ما.

«إذًا، لماذا لا تقيمان بغرفة واحدة باعتبارهما أختين؟»، تساءلت.

«مستحيل»، قالت روزيت، وأضافت: هما تكرهان إحداهما الأخرى!

باكتمال الجولة على الغرف والصالات وقاعات الجلوس والحديقة المحيطة بهذا المركز المتطوّر، القائم على بعد نحو عشرين كيلومترًا من مدينة ميتز الصغيرة شرقيّ فرنسا، والمختصّ بإيواء المصابين بالأيدز وذوي العاهات والإعاقات الجسديّة والعقليّة ومعالجتهم، كنت قد اطّلعت بصورة خاطفة على عدد من المآسي الحيّة التي جعلتني أشعر بالانكماش والنفور، وأتساءل سؤالًا وجوديًا ملحًّا: لماذا يعيش هؤلاء؟

أكثر ما تشبّث بمخيّلتي كان صورةَ التوأم المنكوب بداء الأيدز، وداء الكراهية. واعتراني فضول كبير لأعرف السَّبب الذي دمَّر جسدَيْ هاتين المرأتين، ودمّر صلة الرَّحِم وصلة المشيمة اللّتين تربطان بينهما.

كيف يشعر التوائم؟ أو حتّى الإخوة العاديّون؟ ما هي تلك الصلة الخفيّة التي تربط بينهم؟ وماذا يحلّ بها حين يفترقون، ويتبادلون الكراهية؟

أنا لا أعرف هذه المشاعر، باعتباري وحيدةَ أَبَوَيّ، لكنّني لطالما شعرت بأنَّ نبيلًا هو توأمي وشقيقي، قبل أن يكون زوجي ووالد ابني الوحيد. ولطالما شعرت بأنَّ هناك صلة خفيّة كانت توحّدنا؛ كانت.. وتلاشت منذ قليل، أو كثير من السنين. تلاشت من دون أن أتذكّر بالتّحديد كيف، ومتى، ولماذا؟ تلاشت حتّى من قبل أن تبدأ مأساة عمري، حين فارقني وحيدي بعد أن مزّقت قذيفة ملعونة جسدَه الجميل وحوّلته إلى شهيد، وحين كان عليّ أن أقف هناك لأتلقّى التهنئة بموته، ولأسمع كلامًا سمجًا كان يُسكَب بارودًا فوق ناري وملحًا على وجودي الذي استحال جرحًا كبيرًا لم يتخثّر الدم على فوّهته الأليمة.

لست أذكر اليوم الذي تعرّفت فيه إلى نبيل، بل أشعر بأنّني وُلدت وأنا أعرفه، مثله مثل أمي وأبي وجدران بيتنا والعصافير الرماديّة التي كانت تحطّ لتنقر الفتات من على عتبات نوافذه.

والدته، مدام أوديت، كانت صديقة أمي، ومديرةَ أعرق وأهمّ مدرسة خاصّة في حلب: الـ«جان دارك»؛ المعهد الجميل الذي بُني في حيّ العزيزيّة على يد الرهبنة التبشيريّة «مار يوسف الظهور» التي تأسَّست في فرنسا وضمَّت راهبات من جنسيَّات متعدِّدة، أُرسلن إلى جميع أنحاء العالم، وإلى الشرق الأوسط بصورة خاصَّة، لتأدية مهمَّتهن الرسوليَّة من خلال نشاطاتهن التعليميَّة والتثقيفيَّة. وقد قمن بتدشين معهد الـ«جان دارك» للبنات في حلب في شباط 1910.

كان نبيل الذَّكَر الوحيد في الـ«جان دارك»، وقد بقي كذلك طوال المرحلة الابتدائيَّة، قبل أن تتحوَّل مدرستنا إلى مدرسة مختلطة، بعد أن تمَّ افتتاح قسم للذكور عندما بلغنا المرحلة الإعداديَّة.

كان التلميذَ الذهبيّ المدلَّل؛ أَسرَ قلوب المعلِّمات ومحطَّ تبجيل التلميذات. وأنا كنت محطَّ غيرتهن لأنَّه كان صديقي، وكنت فتاته المفضَّلة.

كان يحقّ له دائمًا، أن يقتحم غرفة الإدارة بأريحيَّة، ليتحدَّث إلى أمِّه، بينما كنت كالعادة أرافقه كظلّه. كانت تلك الغرفة تغصّ غالبًا بالمعلّمات والمشرفات اللَّواتي كنّ يتهافتن، بمجرَّد رؤية نبيل، على إظهار محبتهنَّ له تملُّقًا لوالدته، ثمَّ على إظهار محبَّتهن لي تملُّقًا له.

صبيٌّ في مدرسة البنات، أمرٌ ما كانت ستسمح به الأنظمة الصارمة لراهبات «مار يوسف الظهور»، اللَّواتي حزمن متاعهنّ وكتبهنّ ورحلن لتأدية رسالتهنَّ التبشيريَّة في بلاد أخرى، قبل أن نطأ أنا ونبيل عتبة ذلك البناء الفخم والمهيب.

بعد قيام ثورة الثامن من آذار في سوريا وبدءًا من العام 1968، استولت الحكومة تباعًا على المدارس الخاصَّة، وكفَّت شيئًا فشيئًا أيدي الراهبات المرسلات، بمَنْ فيهن راهبات «مار يوسف الظهور»، عن العمليَّة

التدريسيَّة، وأعادتهنّ من حيث أتين. وعيَّنت لكل مدرسة جهازًا إداريًّا تابعًا لوزارة التَّربية والتَّعليم، يتمتَّع أفراده بميزة الانتماء إلى حزب البعث العربيّ الاشتراكيّ، وهو الحزب الحاكم والمسيطر على كلّ مفاصل الدولة حينها. وهكذا، عُيِّنت أوديت نحاس، الشابَّة القياديَّة والطموحة والحزبيَّة الملتزمة، مديرةً لمعهد الـ«جان دارك» الذي كان يضمّ بين جدران صفوفه الفخمة والواسعة وباحاتِه الفسيحة وممرَّاته الجميلة والمترَفة، جيلًا من بنات أكبر عائلات مدينة حلب.

وبين تلك الجدران وفي تلك الباحات والممرَّات، تفتَّحت عيون وجهي وعقلي وروحي على عوالمَ من خيال فاتن، يلفُّه غموض مشوب برهبة ووَجَل.

كانت مدرستنا تلك مسرحًا مثاليًّا لطفلين فضوليَّين مثل اللذين كنَّاهما أنا ونبيل. كان بناؤها الفرنسيّ التصميم يتألَّف من طابقين تصل بينهما سلالمُ عريضة كقصر من قصور العصور الغابرة. كانت الممرَّات واسعة، وقاعاتُ الصفوف كبيرةً وعالية الأسقف، وأرضها مكسوَّة ببلاط مزخرف وجميل. وكانت جدرانها قد احتفظت ببعض اللَّوحات القديمة التي عُلّقت عليها في عهد الراهبات، بينما أُزيلت عنها الصلبان والصور الدينيَّة، وكذلك التماثيل الكبيرة التي تمثِّل قدِّيسين وشخصيَّات فرنسيَّة مشهورة.

نظرًا إلى نفوذ نبيل، ابن المديرة المدلَّل، كان يُغَضُّ النَّظر عنَّا حين كنَّا نتسلَّل إلى الأسطح والأقبية، ونقتحم القاعات التي هُجرت بعضها وأُغلقت بعد رحيل البعثة الرسوليَّة الأجنبيَّة، حيث كنَّا نتخيَّل قصصًا تاريخيَّة ونشارك في صنع أحداثها وأداء أدوار البطولة فيها. القاعة الأحبّ إلى قلبينا كانت تلك التي تحتوي على اللَّوحات والتماثيل التي تمَّ نزعها من الصفوف بانتهاء عهد الراهبات، وأهمُّها تمثال لجان دارك، بالحجم الطبيعيّ.

ذلك التِّمثال الحجريّ، الذي نُحِت على هيئة امرأة شابَّة ترتدي درعًا عسكريّة وخوذة، وتحمل سيفًا سامقًا في يمناها وحربةً طويلة برأس مدبَّب في يسراها، كان قِبلتي وفتنتي وفارسَ أحلامي، ومحرِّضَ خيالاتي الطفوليَّة.

كانت أنفاسي تتقطَّع إثارة ورهبة عندما كنت أصعد مع نبيل إلى تلك القاعة المظلمة والمهجورة في الطابق الأعلى. وعلى هَدْي ضوء شحيح يتسلَّل من خلف النوافذ والستائر المغلَقة، كنَّا نتَّجه بوَجَل وإجلال إلى حيث انتصب التمثال المهيب، ونصرف دقائق الاستراحات بين الحصص ونحن نتأمَّله ونتبادل تأليف القصص والحكايا عن صاحبته؛ البطلةِ الفرنسيَّة: جان دارك.

عندما كنت أحكي لنبيل القصَّة التي سمعتها من أمِّي عنها، كان يقاطعني دائمًا ليقول: كانت امرأة مجنونة! كان قوله هذا يُغضبني ويحبطني. وفي نهاية جولات المناقشة التي كان يربحها دائمًا، كنت أصمت بيأس، وأحتفظ في داخلي بإيماني الرَّاسخ ببطلتي الأسطوريَّة التي وُلدت ضمن عائلة من الفلَّاحين في إحدى قرى فرنسا في العام 1412، ثمَّ قادت جيش بلدها إلى نصر كبير، مدفوعةً بأصوات كانت تدَّعي أنَّ اللَّـه يرسلها إليها. وقد اتُّهِمت لاحقًا بالعصيان والزندقة وقُدِّمت إلى محكمة كَنَسيَّة بتهمة الهرطقة بعد أن أسرها الإنكليز في ظلّ تجاهل أقربَ إلى التواطؤ من قِبَل ملك بلدها، إذ قيل إنَّها بيعت في مقابل المال، ثمَّ أُحرقت حيَّةً عن عمر لا يتجاوز التاسعة عشرة.

كنت أعلن بسكون عدم اقتناعي بما يقوله نبيل، وأُقنع نفسي بأنّه يقول ما يقوله ليُغيظني، لأنَّه كان يغار من جان دارك، إذ كان يشكّ في أنّني ربَّما أحبُّها أكثرَ ممَّا أحبّه.

لم أكن أجرؤ أبدًا على مخالفته. كنت أقتنع غالبًا بكلّ ما يقوله، وحين كنت أشكّ في مرّات نادرة في وجهة نظره، كنت أصمت وأحتفظ بشكوكي لنفسي، إذ لم أكن أحبُّ أن أجرح كبرياء رَجُلي الصغير.

قَدَرنا الذي جمعنا في المدرسة كزميلين في صفّ واحد، جمعنا أيضًا خارجها كطفلين وحيدين لأبويهما، وهو أمرٌ كان قليل الشيوع بين العائلات الحلبيّة وقتها: أنا بسبب إصابة أمّي بسرطان مبكّر في الرَّحِم أجبرها على استئصاله بعد ولادتي بسنوات قليلة، وهو بسبب قرار شخصيّ من والدته التي كانت مستلَبة اللُّبّ بفكرة المرأة العصريّة العاملة، والتي يجب ألّا يعيقها شيء عن تحقيق النجاح الذي تصبو إليه.

كان يصطحبني، خارج أسوار المدرسة، للَّعب في «المشتل»؛ وهو الاسم الذي كنّا نطلقه على الحديقة العامّة الكبيرة الأشهر في حلب، ذات التخطيط المطابق لحديقة فرساي في باريس، والقريبةِ من منزلينا في حيّ العزيزية. وعند الخروج من «المشتل»، كان كثيرًا ما يدعوني، كرجل صغير، إلى كؤوس «البوظة» في كافيتريا «هافانا» المواجهة للبوابة الكائنة في حيّ محطّة بغداد، حيث كنّا محطّ دهشة الزبائن وتَفَكُّه العمّال لصِغَر عمرنا الذي لم يكن قد تجاوز العاشرة. وكنّا أيضًا نتبادل الزيارات في منزلينا، بما أنّه كان يقطن على مقربة منّي. زارني في بيتي مرّات قليلة في حين كنت أتردّد إلى منزله كثيرًا.

كانت أمّه دائمًا مشغولة خارج المنزل، إذ كانت، ما عدا أوقات دوامها في المدرسة، تداوم في مكتب الاتّحاد النسائيّ العامّ، حيث كانت عضوًا ومسؤولة قياديّة فعّالة. وعليه، كنّا نستمتع أنا ونبيل باللّهو في البيت الفارغ ما طاب لنا من الوقت، ونطلق العنان لخيالينا باختراع ألعاب نستخدم فيها كلّ زاوية من أرجاء المنزل الكبير، ولم نوفّر المطبخ حيث كنّا نخبز البيتزا ونقلي البيض ونجرّب صُنع بعض أنواع الحلويات التّعيسة.

كان نبيل ماهرًا في ذلك كلِّه، باعتباره الطفلَ الذي كان عليه دائمًا أن يعتمد على نفسه في ظلّ غياب والديه الدائم. أبوه كمال نعمه، الذي يعود أصله إلى مدينة اللاذقية، رجلُ أعمال كبير، متعدِّدُ المشاريع وكثير العلاقات، وشريكٌ لكثير من المسؤولين النافذين في البلد. أمَّا والدته، مدام أوديت نحاس، النسخةُ السوريَّة الحلبيَّة عن المرأة الحديديَّة، فلم يقف طموحها عند إدارة مدرسة الـ«جان دارك»، بل سار بخطوات كبيرة نحو مراكز أهمّ، إذ تبوَّأت منصب مدير التربية والتَّعليم لسنوات عديدة، قبل أن تستلم الحقيبة الوزاريَّة الخاصَّة بالتربية والتَّعليم في العام 1994، وتحتفظ بها لعشر سنوات متتالية.

في ذلك العام نفسه، الذي بلغنا فيه أنا ونبيل عامنا الثالث والعشرين، قمنا بتتويج مشوارنا الطويل بالزواج في حفل كبير ذاع صيته في سوريا، إذ حضرته الحكومة جمعاء تلبية لدعوة الزميلة الجديدة؛ وزيرةِ التربية والتَّعليم، والتي كانت تحتفل بزفاف ابنها الوحيد، الشابّ المرموق والذي تخرَّج لتوّه من كلِّيَّة الصيدلة بتقدير جيِّد جدًّا.

طلبني نبيل للزواج فجأة عندما صادفني في الشارع بعد قطيعة طالت أكثر من عام، لم يقل ساعتها إنَّه اشتاق إليّ، أو إنَّه لم يحتمل العيش من دوني، بل قال ببساطة:

- هذا يكفي.. سأتقدَّم لخطبتك.. أنت لي، ومستحيل أن أتخلَّى عنك لأحد غيري!

حدثت بيننا تلك القطيعة بعد أشهر من التحاقنا بالجامعة ونحن على مشارف عامنا التاسع عشر، عندما بدأت أشعر بأنَّه يتغيَّر، ويكذب، ويتوق إلى الجَرْي خلف فتيات أُخريات، ويميل إلى الاستسلام لمحاولات الكثيرات منهنَّ استمالتَه.

صديق طفولتي وشبابي ومصمّم أحلامي، كان مرافقي الذي التصق بي كظلّي، وفارسي الذي حماني وردَّ عني شرور الدُّنيا وخيراتها على السّواء. صار اسمه هويَّتي أكثرَ من اسمي نفسه، إذ لُقِّبت به دائمًا وأبدًا، بحسب تطوُّرات العلاقة على مرّ السنين، من رفيقة نبيل حتّى زوجة نبيل، مرورًا بصديقة، حبيبة، خطيبة... نبيل. كنت عندما ألتقي شخصًا للمرَّة الأولى وأهمّ بتعريفه على نفسي، أسمعه يقاطعني بالقول:

ـ آه.. أظنّ أنَّني أعرفك.. ألست صديقة نبيل.. حبيبةَ نبيل... خطيبةَ نبيل... زوجةَ نبيل؟!

لم يقل لي أحدٌ يومًا:

ـ آه.. أظنّ أنَّني أعرفك.. ألست ندى خيّاط؟!

كنت معروفة في المدينة (في نطاق مجتمع النخبة طبعًا) بصفتي فتاتَه، باعتباره كان مشهورًا في الأساس كشخصيَّة اجتماعيَّة مرموقة ومحبوبة، ليس فقط لمركز والديه، وإنَّما أيضًا لجاذبيَّته الظريفة والكاريزما الهائلة التي كان يمتلكها.

كنت مفتونة به، ومأخوذة بتأثيره الكبير في الناس أجمعين؛ بظُرفه وخفَّة دمه اللذين يجعلان الحديث معه سلسلة من نكات مرحة وفكاهات مضحكة لا تنتهي؛ بذكائه الحادّ الذي كان يعرف كيف يسيطر به على تفاصيل حياته وحياتي، وذلك منذ أن تفتَّحت عيناي على الدُّنيا والتقيته في سنّ الثالثة في زيارة قامت بها أمّي لصديقة لها، وتعرَّفَتْ فيها إلى والدته التي كانت تصطحب معها ابنها الشقيّ الذي قرَّر منذ اللَّحظة الأولى أنَّ هذه الصَّغيرة الخجولةَ الرَّقيقةَ الجسد والجميلةَ النَّظرات، هي بعضٌ من مخصَّصاته.

طبعًا، أنا لا أذكر تلك اللَّحظة. أمّي حكت لي عنها لاحقًا حين سألتها كيف تعرَّفَتْ إلى أوديت نحاس التي صارت حماتي. بالنِّسبة إليَّ، معرفتي

بنبيل لم تكن حدثًا بدأَ في لحظة معيَّنة من عمري، بل حقيقة وُجدت في حياتي قبل أن يبدأ وعيي بالتشكُّل، في زمن أقدم من أن تبلغه ذاكرتي.

وعلى الرَّغم من أنَّنا كنَّا في العمر نفسه، بل على الرَّغم من أنَّني كنت أكبره بشهر ونيّف، فإنَّني كنت أشعر دائمًا بأنَّه الأكبر، والأقوى، والأكثر فهمًا ومعرفة وذكاءً.

ـ هناك خطأ ما في تسجيل تاريخ ميلادك، يا صغيرتي.

كان يقول لي ذلك دائمًا، عندما كنت أذكِّره بأنَّني أكبر منه سنًّا، وعليه أن يأخذ رأيي في عين الاعتبار.

عندما درجنا معًا من الطفولة إلى المراهقة، بدأ جسدي، ومعه وجداني، بالغوص في متاهات الأنوثة، قبل أن يبدأ رفيقي بالتحوُّل من طفل شقيّ إلى شابّ متفجِّر بالحياة. في تلك الفترة، شعرت للمرَّة الأولى في حياتي بأنَّني مستلَبة من قِبَل طفل. حاولت أن أتمرَّد، لكنَّني تراجعت، فقد قمع الطفل المتسلِّط ثورتي، وأقنعني من جديد بأنَّه هو صاحب القرار في حياتي، لأنَّه يعرف أكثر منِّي، بالفطرة ربَّما، أو ربَّما فعلًا هناك خطأ ما في تسجيل موعد ولادتي.

عندما بدأت أتوق إلى الحبّ، بكلّ أشكاله الروحانيَّة والجسديَّة، كان نبيل هناك ليروي أشواقيَ الغضّة والمراهقة. عندما قبَّلَني للمرَّة الأولى، بدا حنونًا وقويًّا، واثقًا بنفسه ومتمكِّنًا ممَّا يفعل. أصابتني تلك القبلة بالدُّوار والدَّهشة من دون أن تثير فيّ أيَّ مشاعر حسّيَّة أو لذَّة جنسيَّة، فاستسلمت له بهدوء بينما كان ذهني يغلي ويسألني بإلحاح: كيف يعرف نبيل أن يتصرَّف هكذا؟

في الفترة الأولى، وبعد أن بدأ يتسلَّل بيديه وشفتيه فوق جسدي، انتابني شعور غريب بالندم والغرابة. لم تتناغم أنوثتي التي مزَّقت لتوِّها شرنقةَ الطفولة، ولا مشاعري الجديدةُ التي تتوق إلى الغامض والمجهول،

مع رغبات مَنْ كان بمثابة توأمي الذي أعرفه عن ظهر قلب، ورفيق طفولتي وكلّ لحظات حياتي القديمة. كنت أشعر بالإثم عند كلّ لمسة من لمساته، كأنّني أنا من كنت ألامس نفسي بشكل محرَّم. وتطلّبَ الأمر فترة غير قصيرة من الزمن، حتّى انتزعت من أعماقي صورة نبيل التوأم وصديق الطفولة، لتحلّ مكانَها صورةُ نبيل الرّجل الجذّاب المثير، والعاشق الخبير الذي يعرف كيف يوصلني إلى شعور جديد غريب، يشبه في لذّته الخاطفة للأنفاس التحليقَ في فضاء عالٍ والقفزَ منه إلى بحر عميق.

استلبني من جديد، ومكّن أسواره العالية حول ندى الأنثى، كما كان قد مكّنها قبلًا حول الطفلة الخجول. صرت أشعر بأنّه الرّجل الوحيد في عالمي، واستسلمت بلذّة لهذا الشعور لبرهة لم تطل كثيرًا من الزّمان، إذ سرعان ما اكتشفت أنّني لست الأنثى الوحيدة في عالمه.

لكنّه أنكَر، وكَذّب أحاسيسي، وقال إنّني واهمة وخياليّة. وكثيرًا ما ردَّد باستخفاف أنّني فتاة مجنونة. كان قوله هذا يذكّرني بجدالنا الطفوليّ بشأن جان دارك، والذي كان يُنهيه دائمًا، بأنّها كانت فتاة مجنونة. كنت وقتها أصمت، كما صرت أصمت الآن، وأحتفظ بشكوكي لنفسي، متجاهلةً حَدْسيَ والصوتَ الذي كان يئنّ في داخلي ويريد التّعبير عن شيء ما، ما كنت أسمح به لأنّه كان يقوّض ولائي لنبيل.

لم يؤرّقني الوضع كثيرًا حينها وإن آلمني قليلًا. كنت أتعامل مع ذاتي بشكل طبيعيّ وأقنعها بأنّ هذا هو قَدَرها بحلوه ومرّه، والذي يجب أن تكون فخورة به لا متمرّدة عليه. وبين الحين والآخر، كنت أمتّع نفسي بقراءة بعض الرّوايات، وبعض المقالات، أو مقتطفات من كتابات نوال السعداوي. وعلى الرّغم من أنّ ما كنت أقرأه كان يسحرني ويُدير رأسي، فإنّني كنت مقتنعة ضمنيًا بأنّ النّساء اللّواتي تخاطبهنّ السعداوي لا يمتنّ إليّ بصلة: أنا شيء آخر لا يشبه أيّ نوع من النّساء؛ أنا لست امرأة عادية؛ أنا امرأة نبيل.

امرأة نبيل، هويَّتي المكتسَبة والتي كانت موضع حسد الناس الذين لا أعرفهم، وموضعَ فخر الناس الذين يعرفونني: أمّي، أقربائي، جيراني وأصدقائي؛ الجميع، باستثناء والدي.

بطرس خيّاط، الموظَّف البسيط في دائرة الحبوب والمطاحن، والمواطنُ الصالح الذي لم يصالحه الوطن، والمثقَّفُ الذي جنَتْ عليه ثقافته، والطَّموحُ الحالم الذي تحطَّم حلمه، واستقال من طموحاته كلّها.

كان أبي، منذ طفولتي، متوجِّسًا من علاقتي بابن «المديرة البعثيَّة»، كما كان يسمِّي حماتي. كان يجافيه بشكل بعيد عن اللُّطف حين كان يقوم بزيارتنا، ويوبِّخني بغير حدَّة حين كان يعرف أنَّني كنت في زيارته، وينصحني، بحزم ومن دون عنف، بأن أخفِّف التصاقي به، وأن أضع حدودًا لعلاقتي بابن المسؤولَين ذاك، واصفًا والديه بالوصوليَّين الانتهازيَّين.

بطرس خيّاط، كان في أُولى سنوات شبابه من أكثر المتحمِّسين لحزب البعث عندما استلم دفَّة القيادة في سوريا في العام 1963، وقد انخرط في صفوفه مؤمنًا بمبادئه وملتزمًا بأهدافه النَّبيلة التي وجد يومها أنَّها الحلّ الوحيد للتَّخلُّص من حالة التَّخبُّط والضياع التي يعيشها المواطن العربيّ.

لكنَّ ثقته تلك وحماسته بدأتا بالتداعي مع مرور السَّنوات، حتَّى تلاشتا نهائيًّا، تزامنًا مع امتداد نفوذ الحزب وتفرُّده بالحكم وسيطرته الكاملة على كلّ مفاصل الدولة وهيئاتها. وتحوَّل المؤمن الموالي إلى معارض صامت لهذا الحزب عندما لمس كمِّيَّة الفساد والانتهازيَّة في صفوفه، واطَّلَع على الممارسات المدمِّرة التي كان يقوم بها أعضاؤه الذين كان يسيطرون على البلد ويحاصرون الوطن ويقاسمون المواطنَ لقمةَ عيشه، ولكنْ بحصَّة الأسد، متغافلين عن الالتزام بالأهداف والقواعد السامية المكتوبة والمنصوص عليها، والتي كان والدي قد آمن بها ووجد فيها خشبة الخلاص من التخلُّف، ودربَ الصعود إلى مصاف الدول المتقدِّمة.

كنت أسمعه يتحدَّث في البيت معبِّرًا عن سخطه وغيظه، وأسفه للتَّدهور الذي ألمّ بالحالة الاقتصاديَّة للبلد، وللضنك الذي بدأ يُحْكم سيطرته على الطبقة الوسطى التي كانت تشكِّل شريحة كبيرة من الشعب، ليُجبرها على الانحدار إلى مدارك الطبقة الأدنى.

كما كنت أسمعه يحكي قصصًا مفجعة حدثت لأصدقائه ومعارفه وزملاء له، راحوا ضحيَّة الفساد والبيروقراطيَّة وعدم تكافؤ الفرص.

«لقد بلعوا البلد!» كان يقول.

كنت أسمع ذلك كلَّه، وأصدِّقه، لكنَّني كنت أصدِّق أيضًا، أنَّ والدَيْ نبيل هما استثناء عن كلّ تلك الأجواء. كنت أؤمن بأنَّ في كلّ مجتمع، مهما يكن ملوَّثًا، شريحةً ولو صغيرة من النَّاس الشرفاء. ووالدا نبيل كانا حتمًا من تلك الشريحة.

خلال الأوقات الكثيرة التي كنت أُمضيها في بيتهما، كنت كثيرًا ما ألتقط أطراف جدال دائر بينهما بشأن كثير من القضايا العفنة التي كانت تدور هنا وهناك في الدَّوائر الرسميَّة للبلد. كنت أرتاح عندما أسمعهما ينتقدان ما يحدث ويستنكرانه، وأجدِّد ثقتي بنزاهتهما، محرِّرةً إيَّاهما من الوصمة التي كان والدي يصمهما بها عندما كان يدعوهما بالوصوليِّين والانتهازيِّين.

بطرس خيّاط، كان أكثر مَنْ فَرِح عندما انفصلت عن نبيل. لم يستطع، لفرط سعادته، أن يحترم مشاعري. عبَّر لي عن ارتياحه العميق، في حين كنتُ أشعر بأنَّني في الجحيم، فكرهته يومها، وأغاظتني سعادته، واتَّهمته في قلبي بالحقد الطبقيّ، وحمَّلته وِزْر انفصالي عن نبيل، على الرّغم من أنَّ سبب قطيعتنا لم يكن يمتُّ بصلة إلى مشاعر أبي وأيديولوجيَّته، لا من قريب ولا من بعيد. لقد تركني نبيل، لأنَّني حاولت التَّمرُّد والاعتراض على

سلوكه في المرحلة الجديدة من حياته. تركني لأنّني عرفت أنّه يخونني وواجهته بذلك. تركني لأنّني قلت له للمرّة الأولى في حياتي: أنت تكذب.

في بداية تلك السنة المشؤومة (كما تراءت لي حينها)، حدث أوّل انفصال جغرافيّ بيننا، قبل أن يتبعه الانفصال العاطفيّ، وذلك عندما انتسب نبيل إلى كلّيّة الصيدلة، بينما انتسبت أنا إلى كلّيّة الأدب الفرنسيّ لأنّ معدّلي العامّ في الثانوية العامّة، البكالوريا، لم يؤهّلني للانتساب إلى كلّيّة الصيدلة مثله.

بدأ ضياعي منذ أن وطأتُ كليّة الآداب وحدي. أمّا هناك، في مبنى كلّيّة الصيدلة، فقد بدأ فصل مشرق جديد من حياة نبيل لا مكان لي فيه، لم ينتهِ بنهاية فراقنا وإعلان خطوبتنا، ثمّ زواجنا، وإنّما استمرّ مرافقًا حياتَنا طوال السنوات التي عشناها معًا.

المجتمع الجديد الذي اقتحمه نبيل بحماسة من دوني، تلقّفه بدوره بذراعين مفتوحتين. أمّا أنا، فقد فشلت في أن أنخرط في علاقات حقيقيّة مسلّية ومرحة مع زملائي في كلّيّتي البعيدة. كنت أشعر بالوحدة والانكماش، وأترقّب انتهاء المحاضرات لأطير طيرانًا إلى كلّيّة الصيدلة، لأجدَ توأم روحي منهمكًا في حوار مرح وصاخب مع شلّة كبيرة يتزعّمها هو، أو لأضبطه منفردًا بإحدى الجميلات في إحدى الزوايا، مع ابتسامة سخيفة حالمة وجفنين شبه مُسبَلين.

أن أجد نبيلًا نجمًا يسطع في سماوات لا تظلّل أراضي وجودي؛ أن أجده شابًّا فاتنًا يُغدق سحر رجولته ويصطلي بأنوثة نساء غيري... أمران فاقا طاقتي على الاحتمال، وقاداني إلى حافّة الجنون، بل دفعاني من تلك الحافّة إلى هاوية عميقة، ابتلع سوادُ قعرها توازنَ عقلي وسلام قلبي، فتمرّدتُ؛ قطفت التفاحة المحرّمة وقضمتها، واستحققتُ أن أُطرد من الجنّة التي ما تعوّدت غيرها. عاقبني نبيل؛ ذاك الذي كان شريكي اللّطيف واستحال

ديكتاتوري الجبّار؛ عاقب تمرُّدي عليه بالنَّفي من العالم الذي ما عرفت تنفُّس غير هوائه، لمدة خمسة عشر شهرًا.

خمسة عشر شهرًا من الفراق؛ خمسة عشر شهرًا من دون نبيل، عشت فيها ضَياعًا حقيقيًا وعجزًا صارخًا عطّلاني عن ممارسة أتفه الأمور في حياتي، إلى درجة جعلتني أرسب في سنتي الجامعيَّة الأولى، بينما نجح هو ونال معدَّلًا مرتفعًا، فضلًا عن كسبه جيشًا من الأصدقاء والصديقات والمريدين والمعجَبات، وعشراتِ الخبرات الجديدة وكثيرًا من الإنجازات.

أتذكَّر اليوم بدهشة، ذلك الوهَن الكئيب الذي عشته في تلك الشهور. لماذا كنت مستلَبة بكلّ ذلك القَدْر وضعيفةً؟ لماذا أهدرت تلك الفرصة الذهبيَّة للحرِّيَّة التي سنحت لي وأنا شابّة لم تبلغ العشرين، جميلةٌ ونضرة وتمتلك كلّ مفاتيح الحياة؟ لماذا لم أُصغِ إلى كلمات والدي الذي أحرق وجدانه دفاعًا عن كياني الغضّ الذي دُسته بغباء وقنوط وعناد أحمق ذليل. لقد كنت وقتها تجسيدًا حيًّا للمَثَل الذي يقول: «إذا أمطرت السماء حرية، فهناك من يحتمي بمظلة»! لقد احتميت تحت مظلّة قنوطي عندما ثارت حولي عواصف التَّغيير. ولكنْ، لم يكن لديَّ الخيار. كنت مقتنعة بأن لا سماء في حياتي من دون شمس نبيل، وأنَّ هذه العاصفة ستقتلع جذوري. كنت خائفة كعصفور سقط من عشّه قبل أن يتعلَّم الطيران، فَكِرهَ الطيران. كنت فتاةً مشوَّهةَ الرُّوح. نعم، هذه هي الحقيقة. ولكن، مَنْ هو المسؤول عن هذا التشوُّه؟ هل هو قَدَري الذي ألقاني في شِباك ذلك الصيّاد الصَّغير من قبل أن أدرك ما هي الحياة، وما هي الحرِّيَّة؟ أم أنّه استسلام أهلي واستسهالي الحياةَ في كَنَف من ظننت أنّه يحميني، إلى درجة أن وهبته حياتي ليعيشها بدلًا عنّي، وإلى درجة أن ارتبكت واكتأبت عندما أعادها إليّ، فلبثت أتأمَّلها جَزِعةً غير عارفة ماذا أصنع بها؟

اليوم، أستعيد تلك المشاعر نفسَها وأنا على مشارف عامي الخامس والأربعين! العيش من دون نبيل، مع فارق بسيط، أو عظيم، يتلخَّص في أنَّني اليوم لم أفقد نبيلًا فحسب، بل إنَّني فقدت حبِّي له وثقتي به؛ فقدت انتظاري له، وأملي بحياة قد تبتسم في وجهي إن عاد هو إليها؛ فقدت إيماني بالحياة قاطبة، به ومن دونه. واستحلْتُ مجرَّدَ جثَّة متحرِّكة شاحبة، منذ أن لَمَسْتُ جثَّة ابني الساكنة والمتوهِّجة والمضرَّجة بالطازج من الدِّماء.

اليوم، أنا مَنْ تخلَّى عن نبيل، بعد أن اضمحلّ الصنم الذي كنت أظنَّه إلهي ومالكَ أمري. اضمحلّ ببطء، شيئًا فشيئًا، على مرّ الزّمن حتَّى تحوَّل إلى دمية صغيرة لا تصلح حتَّى للَّعب. لقد اقترَفَتِ السنون بحقِّه ما يشبه ظاهرة الحتِّ الرَّمليّ، إذ قامت رياحها القوِّيَّة المحمَّلة برمال الأيَّام الخشنة بمحوِ مَعالِمِ وملامح ذلك الصرح الكبير الذي كان بوصلتي وشمسي وفسحة النور في حياتي.

لو كان بطرس خيّاط حيًّا يُرزق اليوم، لاحتواني بين ذراعيه مشجِّعًا ومهنِّئًا إيَّايَ بحصولي على صكّ حرِّيَّتي، بالانفصال عن نبيل.

لكنْ يحزُّ في نفسي أنّه رحل من دون ذلك العناق الذي كان يتوق إليه. كما يحزُّ في نفسي أنَّه غادرني قبل أن يسمع الاعتذار الذي أَدين له به، عن كلّ كلمة تجاهلتها من كلماته؛ عن الاتِّهامات التي ألصقتها به؛ عن الصَّفَعات التي وجَّهتها في روحي إلى نظراته العميقة التي كانت تتغلغل داخلي، محذِّرةً ومنبِّهة، متأسِّفة وحزينة، محتقِرة ومندهشة، من الطريقة التي كنت أحنو بها على سلاسلي وأقبّل بها قيودي.

كان بطرس خيّاط، سيرتاح برؤيتي عصفورًا حرًّا يناضل ليحصل على لقمة عيشه في بلاد غريبة، لكنَّه كان سيرتاح أكثر، لو كان هذا العصفور ما زال يملك القدرة على الاستمتاع بالحرِّيَّة، التي حصل عليها بعد فوات الأوان.

- 2 -

لم يكن يومي الأوَّل مُريعًا في العمل الجديد في هذا المركز الفرنسيّ، بل مضى بشكل أفضل ممَّا كنت أتوقَّع. الحاجز الذي تخيَّلته قائمًا بيني وبين النُّزلاء عندما قمت بالزيارة الاستطلاعيَّة في ذلك اليوم، لم يكن بالصَّلابة التي توقَّعتها، ومشاعرُ القرف والنفور من التعامل مع العاجزين منهم لم تكن بالحدَّة التي تخيَّلتها، بل العكس، إذ فاجأتني ذاتي ببرود غير متوقَّع وقدرة مذهلة نسبيًا على ضبط النَّفس، فلم أتقيَّأ كما كنت أظنّ أنَّني سأفعل حين قمت بتغيير الحفاضات المتَّسخة لعدد من المرضى، ولم أكتئب حين جلست أستمع بهدوءٍ متمرِّنةٍ صغيرة إلى تعليمات شريكي الشابّ الطالب الجامعيّ، الذي لم يتجاوز الحادية والعشرين من العمر.

استسلمت، وأقنعت نفسي بأنَّ هذا مجرَّد عمل، كأيّ عمل. وبما أنَّه سيدرّ لي راتبًا آخر كلّ شهر لأعتاش منه بحرِّيَّة، فمبارَك وممجَّد هو مهما يكن، وكيفما يكن.

الأيَّام التالية بدت أفضل، إذ بدأتُ أسترخي شيئًا فشيئًا، وانتقلت من مرحلة تأدية الواجب الكئيب إلى مرحلة أكثر أريحيَّة. صرت أبتسم في

وجوه المرضى والنزلاء وأمازحهم، وأتبادل أطراف الحديث مع زملائي من العاملين والمشرفين.

لم يكن العمل، المطلوبةُ منّي تأديتُه، صعبًا، لكنَّه كان غريبًا عليّ، إذ لم أكن أتوقَّع أنَّني قد أمتهنه يومًا، لكنَّني فعلت، وبنَفْس راضية وشاكرة، ليس بدافع القناعة والحاجة فقط، بل أيضًا بسبب اللَّامبالاة وتحجُّر المشاعر اللذين أصاباني، حين لم يعد يهمّني: مَن أنا؟ وماذا أفعل؟ وأين أكون؟ لست فخورة بالمرأة التي كنتها بالأمس لأخجل من المرأة التي صرتُها اليوم؛ لم يعد لديَّ أحلام ولا مخاوفُ، فقط ما أريده الآن هو أن أبقى وحدي، بعيدة عن كلّ شيء، وحُرَّةً من كلّ الناس ومن كلّ قيد؛ حرَّةً حتَّى من نفسي.

كنت أداوم في الفترة المسائيَّة التي تبدأ من الثالثة بعد الظهر حتَّى العاشرة ليلًا. عندما أصل إلى المركز، يكون النزلاء قد أنهوا الغداء وبدأوا القيلولة التي تستمرّ حتَّى الخامسة تقريبًا. يخرج بعدها من يستطيع الخروج من غرفته ليتجوَّل في الحديقة أو ليتفرَّج على التلفزيون، أو ليقرأ أو يلعب إحدى الألعاب المخصَّصة للحالات الموجودة، أو ليُمضي الوقت متصفِّحًا الإنترنت أمام أحد أجهزة الكومبيوتر الموجودة في صالة المعيشة.

كنت أراقب جدول الأدوية وأتأكَّد من أنَّ كلّ نزيل قد أخذ دواءه في وقته المحدَّد، كما كنت أَجُول على العاجزين الباقين في غرفهم لأعطيهم أدويتهم بنفسي، ولأتأكَّد من نظافتهم واستقرار وضعهم الصحّيّ.

عند الثامنة، وعندما يحلّ موعد العشاء، كنت أجهّز وزملائي صالةَ المطعم لاستقبال النزلاء قبل أن ندعوهم إليها، كما كنَّا نقود من لا يستطيع المشي منهم ونساعد من لا يستطيع الأكل بنفسه. وبعد العشاء، كنَّا نعتني بتنظيف المطعم ونتأكَّد من نظافة المرضى، ونقود من يريد منهم إلى فراشه ونساعده ليَأوي إليه إذا كان في حاجة إلى المساعدة، بينما يسهر البقية أمام شاشة التلفزيون، أو في الشرفة الصغيرة الملحَقة بالصالة.

آلان المشاكس، روبيرتو الغجريّ، جان كلود المبتسمُ دائمًا، وأليس المتأبِّطة حافظةَ نقودها الفارغةَ على مدار اليوم، والمتكمِّشةُ بصورة حفيدتها الرضيعة، وغيرهم من الشخصيَّات التي كوَّنت عالمي الجديد، كانوا الفسحة التي فَتحَت عيون روحي الميّتة على عوالم غريبة ذات أجواء سورياليَّة فريدة لا تنتمي إلى المنطق المعروف بصلة واضحة، بل تشكّل، في حدّ ذاتها، منطقًا جديدًا للحياة ومفهومًا آخر، أشدَّ قسوة ومرارة من الخارج وأكثرَ بساطة وسذاجة في العمق.

الظروف التي سحبتهم من حيواتهم الطبيعيَّة ورمتهم في هذا المكان، كانت بالنسبة إليَّ صورًا متنوِّعة تحكي عن تفاهة الحياة وقسوة عشوائيَّتها العمياء.

كلّ شخصيَّة، في حدّ ذاتها، كانت تثير اهتمامي بشكل أو بآخر، ولكنّ دهشتي الكبرى في زمنٍ صار اندهاشي فيه، في حدّ ذاته، مدهشًا، كانت تنصبّ على التوأم الإسبانيّ العجيب، مارتا وإيڤا، أو ماريتا وإيفيتا، كما كنّا نسمِّيهما تحبُّبًا.

في الأيَّام الأولى، عندما كنت ألجُ غرفة مارتا، كنت أقترب منها بوجَل وحَذر، كأنَّني أقترب من وحش نائم أخشى يقظته المفاجئة. وحين كنت أتعامل مع جسدها الأسمر الضخم، بغرض إطعامها أو إعطائها الدواءَ أو تنظيفها وتغيير الحفاض، كنت أتصرَّف كأنَّني أمام قطعة أثاث قديمة وقبيحة وذات رائحة نتنة، تحتاج إلى صيانة وتنظيف سريع من دون حتَّى أن تكون جديرة بمجرد اختلاس النَّظر إليها. كنت أتجاهل أنَّ ما بين يدَيّ إنَّما هو جسد من لحم ودم، ما زال مسكونًا بروح بشريَّة معذَّبة؛ روحِ امرأة حيَّة، ذاتِ كيان وتاريخ وذكريات.

مع مرور الأيَّام، وحين كنت أدخل لأكتشف أنَّها في مزاج سيِّئ، تجلس تئنّ في فراشها وتضرب رأسها، عاريةَ الجذع بعد أن تكون قد

نزعت قميصها عنها بنزَق كعادتها عندما تعاني نوبة عصبيّة، بدأت أحبّ أن أهمس باسمها في أذنها اليمنى، وأن أربّت على وجنتها على الرّغم من كفّيَّ المطّاطيّتين اللتين تموّهان ملامح اللّمسة وتمتصّان شيئًا من الدفء الذي كنت أحاول أن أشعرَ به وأن أبثّها إيّاه. كما بدأتُ أسمح لنفسي باختلاس بعض النّظرات إلى قطعة الأثاث تلك، وباستراق السّمْع إلى أنينها المكتوم، وهو الأمر الذي كشف لي أنّها ليست إلّا بقايا روح حيّة لإنسان يتعذّب، كان فيما مضى امرأة تنبض بالحياة.

بدأت نظراتي تتجوّل بفضول فوق أعضاء هذا الجسد المعطّل والمستقيل من الحياة. شَعَرُ رأسها الخشن القصير الفاحم السواد؛ ثدياها الكبيران المتدلّيان، كلٌّ في اتّجاه، وحلمتاهما النافرتان؛ بطنها الضخم الذي ينطوي حول وسطها عندما تجلس في عدّة طبقات تتوسّطه السرّة كحفرة سوداء كبيرة؛ شَعَرُ عانتها الكثيف، الذي يعلو عضوًا لم يعد حميمًا، بل صار عامًّا ومستباحًا كغيره من الأعضاء؛ ساقاها اللّتان كساهما الشعر وقدماها ذاتا الكعبين الجافّين والمتشقّقين.

فكّرْتُ كثيرًا: أين ذهبتِ المرأة التي كانت تسكن هذا الجسد؟ أين ذهبت تلك التي لا بدّ من أن تكون يومًا ما قد أغوت بهذا الشيء الهلاميّ المسجّى أمامي رجلًا ما؛ رجلًا تفجّر الدم حارًّا في عروقه وهو يطوف بأصابعه وشفتيه فوق هذه البشرة السّمراء، بعد أن عرّاها من ثوبها بأنفاس متقطّعة وقلب ينبض بإيقاع الشهوة الجارفة؛ البشرة نفسها التي تبدو اليوم ممتقعة وجافّة كجلدة نُسيت تحت الشمس، ومباحةً لأيادي جيش من الممرّضين والعاملين الذين يعرّونها بخشونة وبمنتهى الضّجَر، ثمّ يعيدون إكساءها ببرود كأنّهم يُلقون مفرشًا على طاولة سفرة.

هل الإنسان روحٌ، أم جسد؟ وفي حالة مارتا، مَنْ الذي مات ومَنْ الذي بقي منهما حيًّا؟ إذا كانت الرُّوح قد ماتت، فمَنْ الذي يئنّ بألمٍ

يتصاعد من عمق هذا الجسد؟ وإذا كان الجسد هو الميِّت، فكيف يعيش هكذا مدفونًا فوق التُّراب؟

أين هي منه اليومَ تلك الرُّوحُ؟ إلى أين هربت؟ وفي أيِّ زواية من زوايا الوجود تخبِّئ نفسها تاركة إيَّاه خلفها كيسًا من الجلد المحشوّ باللَّحم الفاسد والهلام. كيف فقدت صلتها به، كأنَّهما كيانان مستقلَّان لا ينتميان بعد الآن، أحدهما إلى الآخر، وانفصلا بعد اتِّحاد طويل تاركَين الإنسانةَ التي كاناها يومًا: بقايا إنسان.

أتأمَّل جسد مارتا الميِّت الحيَّ بينما تومض في خيالي صورة جسد آخر، غضٍّ ممزَّق ودامٍ، كان مسكونًا قبل التمزُّق بروح مَن كنت أسمِّيه روحي، وَلَدِي الوحيد، غَدي، حبيبي وفلذة كبدي.

تلك كانت حالة الغرفة في أوَّل الرّواق. أمَّا الغرفة التي كانت في آخره، فقد كان الوضع فيها مختلفًا. إذ إنَّ إيڤا سريعًا ما خرجت عن تحفُّظِها وبدأت تتودَّد إليَّ، أو بالأحرى تتجاوب بسرور مع محاولاتي التودُّدَ إليها. في فترات القيلولة، في أثناء اختفاء الجميع داخل غرفهم، كانت تخرج أحيانًا إلى الحديقة لتجلس على مقعد خشبيّ وتدخِّن. وحين كانت تلمحني عابرة أمامها، كانت تردُّ على ابتسامتي بابتسامة مثلها، ونظرة متعطِّشة إلى البوح، استغَلّها فضولي لطرح أسئلة متنوِّعة في أثناء مشاركتها في التَّدخين، أجابت عنها إيڤا بإجابات غير مقتضبة، وسرعان ما تطوَّرت إلى حكايات مثيرة شغلت خيالي. صرت أترقَّبها وأنتظرها، وأتصيَّد الفرص للاختلاء براويتها، التي لم تبخل في رواية تفاصيل قصَّة حياتها العجيبة.

-3-

كاستييخو دي لا سييرا؛ القريةُ التي اسمها أطول من أطول شارع فيها، وتقع على مسافة 44 كلم شماليّ مدينة كوينكا الواقعة في مقاطعة الكاسيا لامانشا المتربِّعة بدورها في قلب إسبانيا، هي مسقط رأسي الذي سقط مستعجلًا إلى هذه الحياة قبل خمس دقائق من سقوط رأس توأمي، مارتا.

عندما غادرت القرية لم يكن عدد سكّانها في الشتاء يتجاوز مئة شخص! (نعم، لا تستغربي، ربَّما هو اليوم ثلاثون في أحسن الأحوال). أمّا في الصيف، وخصوصًا في عطلة نهاية الأسبوع، فقد كان الوضع يختلف، إذ كانت القرية تغصّ (نسبيًّا!) بالعشرات من أبنائها المقيمين بكوينكا أو مدريد أو أيِّ مدينة أخرى، مِمَّن يملكون فيها بيتًا وقطعة أرض، وجَدًّا عجوزًا لا يعرف أن يعيش في غير داره العتيقة.

كاستييخو دي لا سييرا؛ بيوت قديمة ذات طابقين أو ثلاثة، تتوزَّع في عدد من الأزقَّة المتشابهة، منها الترابيَّة ومنها ما هو مرصوفٌ بالحجر العتيق. كنيسة أثريَّة قديمة تحتفظ واجهتها بعدَّة ثقوب مختلفة الأحجام جراء قذائف تلقَّتها في أثناء الحرب الأهليَّة (1936 ـ 1939)، تنتصب أمام

ساحة صغيرة تتوسَّطها نافورة حجريَّة بُنيت بركتها المميَّزة على شكل صليب اعتُبر مركزَ القرية والموقع الأهمّ فيها، ونقطةَ التلاقي في كلّ المواعيد التي تُضرَب بين الأهالي في الجوار... مبنى صغير وقديم يشكِّل دار البلديَّة، ومثله مركز البريد... ودار ذات حديقة جميلة اعتُبرت مدرسة ابتدائيَّة... مقبرة فسيحة يحيط بها سور واطئ حجريّ، ينفتح ببوابة حديديَّة ذات زخرفة فخمة وقورة تليق بهيبة الموت ومن يرتاح خلفها من الأسلاف، وترتاح بدورها على مشارف القرية لتستقبل الوافدين بترحاب كئيب وتودِّع المغادرين بغير أسف... وأخيرًا مَشرَب صغير يسمُّونه «الوادي»، يحتلّ شرفة جميلة تطلّ من كتف القرية على وادٍ قريب، تتلامس فيه أغصان أشجار الخوخ واللّوز من جهة، مع التين والجوز من جهة أخرى. وخلفيَّة بعيدة لحقول صفراء تمتدّ حتَّى الأفق، تتعبَّد فيها ألوفٌ من زهرات عباد الشمس شمسَهنّ المغرورة التي تراقصهنّ بخبث طوال النهار لتتركهنّ ليلًا دائخات خائبات، منكفئات بوهن، راخيات الرقاب نحو تراب حزين.

لم يكن في قريتنا دكّان!! أو بالأحرى لم يعد فيها دكان. فيما مضى وقبل نزوح الكثير من الأهالي للسَّكن في المدن المتعدِّدة، كانت هناك بقاليَّة ومخبز، لكنَّ صاحبيهما ركبا موجة النزوح بعد أن أغلقا دكانيهما اللذين لم يجدا من يشتريهما ويعيد إدارة دفَّة العمل فيهما. وعليه، فقد كان على مَنْ بقي من السكان انتظار الشاحنة التي تمرّ بالقرية يوميًّا كمتجر متنقِّل يطوف بمجموعة القرى الصغيرة المتناثرة في الجوار، لابتياع احتياجاتهم من الخبز والمعجَّنات المحلَّاة والأرُزّ وبعض الخُضَر والمشروبات والسجائر. أو كان عليهم أن يمشوا مسافة نحو ثمانية كيلومترات إلى أقرب قرية يوجد فيها «ميني ماركت» لشراء الأغذية والمعلَّبات والأدوات المنزليَّة وسائر المستلزمات الأخرى.

الكنيسة القديمة التي كانت تتمركز وسط القرية، كان ملحَقًا بها بيتٌ صغير يسكنه الحارس خوسيه فرناندو بلاثيو غونزاليس وزوجته التي كانت تعمل على تنظيف الكنيسة وخدمتها. تزوّج الكهل خوسيه فرناندو من الأرملة أليخاندرا التي تبلغ السادسة والثلاثين في صباح ماطر من العام 1980، وفي العام الذي تلاه وفي ليلة ماطرة من شهر نيسان، وبعد ولادة عسيرة كادت تودي بحياة الأمّ، رُزقا ببكرهما الذي كان زوجًا من الإناث السمراوات الغزيرات الشعر، المجعّدات البشرة، الغائمات ملامح الوجه كسماء يوم ماطر آخر. هاتان التوأمان كانتا أنا وأختي.

بعد ولادتنا بأقل من سنتين، أنجبت أمّي ذات صباح ربيعيّ مشرق مولودًا ذكَرًا، جميل الملامح هادئ الطباع، سمّي خوان كارلوس. لكنّه توفي عندما بلغ عامه العاشر في إثر نوبة ربو حادّة لم تمهله القَدْر الكافي من الأنفاس ليصل حيًّا إلى المستوصف الأقرب الكائن في قرية تبعد اثني عشر كيلومترًا عن كاستييخو دي لاسييرا. بيد أنَّ المقبرة (والحقّ يقال) كانت هناك في مدخل القرية فاتحة بوابتَها المزخرفة بترحاب، لاحتواء الجسد الغضّ الذي دُفن في احتفال مهيب يليق بالابن الوحيد لحارس الكنيسة؛ الرجل الطيّب، خوسية فرناندو.

بعدما فقدنا أخانا الأصغر صارت الحياة تبدو أكثر قتامة وصعوبة ممّا يمكن أن تحتمله طفلتان في الثانية عشرة. اكتأبت أمُّنا وانزوت، وتحوّل والدنا الطيّب الودود إلى عجوز نَزِق وعصبيّ، إذ ضاق صدره بكلّ تفاصيل الحياة التي كان قد عاش ثمانية وستّين عامًا منها.

أنا ومارتا، وخصوصًا بعد رحيل خوان كارلوس المفجع، لم يعد لنا إلّا نفسينا. كنّا أكثر من مجرّد توأمين. كنّا بالفعل تجسيدًا للمقولة الشائعة والمستهلَكة والتي تقول: «روحٌ واحدة في جسدين»، وأمّا الجسدان، فقد كانا متشابهين كأنّهما أيضًا جسدٌ واحد.

كنت أحبُّها كثيرًا، ولا أتخيَّل لحظة من عمري تمضي من دون وجودها فيها. كنت أيضًا إلى جانب الحبّ الفطري، معجبةً بها؛ بطيبتها وبراءة قلبها، وكنت أشعر بالمسؤوليَّة تجاهها باعتباري أختها التي تكبرها ولو بمجرَّد خمس دقائق. تلك الدقائق الخمس، أرغمتني على أن أكون قائدة هذه المجموعة الصغيرة التي تتألَّف من طرفين متشابهين في الشكل، ومختلفين في الطباع. خمس دقائق فقط، جعلت منِّي الطرف الأقوى، الأشرس، المبادر والحامي والمضحّي.

كنت أعتزّ بقوَّتي بقدر ما كنت أحبّ ضعف مارتا، وكنت فخورة بذكائي بقدر ما كنت متفهِّمة لسذاجة مارتا، وكنت متحمِّسة لجرأتي بقدر ما كنت متعايشة مع استسلام مارتا وجبنها.

في الشتاء الذي تلا حادثة الوفاة، توقَّفت أمِّي عن إرسالنا إلى المدرسة، وأرسلتنا بدلًا من ذلك إلى الكنيسة لنقوم بتنظيفها عوضًا عنها بما أنَّ صحَّتها لم تعد تسمح لها بالقيام بذلك، إذ صارت تنتابها أوجاع في ظهرها وكتفيها، وتضربها نوبات من الشقيقة في رأسها تُقعدها في الفراش أيَّامًا عديدة.

كنَّا نعمل خمسة أيَّام في الأسبوع صيفًا وثلاثةً شتاءً، فنقوم بكنس بلاط الكنيسة وتنظيف المقاعد الخشبيَّة ومسح زجاج النوافذ، كما كنَّا نعتني بنفض الغبار عن التماثيل واللَّوحات من دون أن ننسى تلميع القطع الفضِّيَّة.

عندما نُنهي كلّ ذلك، كنَّا نعود شتاءً بشكل مباشر إلى بيتنا الملاصق للكنيسة، لنعتكف مع والدَينا أمام مدفأة المطبخ مصطلين بحرارة نارها التي كنَّا نغذِّيها بالحطب ونقوم بشواء البطاطا فيها، محتمِين بها من البرد القارس الذي كان يعصف في الخارج. أمَّا في الصيف، فقد كنَّا نهيم في السهول لنرتاح تحت ظلال أشجار الفاكهة، أو نخرج عَدْوًا إلى الحقول

المترامية حول القرية، لنلعب مع زهرات عبّاد الشمس الصفراء التي تفترش مساحات شاسعة لا يدرك النَّظر حدودها.

وفي مواسم الخريف، كنّا ننطلق قبل الغروب بقليل محمَّلتين بسلال القصب، إلى الحقول الممتلَكة من قبل جيراننا لنساعدهم على قطف الثمار من الأشجار المحمَّلة بالتين والخوخ واللَّوز والجوز والإجاص، حيث نبقى نتأرجح بين الأغصان سعيًا لالتقاط الغنائم المعلَّقة حتَّى حلول الظلام، لنعود حينها إلى بيتنا بعد أن يسمح لنا أصحاب الأشجار بملء سلالنا بما يزيد على سعة سلالهم من الفاكهة التي ساعدناهم في قطافها.

كطفلتين ساذجتين، كانت أقلّ المتع البسيطة تُسعدنا. أمَّا مواسم الأعياد والاحتفالات، فقد كانت تفتننا وتسحرنا بأجوائها البهيجة التقليديَّة، التي كنَّا نحلم بها وننتظر حلولها بصبر نافد وقلبين متعطِّشين إلى شيء من المرح.

من الأعياد التي كانت محبَّبة إلى قلبينا، عيدُ انتقال السيِّدة العذراء في الخامس عشر من آب، حين كان يقام مهرجان كبير في القرية ابتداءً من مساء اليوم الأسبق، إذ تغصّ الكنيسة بكلّ أهالي القرية من سكان ونازحين وأبناء مهاجرين جاؤوا وعائلاتهم لحضور الطقس السنويّ الأهمّ في مسقط رؤوسهم أو رؤوس آبائهم وأجدادهم.

وبما أنّنا نشأنا على اعتقاد أنَّ الكنيسة هي جزء ملحَق ببيتنا، فقد كان يملأنا الفخر في تلك المناسبات إلى جانب الحبور، إذ كنَّا نشعر بأنَّنا أصحاب الحفل وأنَّ الجميع ضيوف عندنا.

الاحتفال الكنسيّ كان يُختَتم بما يسمَّى زياح تمثال السيِّدة العذراء، إذ تقوم ثلّة من وجيهات القرية بحمل منصَّة يعتليها تمثال جميل يمثِّل العذراء مريم تحيط به الزهور الطبيعيَّة بأناقة وسخاء، ويخرجن به من الكنيسة خلف رجال الدين والرهبان متبوعات بجوقة مرتِّلين ترنِّم بأصوات

شجيَّة، يخرج بعدها المحتفلون الحاضرون مردِّدين معهم الترانيمَ المخصَّصة لهذا الاحتفال والمبجِّلة للعذراء. وتطوف المسيرة المهيبة في عدد من أزقَّة القرية، قبل أن تعاود الدخول إلى الكنيسة بعد أن تكمل دورتها الاحتفاليَّة، حيث تُنزل النسوة المنصَّة عن أكتافهن، فيقوم الكاهن بإنهاء الاحتفال ومنح البركة للمؤمنين المحتفلين.

بعد مغادرة الكنيسة، كانت السَّاحة الصغيرة المواجهة لها تغصّ بالمحتفلين، حيث يتمركز في ركن منها عددٌ من العازفين مع غيتاراتهم، ويباشرون عزف الفلامنكو بخفَّة وحماسة.

تدور كؤوس «السانغريّا والثيربيثا» الباردة على الموجودين، وتُدير رؤوسهم بمرح، فتستبدّ بهم حالةٌ من الطرب الجماعي. فمَنْ لا يرقص الفلامنكو منهم يشارك في الغناء، والّذي لا يغني يشارك في التصفيق. ويشترك الجميع في نهاية كلّ أغنية في إطلاق صرخة «Oléééééééééé»، تهزّ أرجاء القرية وتملأ سماء ليلتها الصيفيَّة بألوان من النشوة الأليفة التي تسلو الأهالي عن همومهم وتؤجِّل مفعولها إلى ما بعد انتهاء هذه الـ «فييستا» Fiesta.

لم يكن الصباح التالي مخصَّصًا للنوم. إنَّ الـ «فييستا» لم تنتهِ بعد. يهرع الأهالي إلى السَّاحة بمجرَّد أن يفتحوا أعينهم، ويبدأون بالتجمُّع والعمل على إعداد غداء العيد الجماعيّ الذي يشترك الجميع في تهيئته.

في أجواء تواصل مرحها الذي بدأ منذ اللّيلة السَّابقة، يباشر الشبّان والشابات، تحت إشراف عدد من السيِّدات الخبيرات والسادة الذوّاقين، في تحضير «التورتيا» و«البائييا»؛ الطبقين الأكثر شعبيَّة وشهرة في إسبانيا.

كمّيّات كبيرة من البطاطا تقشَّر وتُنقَع في مياه بركة السَّاحة الصليبيَّة الشَّكل، ثمَّ تقطَّع شرائحَ رقيقة تقلى بالزيت قبل أن يضاف

إليها البيضُ المخفوق والبصل، ليتمّ طهو جميع هذه المكوّنات وتقليبها بمهارة فطريَّة متوارثة، على نيران مواقد غاز نُصبت في زاوية السَّاحة منذ الصَّباح الباكر.

أمَّا البائييا، التي تتكوَّن من الأرزّ المطبوخ مع ثمار البحر وبعض أنواع الخضار كالبازلاء والفليفلة الخضراء والحمراء والبصل، فقد كان يعتني بطبخها عدد من الخبراء، في مقالٍ كبيرة من الصاج نُصبت في الطرف الآخر من السَّاحة.

كان الجميع يعملون. يحتسون البيرة الباردة والمرطَّبات ويضحكون بصخب، ويتكلَّمون بحماسة ويغنُّون عاليًا مرافقين عازفي الغيتار الذين لا يستكينون ولا يعرفون هدنة أو استراحة.

بعد ساعتين أو ثلاث من انتصاف النهار، كانت قوالب التورتيا الذهبيَّة تُرَصّ على الطاولة كشموس زكيَّة الرَّائحة، ويتولَّى الأطفال توزيع الصحون المعبَّأة بالبائييا الشهيَّة المذاق على الحاضرين، وهي المهمَّة التي كنَّا ننبري لها أنا وأختي ونستمتع بتأديتها أيّما استمتاع.

في مناسبات واحتفالات كهذه، كنَّا نلتقي كثيرًا من الشَّخصيَّات المثيرة والمهمَّة، والتي كانت تظهر في حياتنا فقط في الأعياد والعطلات الصيفيَّة والمهرجانات. وبابلو كان واحدًا من تلك الشَّخصيَّات، أو بالأصحّ: أهمَّها.

بابلو غوميز ألفاريز، الرجل الذي دمَّر حياتي وحياة أختي؛ السمُّ الذي تسرَّب كالمياه العذبة وملأ الشقوق الرفيعة النادرة في صخرة محبتنا واتِّحادنا، فكان السَّببَ الذي شقَّ هذه الصخرة نصفين عندما حلّ الشتاء، وتمدَّدت المياه متحوِّلة إلى جليد قاسٍ أعظمَ حجمًا وأشدَّ بأسًا من تلك المياه المسالمة اللَّطيفة التي سمحنا لها بكلّ ترحاب بأن تتغلغل فيما بيننا.

كان أبوه أنطونيو غوميز مالكًا لأكثر من نصف الأراضي التي تحيط بالقرية، وكان والدي هو المتعهّد الذي يشرف على كروم العنب التي يملكها، والتي كانت تنتشر في مساحات شاسعة على مسافة بضعة كيلومترات خارج القرية.

أنا ومارتا، كنّا أهمّ وأنشط العاملين الذين كان يستخدمهم ذلك المتعهّد لجني محصول العنب كلّ عام؛ العنب الأحمر والعنب الأبيض؛ اللذين كان يبيعهما الدون أنطونيو لمصانع كبيرة، كي تحوّلهما إلى نبيذ فاخر يصدّر إلى جميع أنحاء العالم. نبيذ فاخر مشرّب بعَرَقي وعَرَق أختي، وبالدُّموع التي ذرفناها غزيرة في تلك الكروم، حينما كنّا نقطف العناقيد الشّهيّة التي كتمت أسرار غرامنا وآلام قلبَينا الساذَجَين.

كنّا نجتهد في قطف العنب لأنّنا نعرف أنّ بابلو سيأتي قبل نهاية الموسم ليراقب سير العمل وليستلم من والدي المحصول، وليُثني عليّ وعلى أختي، ويكافئنا بنظرات ملتهبة ماكرة، ولمسات خَفِيَّة شَبِقة، كانت تختصر، بالنسبة إلى كلتينا، الحياةَ وما تحويها من متع وملذّات.

كان بابلو الذي يكبرنا بستّ سنوات، شابًّا بعيدًا عن الوسامة بحسب المقاييس المعتادة، ضئيلَ الجسم وقصير القامة، لكنّني كنت أراه أجمل رجل في العالم، وأكاد أجزم بأنّ أختي البلهاء ما زالت حتّى الآن تعتقد ذلك. وبما أنّه لقلّة جاذبيّته كان قليل الحظّ مع جميلات القرية، وكنّ قلّة في كلّ الأحوال، فقد كان يميل إلى التحرُّش بي وبأختي في أثناء وجوده فيها، مشبعًا غروره بما ينهله من هيام يرتسم واضحًا على وجهينا، اللّذين يتحوّلان بمجرّد حضوره إلى زهرتَيْ عبّاد شمسٍ كان هو شمسَها.

كان بابلو شيطانًا صغيرًا، فقد بدأ انطلاقًا من تلك الكروم، وعند ظهور أوائل تباشير الأنوثة على جسدينا، بتنفيذ مخطّط ماكر لم يكلّفه الكثير من الذّكاء والجهد، ليستحوذ على قلبينا وجسدينا معًا.

كان يرسل أختي إلى القرية مع رسالة إلى والدي، ليتسنّى له مغازلتي ومضاجعتي بين الكروم على عَجَل ريثما تعود. قال لي إنّني جميلة، وإنّه يحبّني، وإنّني فتاته الوحيدة والمفضّلة. كنت أصدّقه حتّى قبل أن يتكلّم، ولم أسأله ماذا كان يفعل مع مارتا حين كان يرسلني إلى القرية بدوري لقضاء أمر ما. كان يقول لي إنّه مضطرّ إلى إرسالي بين الحين والآخر عوضًا عن أختي كي لا نثير شكوك والدي، وكنت أقتنع بما كان يقول.

أكّد عليّ ألّا أخبر مارتا عن علاقتنا، وطلب منّي الانتظار حتّى يكمل دراسته الجامعيّة في كلّيّة الحقوق في مدريد، فاستجبت إلى حين، وحفظت السرّ في قلبي بجبروت أذهلني أنا نفسي، إلى أن اكتشفت متأخّرةً جدًّا، وبعد موسمَي عنب، أنّ توأمي كانت تشاركني في رجلي بالطريقة نفسها التي شاركتني فيها في كلّ نَفَس التقطتُه في حياتي.

كنت أعرف منذ زمن بعيد أنّها تعشقه، وكنت متأكّدة من ذلك بما أنّها توأمي. على مدى سنوات عمرينا التي تَشاركنا في كلّ ثانية فيها وكلّ نبضة قلب، كنّا نحبّ الأشياء نفسها والأشخاص ذواتَهم ونكره الأشياء نفسها والأشخاص ذواتَهم. لم يكن الموضوع مطروحًا للمناقشة والجدال، بل كان أمرًا مفروغًا منه. فعندما بدأت مشاعري ورغباتي تتحرّك تجاه بابلو، كنت أعرف، من دون شكّ، أنّ الإحساس ذاته ينمو داخل قلبَ أختي.

كنّا نتحدّث عنه كثيرًا عندما كنّا صغيرتين، ولكنّنا توقّفنا عن ذلك عند أوّل تلامُس جسديّ حدث بيني وبينه. أحسست بالذّنب تجاه أختي لأنّني ظننت أنّني ظفرت دونها بالفارس المغوار. صرت أتهرّب من الحديث عنه خوفًا على مشاعرها، وصارت مثلي تفعل هي، إلى أن انهارت ذات ليلة واعترفت لي، شاكيةً ألَمَها الدفين وطالبة نصيحة.

أخرستني المفاجأة وأذهلتني. لم أصدِّق كيف لم يَرْقَ ذكائي خلال تينك السنتين المنصرمتين إلى اكتشاف هذا الحَدَث الجَلَل الذي كان يعيش داخل مَنْ كانت تقاسمني رغيفي وفراشي والهواءَ الذي أتنفّسه. كنت متأكِّدة من أنَّ بابلو لا يمكن أن ينظر إلى مارتا أو يشتهيها، لأنني، مع أنَّنا كنَّا متشابهتين كحبَّتَيْ عَدَس، كنت أعتقد دائمًا أنَّني أنا الأجمل!! لأنَّني كنت السبّاقة في كلّ شيء؛ لأنَّني كنت الأكثر حيويَّة والأكثر ذكاء. ولأنَّني كنت أكبر بخمس دقائق، كنت مؤمنة دائمًا بأنَّني أكثر خبرة من مارتا، وأفضلُ منها في كلّ شيء، وأجدرُ منها في حبّ بابلو.

- 4 -

أن يخونكِ حبيبك مع نساء أُخريات، لَهو أمر أقلُّ إيلامًا من أن يخونك مع أختك التوأم!!! ولكنْ، إذا كان حبيبك هو توأمك في الوقت ذاته! ألا يكون الألم متساويًا، بغضّ النَّظر عن هويّات النساء اللَّواتي يخونك معهن، وعددهنّ؟!

ما هو عدد النساء اللَّواتي خانني معهنّ نبيل؟ كبير جدًّا، أنا أعرف. كنت أتعمَّد في السنوات الأولى أن أُكَذِّب نفسي عندما أكون غير متأكِّدة، وأن أتجاهل حين أكون متأكِّدة. ولكنَّني مع مرور السنين، صرت أنسى أن أتجاهل أنَّني أعرف، وصار نبيل يعرف أنَّني أعرف. لم يخفُتْ ضجيج الألم في داخلي مع كلّ واقعة جديدة أكتشفها، لكنَّني كنت فقط قد تعوَّدت ذلك الضجيجَ وتعايشت معه، وعرفت أن لا جدوى من محاولة إسكاته.

كنت أفكِّر هكذا وأنا أستعيد قصَّة إيڤا التي روت لي قسمًا منها بالأمس، بينما كنت في طريقي إلى معهد اللُّغة الفرنسيَّة الذي أداوم على حضور حصصه ثلاثَ مرَّات في الأسبوع، لتقوية لغتي التي كانت لا بأس

فيها أصلًا بما أنّني خرّيجة كلّيَّة الأدب الفرنسيّ، ولكن بمستوى لا يرقى إلى الطلاقة الكاملة في الحديث والكتابة الصحيحة.

عندما أمشي في أزقة ميتز؛ هذه المدينة الفرنسيَّة الصَّغيرة والتي تُعَدّ عاصمة اللورين شمال شرق فرنسا، والتي تعمّر أكثر من 3000 عام، أتخيَّل أنّني سأصادف جان فالجان (بطلَ رواية «البؤساء») يهرول هاربًا من كسافيير عند المنعطف!

الحارات القديمة المرصوفة بالحجر العتيق؛ الجسورُ الحجريَّة الجميلة بقناطرها الفاتنة التي تعلو نهر «موزيل»، الذي يعبر المدينة بين ضفتين خضراوين مزروعتين بأشجار تنحني أغصانها لترشف من المياه الجارية تحتها؛ المباني ذاتُ الطابع الأوروبيّ القديم؛ كاتدرائيَّةُ «سان إستيبان» التي اكتمل بناؤها كتحفة فنِّيَّة في العام 1550، والكنيسةُ البروتستانتيَّة «تامبل نوف دو ميتز» المبنيَّةُ كقلعة مَهيبة على شبه جزيرة توغل بزاوية حادَّة في نهر «الموزيل» لتنعكس على صفحته المترنِّحة بمشهد خلّاب. تلك التَّفاصيل كلُّها ذات النكهة الخاصَّة، كانت تُشعرني بأنّني أتحرَّك ضمن دفتَيْ كتاب فرنسيّ قديم يضمُّ رواية فريدة لفيكتور هوغو.

أخبرتني ناتالي، ابنة خالي نصفُ الفرنسيَّة، والتي سهَّلت لي أمور قدومي إلى هنا بعد انفصالي عن نبيل ورغبتي في الهروب من كلّ ما يمتّ إلى الماضي بصلة؛ أخبرتني بأنَّ ميتز أُدْرِجَت ضمن قائمة اليونسكو للتراث الإنسانيّ العالميّ لما تحويه من قيمة ثقافيَّة وأثريَّة. وقد أخبرتها، في المقابل، بأنَّ حلب مدينتي، ذاتَ القلعة التي بُنيت في الألفيَّة الثالثة قبل الميلاد، والسوقِ المسقوفة الأطول والأقدم في التاريخ، كانت قد أُدْرِجَت أيضًا في تلك القائمة نفسها في العام 1986، قبل أن تجثم على صدرها أبشعُ حروب القرن وتشوِّه معالمها الأثريَّة التي تختصر حضارة ألوف من السنوات. قائمة التراث الإنسانيّ العالميّ، خسرت، في رأيي، شيئًا من إنسانيَّتها عندما

خسرت المواقعُ الحلبيَّة الكثيرَ من معالمها تحت وطأة حرب أشبهَ ما تكون بالعالميَّة، وأبعدَ ما تكون عن الإنسانيَّة.

ناتالي هي ابنة خالي الطبيب الحلبيّ جورج صقّال، الذي درس الطبّ في جامعة ستراسبورغ وتزوَّج من أوديل، الممرِّضة الفرنسيَّة التي تعرَّف إليها هناك وأحبَّها. بعد ولادة ناتالي وأخيها مارك، انتقل الدكتور صقّال للعمل في مَشافٍ عدَّة خارج ستراسبورغ وفي مُدن محيطة بها، فانتقلت عائلته معه للعيش فترةً من الزمن في مدينة نانسي، حتَّى أنهى الطفلان دراستهما الابتدائيَّة، ثمَّ استقرَّت العائلة في ميتز، حيث حصل الولدان على شهادة البكالوريا، تباعًا.

اختارت ناتالي، تمثُّلًا في والدها، مهنةَ الطبّ التي درستها في جامعة «نانسي» التي تبعد عن «ميتز» مسافة تسعة وخمسين كيلومترًا. أمَّا مارك، فقد التحق بأخته بعد عام لدراسة الصيدلة، بينما بقي خالي وزوجته في بيتهما الكبير والجميل في «ميتز» متابعَين نظامَ الحياة الذي أدمناه في هذه المدينة الهادئة، ومستقبلَين ولديهما ومن يأتي معهما من أصدقاء خلال العُطَل والمناسبات، محتفلِين إلى مائدة عامرة دائمًا بالأطباق الحلبيَّة الأصيلة التي عشقتها أوديل في أثناء زياراتها حلب وتعلَّمت صنعها بمهارة منقطعة النَّظير.

كانت العائلة الفرنسيَّة تزورنا في حلب بمعدل مرَّة كلَّ عامين. كانت أوديل توزِّع وقتها بين التتلمذ على يد أمي في المطبخ الحلبيّ، وبين التسكُّع في سوق المدينة، الأثريَّة المسقوفة، حيث تعود منها محمَّلة بتحف نحاسيَّة وقطع سجاد وبُسط وأنواع مختلفة ونادرة من البهارات، وأحيانًا بأشياء قديمة صغيرة ليس لها معنى ولا استعمال، كان يُقنعها الباعة هناك بأنَّها «أنتيكا».

وكان جورج يصرف وقته في لقاء أصدقاء الطفولة والشباب، وفي لعب الطاولة (النرد) مع والدي. كما كان يصرّ، في كلّ إجازة له، على زيارة

القلعة، والتمتّع بالتهام طَبَق من الفول المدمّس السّاخن المتبّل بالثوم واللّيمون والتوابل الحارّة، بحسب طريقة «الحجّ عبدو» في مطعمه الشعبيّ الصّغير في محلّة الجدَيدة، الواقعة في قلب حلب القديمة ذات الحارات الضيّقة المرصوفة بالحجر الحلبيّ الشهير والدُّور العربيّة الجميلة الواسعة الباحات.

في الأيّام الأولى لوصوله، يبدو عاطفيًّا وفيّاضًا بالحنين والمشاعر. ومع انقضاء الوقت وقبل انتهاء الإجازة، كان يتحوّل إلى التململ والتذمُّر والانتقاد، ويبدأ بعدّ الأيّام التي تفصله عن العودة إلى فرنسا.

كنت ألمس في تصرُّفاته تناقضًا صارخًا لم أكن أفهم له تفسيرًا، إذ كان يستميت في القدوم إلى حلب ويبدو عاشقًا لكلّ حبّة تراب فيها، وفي الوقت نفسه، كان لا يفتأ يسألنا في كلّ زيارة له:

ـ متى ستقرّرون الرحيل عن هنا. هذه البلاد ليست لنا!

أبي، لم يكن يعجبه هذا الكلام، لكنّه لم يملك يومًا الحجّة أو الرّغبة للردّ عليه، وكان يكتفي بالصمت وبهزّ رأسه بأسًى، وبالتمتمة:

ـ أسفي على هذه البلاد!

وأنا كنت أفكّر وقتها، إذا كانت هذه البلاد التي تفتّت أجدادنا في ترابها، وأنضجت عظامَنا شمسُها ليست لنا، فأيُّ بقعة من بقاع الأرض إذًا هي لنا؟! وهل نحن قوم بلا بلاد؟! وبقي هذان السؤالان في ذهني من دون جواب حتّى اللّحظة.

ولمّا استقبلني خالي بعينين دامعتين بعد هروبي من مأساتي إليه، لم يطاوعه قلبه الذي كان ينفطر قهرًا على أن يقول بتشفٍّ:

ـ ألمْ أقل لكم ذلك منذ زمن بعيد!

فاكتفى بضمّي وتقبيلي وهو يتمتم: لا بأس.. اطمئني.. ها أنت هنا.

بعدما وصلت إلى فرنسا مستخدمةً الفيزا التي نجح بعد مَساعٍ جبّارة في مساعدتي على الحصول عليها، استضافني في بيته الكبير في «ميتز» لمدَّة أكثر من شهرين، أصرَرْتُ بعدها على استئجار شقَّة صغيرة لأعيش فيها، وخصوصًا بعد أن حصلت على حقّ الحماية الدوليَّة، وهو نوع من أنواع اللُّجوء الإنسانيّ. وفي كلّ الأحوال، لم أعانِ يومًا أزمة ماديَّة كبيرة باعتبار أنَّ نبيلًا بقي يمدُّني بالنقود حتَّى فترة قريبة، على الرّغم من أنَّني كنت قد أخبرته بحصولي على عمل، وأنَّه صار في إمكاني الاعتماد على الراتب الذي سأحصل عليه منه. نبيل الذي بقيت علاقتي به قائمة حتَّى بعد الانفصال، وإن صارت باهتة، ظلّ يحوِّل إليَّ مبالغ نقديَّة بين فترة وأخرى، كانت للحقيقة سندًا كبيرًا وفَّر عليَّ التَّفكير في معضلة جديدة، في زمن صرت فيه متخَمة بألم لا يستكين ولا يترك مجالًا للتفكير في أمر سواه.

لكنَّني توقفت عن استلام مساعداته بمجرَّد أن استلمت راتبي الأوَّل، وعندما أصرَّ وحوَّل إليَّ المبلغ الأخير رغمًا عنِّي، أعدته إليه من الكوَّة نفسها التي استلمته منها. في تلك اللَّحظة بالذات، شعرت بأنَّني أتنفَّس أَوَّل نسائم الحرِّيَّة.

على الرّغم من كلّ ما حدث، ومن اختلافنا في التعاطي مع الكارثة التي دمَّرت بلدنا وقتلت ابننا، واختلافها في التعاطي معنا، بحيث صار هو وزيرًا للصناعة وصرت أنا لاجئة هاربة من وجه النِّظام ومن وجه الحياة؛ على الرّغم من ذلك كلِّه، فأنا لم أكره نبيلًا ولو أنَّني لم أعد معجبة أو مؤمنة به. لم أستطع اعتباره غريبًا عنِّي، ولا في أيّ شكل من الأشكال. ما زلت أشعر بأنَّه جزء منِّي ولو أنَّه جزء مشلول. ما زال نبيل، وسيبقى، موجودًا في حياتي، لكنَّه توقَّف، وإلى الأبد، عن كونه شمسَها التي كانت تتحرَّك بحسب أوامر أشعتها المتسلِّطة.

عندما وجدَتْ لي ناتالي التي تعمل الآن طبيبة مختصّة بأمراض الدم، فرصةً للعمل في مركز إيواء صحيّ تابع لمؤسّسة خيريّة، يعتني بمصابي الأيدز والمدمنين ويُؤْوي عددًا من العَجَزة والمعاقين والمتشرّدين، تردّدَتْ في أثناء عرضها عليّ، لكنّني فاجأتها إذ قبلتُ العرض من دون تردُّد، إذ وجدت فيه فرصة لمزيد من الحرّيّة.

- مبروك، لقد قُبلتِ للعمل في الفترة المسائيّة. هم معجبون بك ومقدّرون وضعَك، ومتعاطفون مع كونك سوريّة، على الرّغم من أنّني، بحسب ما طلبْتِ منّي، لم أخبرهم بأنّكِ زوجة وزير!

قالت لي ناتالي بعد عدّة أيّام من عرضها فرصة العمل عليّ.

«حسنًا فعلتِ»، أجبتها وأضفت: لا أريد أن أواجه نظرات الدّهشة في عيون الناس. تكفيني نظرات الشفقة التي تذبحني.

«زوجة وزير» تمسح الغائط عن مؤخّرات المعاقين!! لا يؤلمني الوضع الجديد أبدًا، فعندي من الآلام مسبقًا ما يكفيني. كما تساوى الخراء، في نظري، بغيره من العناصر التي صارت تبدو كلّها حياديّة وتافهة. ولم يعد هو العنصر الذي يرمز إلى القذارة، إذ صار للقذارة في نظري رموزٌ أخرى تُجسّد المعنى الحقيقيّ لها بشكل أعمق وبوضوح قبيح. كما أنّني أؤمن الآن بأنّ وضعي هذا أشرف كثيرًا من أن أجد نفسي مجبَرة على مسح الغائط (وأنا أبتسم بأناقة) عن مؤخّرات كثيرين من الأغبياء والمجرمين والمعاقين وجدانيًّا وتجار الدماء، لكوني تحديدًا «زوجةَ وزير»!

«ليس هذا الوقت المناسب لأيّ تغيير من هذا النوع»؛ كانت هذه جملة نبيل التي لخّص بها موقفه ممّا يحدث في سورية.

«ولمَ لا؟» كنت أسأله، وأضيف: لقد كنتَ دائمًا تنتقد هذه الدولة وهذه الحكومة. يجب أن تكون متحمّسًا للتّغيير!

ـ هل أنت مجنونة؟ هل تعرفين ماذا يمكن أن يحلَّ بنا إذا حدث شيء من هذا؟

ـ ماذا سيحلّ بنا؟ تغيير الحكومة والنِّظام لا يجب أن يؤثِّر في سير العمل في مصانعكم. هذا شيء، وذاك شيء آخر.

ـ أنت ساذجة! كلّ الأمور مربوطة بخيط واحد شئنا أم أبينا، ومن مصلحتنا أن نحافظ على هذا الخيط قدر الإمكان، لا أن نتمنّى انقطاعه!

ـ نعم، أنا أدرك ماذا تقصد! أنت اخترت أن تربط نفسك بهذا الخيط! وكم أخشى أن يشدّك معه إلى الهاوية.

ـ اخترتُ؟ هل تمزحين؟ هل كان لي الخيار لأختار؟ كأنّك لا تعرفين أنَّ هذه هي الشريعة السَّائدة في هذه البلاد! حيث لا عمل ولا نجاح ولا نفوذ بعيدًا عن خيوط هذه الشبكة.

ـ حسنًا، أُدرك هذا للأسف. كم أخشى أنّه قد آن الأوان لتدفع ثمن ذلك النجاح وذلك النفوذ.

ـ وهذا بيت القصيد!! عليّ أن أكون حكيمًا لأعرف في أيّ اتِّجاه أسير كي لا أدفع أضعاف ما اكتسبته طوال هذه السنوات.

ـ نبيل!! هذا مرعب!! أنت تتحدَّث بمنطق تجاريّ عن قضية تخصّ مستقبل وطن وشعب.

أجابني مع بسمة مُرَّة:

ـ وطن وشعب؟ للأسف لسنا نملك تَرَف التمرُّغ في هذه الرومانسيَّة الآن! قلت لك ليس هو الوقت المناسب!

ـ رومانسيَّة؟!! هناك دماء تسيل!

ـ وهناك المزيد من الدِّماء ستسيل بعدُ، إذا لم نوقف هذه المهزلة!

ـ وكيف نستطيع إيقافها؟ ما الذي نقوى على فعله؟

- ألّا نشجِّع تلك البلبلة التي سمَّت نفسها ثورة.

- وماذا نفعل حيال قناعاتنا؟؟ حيال ما نؤمن به وما يُمْليه علينا ضميرنا؟

- صغيرتي البطلة، تذكَّري أنَّ صديقتك جان دارك التي كانت تتصرَّف وفق أصواتها الخفِّيَّة، انتهى بها الأمر إلى المحرقة!

لم أتابع النقاش. أفجعتني قدرته على الظهور في وجه آخر، وعلى التصرُّف كشخص آخر، غير الذي عرفته وعشت معه. أذهلتني الازدواجيَّة التي تجلَّت في تصرُّفه بشكل يغاير قناعاته تمامًا ووجهات نظره ورؤيته للأمور التي عرفتها عنه وناقشتها معه على مرّ السنين. وتذكَّرت قول والدي عنه (والذي سمح لنفسه به في فترة انفصالنا قبل الزواج) «مهما تكن أفكاره وقناعاته، فسيبقى دائمًا ابن والديه البعثيَّين المنتفِعَين».

أخبرني بأنَّه دُعي إلى حضور اللِّقاء التشاوريّ للحوار الوطنيّ الذي دعت إليه الحكومة تحسينًا لصورتها بعد أربعة أشهر من انطلاق المظاهرات والاحتجاجات ضدّها، بغرض إيجاد حلّ للأزمة الكارثيَّة التي بدأت الدخول في طور التسلُّح ومبادلة العنف بالأعنف. وقد عُقد اللِّقاء بحضور ممثلين عن الحكومة والنِّظام وممثلين عن بعض شرائح الشعب وهيئاته، وقاطعته أهمُّ أطياف المعارضة الذين رفضوا الدَّعوة بحجّة استمرار القمع على الأرض من جهة، وخوفًا من الاعتقال من جهة أخرى، وعدم الثقة بمصداقيَّة الهدف من ذلك اللِّقاء من جهة ثالثة.

وقد دُعي نبيل الذي كان يدير معامل والده الضخمة والمتطوِّرة لصناعة الأدوية، إلى حضور اللِّقاء باعتباره عضوًا مهمًا في مجلس إدارة غرفة الصناعة السوريَّة منذ عدَّة سنوات.

عندما انطلق الحوار، عُرضت جلسة اليوم الأوَّل بشكل مباشر على القناة الحكوميَّة الفضائيَّة التلفزيونيَّة، وقد أدهشنا ونحن نتفرَّج، عددٌ من

الفنّانين البارزين، والمثقّفين والمفكّرين المرموقين، إضافة إلى بعض من أعضاء مجلس الشعب، ورجال مسلمين ومسيحيّين، يتحدّثون بجرأة وينتقدون ممارسات الحكومة في كثير من الأمور الجوهريّة التي تحكم البلد، ويطالبون بالوقف الفوريّ للحلّ الأمنيّ الذي لجأت إليه الحكومة لمواجهة المظاهرات الاحتجاجيّة. كما يقترحون تغييرات محدّدة في موادّ الدستور، أهمُّها الحدّ من نفوذ حزب البعث، وإفساحُ المجال لغيره من الأحزاب لدخول الساحة السياسيّة في سورية.

في اليوم الثاني من الحوار، أُوقف البثّ المباشر، وتمّ في نهايته إنهاء المؤتمر (بحسب ما أخبرني نبيل وهو يضحك ساخرًا كعادته) من دون إصدار بيان ختاميّ نتيجة اختلافات في صياغة بنوده! الأمر الذي أثار موجة غضب وانتقاد من بعض الحاضرين المعتدلي التوجُّهات والجدّيّين في إيجاد حلّ لأزمة الوطن، حتّى تقرَّر، بعد هرج ومرج وتحت ضغط أطراف نافذة، تمديدُ المؤتمر يومًا ثالثًا، صدر فيه بيان ختاميّ هشّ يُلخّص في عدّة بنود الخطواتِ التي اتّفق عليها المتحاورون كحلول لتجاوز الأزمة.

من أهمّ تلك البنود، بحسب ما جاء في البيان: «اعتبار الحوار طريقًا وحيدًا لإنهاء الأزمة، وضرورةُ الإفراج الفوريّ عن جميع المعتقلين السياسيّين ومعتقلي الرأي، والتوصيةُ بإطلاق سراح جميع الموقوفين خلال الأحداث الأخيرة ممّن لم تثبت إدانتهم أمام القضاء. وكذلك اعتبار المعارضة السورية جزءًا لا يتجزّأ من النسيج الوطنيّ السوريّ، واعتمادُ صناديق الاقتراع أساسًا للتفويض السياسيّ».

في اليوم الرّابع، أدرج البيان بكامل بنوده وتوصياته في ركن منسيّ، واستأنف الحلّ الأمنيّ أعماله بنشاط طال حتّى عددًا من المشاركين في جلسات الحوار تلك، والذين كانوا قد قدّموا مداخلات تجاوزت في جرأتها السقفَ المقبول! إذ تمّ اعتقال البعض بشكل رسميّ، واستدعاءُ البعض

الآخر إلى أفرع الأمن لدردشة «ودية»! كما تلقى البعض أيضًا رسائل تحذير شفهيَّة، غادر بعضهم في إثرها سورية ولم يفلح في العودة إليها حتَّى الآن.

أمَّا نبيل، الذي اكتفى بهزّ رأسه والتصفيق محتفظًا بآرائه لنفسه، فقد برز كنموذج للشاب المثقَّف الواعد، وأُدرج اسمه ضمن قوائم الموالين المخلصين، وتمّ اقتراحه عند بحث التعديل الوزاريّ الذي تمّ بعد عام ونيّف من تلك الجلسة، بعد استفحال حرب شعواء في جسد الوطن على امتداد أطرافه، وصل فيها فعلًا «الدمُ للركب».

شعر نبيل بأنَّه في ورطة كبرى عندما بدأت الأقاويل تتداول الحدث المحتمَل في أوساط المسؤولين ورجالات الدولة (الأوساط التي لم يكن غريبًا عنها باعتباره ابنَ وزيرة سابقة كانت تُلقَّب بالسيِّدة الحديديَّة السوريَّة). أمَّا أنا، فقد عرفت وقتها، أنَّها الكارثة التي ستقضي على علاقتي به نهائيًّا.

العلاقة التي صمدت ولو شكليًّا لعمر يقارب أربعين عامًا، بسبب تسامحي الذي كنت أظنُّه لامنتهيًا وانتهى، كانت بالفعل علاقة نادرة الوجود، لأنَّ نبيلًا كان شخصًا نادر الوجود. سيطرته عليّ لم تكن تحمل المعنى الشَّكليّ والمباشر للسيطرة، فقد كنت حرَّة تمامًا في علاقاتي وتحرُّكاتي وأسلوب حياتي، بل كان يشجِّعني على اتِّخاذ قراراتي بنفسي شرط ألّا تتعارض مع قناعاته، وعلى الانطلاق لاكتشاف عوالم جديدة شرط ألّا تتناءى عن عوالمه. دفعني لأجد عملًا خاصًّا بي، فافتتحت، بمشاركة صديقة لي، صالةً راقية لبيع أحدث الأزياء الأوروبيَّة بمجرَّد صدور قرار تحرير التجارة في سورية، ما لبثت أن أغلقته بسبب الحرب التي عطَّلت التجارة، وبعد رحيل شريكتي إلى كندا.

كانت سيطرة نبيل من النّوع الأخطر؛ كانت سيطرةً فكريَّة ووجدانيَّة بحتة. كان يُصدِّر إليّ الأفكار والمشاعر بشكل غير مباشر، ويُرغمني على

تبنّيها. وبالتالي، فإنَّ قراراتي التي كنت أتَّخذها بمحض إرداتي الحرَّة، كانت في عمقها قراراته هو، بما فيها قرار التغاضي عن محاسبته جرّاء خياناته المستمرَّة لي، بداعي إيماني العميق بأنَّه على الرَّغم من مروره على أجساد عشرات من النساء، فإنَّه يحبُّني أنا، وأنَّني لست مجرَّد جسد ينهل منه لذَّةً موقَّتة، بل امرأةُ حياته التي لا يقوى على الحياة من دونها. تلك القناعة كانت تكفيني (كما أوحى إليَّ هو بشكل غير مباشر) لأن أتسامح معه إلى أبعد الحدود. لكنّ انغماسه في عالم السياسة والسلطة إلى درجة تحوُّله إلى دمية في مسرحٍ للعرائس، كان بالنِّسبة إليَّ أمرًا أبعد من كلّ تلك الحدود.

صار الأمر جدِّيًا أكثر من اللَّازم، فلم يكن من السَّهل على أيّ كان أن يصبح وزيرًا في حكومة دولة تمرّ في حالة حرب ضدّ أكثر من نصف شعبها! حكومة نُبذت وعُزلت من قِبَل معظم حكومات العالم، وفقدت شرعيَّتها في نظرها. كما أنَّ الاعتذار عن التكليف لم يكن مطروحًا، في أيّ شكل من الأشكال، إذ كان سيفسَّر كأنَّه رفض لتنفيذ قرار رئاسيّ، وانشقاقٌ عن المنظومة الحاكمة لمصلحة المعارضة.

خفت على نبيل، ولكنَّني خفت على نفسي أكثر. لم أتخيَّل يومًا أنَّه سيورِّطني إلى الدرجة التي ستجعلني طرفًا في حرب لم أحدِّد بعدُ أيّ طرف فيها أشدّ إجرامًا من الآخر.

ضعفُ نبيل وارتباكه في تلك الفترة، وقلّةُ حيلته، واستمرارُه في مجاملة مَن كان ينتقدهم ويحتقرهم واسترضائهم، وكمِّيَّةُ الخوف والاستسلام التي اكتشفتها في داخله، والتي وصلت إلى درجة الجبن أحيانًا، حطَّمت صورة الرَّجل القويّ القادر صاحب القرار، والتي كنت قد اعتدت أن أراه من خلالها منذ أن كان طفلًا في الخامسة. صار احترامي له يصغر كلَّما اقترب من المنصب الكبير، حتَّى تلاشى تمامًا في ذلك اليوم اللَّعين الذي

رأيته فيه صامتًا فوق جثّة غدي؛ ابننا، مبتلعًا لسانًا كان سليطًا فيما مضى خوفًا من التصريح بما ليس مصرَّحًا له به، كوزير للصناعة.

وُلد غدي بعد عام واحد من زواجنا، حين كنت ونبيلًا في عامنا الرابع والعشرين. من الطبيعيّ أن أقول إنّه كان طفلًا رائعًا، فكلّ الأمهات يعتقدن أنّهنَّ أنجبن أطفالًا رائعين!

بمرور السنوات، جلب غدي إلى حياتي سعادة مختلفة خفَّفت آلام قلبي الذي كان يعاني خيانات نبيل وعلاقاتِه المشبوهةَ التي بلغت أوجَّها بعد نحو سنتين من الزواج. صار غدي هو ضحكتي وعشقي ومستقبلي، والحقلَ الذي زرعت فيه ما أنقذته من كياني الخاصّ، الذي كان يذوب في كيان نبيل. كان غدي أنا التي لم تتشوَّه، وعزمت على ألّا أسمح لها بأن تتشوَّه أبدًا. أوحيت إليه بطرائق مباشرة وغير مباشرة، بأن يختار ذاته بذاته من دون أن يتأثَّر بأبيه أو جدَّيه أو أيّ كائن كان في هذا الكون، وقد نجحت في مسعاي ذاك نجاحًا باهرًا، أوصل الشاب المتمرِّد إلى حتفه (بحسب ما اتَّهمني أبوه).

في مواعيدَ منتظمة، كان الطفل المدلَّل يزور جدَّيه المهمِّين: أوديت؛ المرأةَ الحديديَّة والوزيرة السابقة، وكمالًا؛ رجلَ الأعمال والصناعيّ الكبير. أمَّا فيما تبقّى من أيَّامه، فقد كان يمضي أوقاتًا مطوَّلة في بيت جدَّيه الآخرين، سميرة، ربّةِ المنزل الطيِّبة، وبطرس خيّاط، الموظَّفِ المتقاعد، والبعثيّ المتقاعد.

لم يكن أبي أبدًا يناقش أيًّا من الأمور السياسيَّة أمام غدي ولا حتَّى أمام سواه، فقد أدركه اليأس منذ وقت طويل، وأهدته حكمته التي اكتسبها مع الزمن إلى الصمت. ولكنّ الصمت، كان له صوتٌ صارخٌ أحيانًا؛ صوتٌ لم يضلَّ طريقه إلى قلب طفل مُصغٍ، مرهَفِ الحسّ وحادِّ الذكاء.

عندما دخل غدي مرحلة المراهقة، عملت هورموناته عملَها العنيف في اتِّجاه واحد: رفْضِ كلّ ما كان يقوم به والده. والحقّ يقال، فإنّ تصرُّفاته لم تكن أبدًا بتوجيه مباشر منّي، بل ربَّما كانت بإيحاء من المرحلة الأوديبيَّة التي كان يمرّ فيها وقتها. لكنَّني، في كلّ حال، كنت أشعر بالتشفِّي في أعماقي، وأفرح باسترجاع بعضٍ من كرامتي التي كنت قد أهدرتها طوعًا، كرمى لعينَيْ نبيل.

عندما كان الفتى المتمرِّد يناقش والده وينتقده، كان الأب يتوجَّه إليّ مندهشًا ومتسائلًا:

ـ ماذا تزرعين في ذهن الولد؟

ـ أزرع؟ أنا؟ هو ولد ذكيّ ومنفتح؛ مثقَّفٌ وقارئ وحرّ، وليس في حاجة إلى امرأة هشَّة مثلي كي تزرع في رأسه أيّ شيء.. صدِّقني!

كان نبيل يدرك أنَّ الأوان قد فات للبحث في مصدر ما يسكن في رأس ابنه من أفكار وما يعتمل في قلبه من معتقدات. وفي رأيي الخاصّ، قد يكون هو ذاته مصدرًا مهمًّا للطريقة التي تعلّم غدي كيف يفكِّر فيها ويبحث عن حقائق الوجود والحياة. فنبيل كان، في الأساس، إنسانًا مثقَّفًا، نظيف الفكر ونافذ الرؤية، قبل أن يضطرَّه مركزه المهنيّ والاجتماعيّ إلى اعتماد الدبلوماسيَّة كمنحى في التصرُّف والتعامل مع الظروف؛ ذلك المنحى الذي كان يسمِّيه ابنه وأبي علنًا، وأسمِّيه أنا سرًّا: نفاقًا ووصوليَّة.

عندما تطوَّع الشابّ الذي لم يكن قد بلغ التاسعة عشرة بعدُ للعمل في منظَّمة الهلال الأحمر، جُنَّ جنون والده الذي كان قد استلم حقيبة وزراة الصناعة منذ أقلّ من عام وانتقل للعيش وحده في العاصمة دمشق، لأنَّني رفضت الانتقال معه تعبيرًا عن استيائي، وفضَّلت البقاء في حلب، واختار غدي أن يبقى معي.

- إنَّ اجتياح هذه الحرب المجنونة المدنَ والقرى يخلِّف يوميًّا العشرات من الضحايا المدنيِّين، الذين لا حول لهم ولا قوَّة. ألا تدركون هذا في حكومتكم الموقَّرة؟ أنتم تقومون بما تسمُّونه التطهير بطرائق عشوائيَّة غير مسؤولة، تقتل في طريقها من الأبرياء أكثر ممَّا تقتل من المسلَّحين. أنتم لا تأبهون، ولا تعترفون، كأن من يموتون ليسوا من حَمَلة الجنسيَّة السوريَّة، الذين أقسمتم على خدمتهم والسَّهرِ على تقديم أفضل أسلوب ممكن للحياة لهم! أنتم تطلقون عليهم اسم البيئة الحاضنة للإهابيِّين لتبييض أعمالكم أمام الأغبياء الذين يصدِّقونكم. ولكن، ألا تدركون أنَّ اللَّقب نفسه هو عار عليكم؟ ألم تسألوا أنفسكم لماذا يقوم هؤلاء الناس باحتضان من تسمُّونهم المجرمين وحَمَلة السلاح في وجه دولتهم؟ أليس هذا دليلًا على يأسهم منكم وعلى رغبتهم في التَّغيير، أيّ تغيير. ستقول إنَّهم متخلِّفون وطائفيُّون وجَهَلة، وسأقول لك إنَّ جهلهم، في حدّ ذاته، هو مسؤوليَّتكم أيضًا، وتخلُّفهم يعكس فشلكم وتقاعسكم عن أداء واجبكم كحكومة لهذا البلد.

- إنَّها حرب دوليَّة يا ولد. ليست القصَّة شعبًا يحارب الفساد. المؤامرة أكبر ممَّا تتخيَّل، وليست الأمور بالطوباويَّة التي تتصوَّرها. لقد فُرضت الحرب علينا ونحن نقوم بواجبنا ليس إلَّا. الأولويَّة الآن هي للمحافظة على كيان الدولة، وهذا ما تقوم به الحكومة.

- إذًا، أرجوك يا سيادة الوزير، دعنا نعمل كمنظَّمات إنسانيَّة محايدة لا هدف لها إلَّا مساعدة البشر؛ البشرِ الذين لا يقوم للدولة من دونهم كيانٌ؛ كلّ البشر، وخصوصًا أولئك المنسيِّين من قِبَل حكومتكم الموقَّرة والمستغَلِّين من قبل أعدائها، والذين يقومون بدفع أثمان باهظة، لتحتفظوا أنتم بنفوذكم وليبسط أولئك سيطرتهم على هذه الأراضي المسكينة التي لا تعرف أيّ جزّار منكم هو أرحم من الآخر.

ـ ولكن، ما دخلك أنت فيما يجري؟ ما علاقتك بالهلال الأحمر؟ منذ متى تطوَّعت فيه؟

ـ منذ أن سمعت صوتًا في داخلي يحثُّني على فعل شيء، أيّ شيء، من أجل هؤلاء الناس، ومن أجل هذا الوطن.

ـ صوتٌ في داخلك! هل حكت لك أمّك قصَّة جان دارك؟ وهل عرفت ماذا حلّ بها في نهاية المطاف؟

ـ حكايات طفولتكما لا تعنيني. لست في حاجة لأعرف شيئًا عن جان دارك أو غيرها. الحرب الغبيّة المدمِّرة التي تدور اليوم في البلد هي ما يؤرِّقني. أنا لست جان دارك، أنا لست إلَّا نفسي: غدي، ابنك أنت، يا سيادة الوزير!

لم يُجب الوزير. غادر مذهولًا تاركًا إيَّاي مذهولة مثله، ومتسائلة بيني وبين نفسي: من أين أتى هذا الفتى، الذي من المفترض أن يكون الطفل الورديَّ الذي وُلد وفي فمه ملعقةٌ من ذهب، بكلّ هذا الفكر الثوريّ الناضج وهذا التعاطفِ مع كلّ شرائح الشعب، غير مستثنٍ منهم مَن كانت ثورته تهدِّد نفوذ أبيه وتَعِدُ بتدمير المملكة التي نشأ فيها أميرًا صغيرًا ساليًا عن هموم الناس الذين كانوا يعيشون ككائنات غير مرئيَّة في أسفل برجه العاجي.

إنَّها الحرب؛ الأتونُ الذي ابتلع الطفولة وأنضج الأطفال وفتح أعينهم، وأجبرهم على اتِّخاذ موقف ما؛ موقفٍ أقلّ ما يقال عنه إنّه متطرِّف، لمجابهة ظرف متطرِّف.

أن تحاول النوم كلّ ليلة في فراش وثير، متجاهلًا القذائف التي تسمعها تنفجر على مقربة كيلومترات منك، وأن تتهرَّب من التساؤل عن إحداثيَّاتها وعمَّا خلَّفته من ضحايا وخراب، وأن تتغابى عن الغوص في أسباب هذا العنف وهذا الموت اللذين يحاصران قلعتك الحصينة، التي

تبدو واحةً آمنة في قلب الجحيم، أمورٌ كانت لا تليق برَجُلي الصغير، الذي رُبِّيَ على الجرأة والمواجهة والبحث في أدقّ تفاصيل الأمور. رَجُلي الصَّغير، الشابّ الغضّ، المتحمّس لكلّ ما هو ثوريّ وانقلابيّ، كان يريد أن يحدّد موقعه من الحدث الكبير الذي كان يجري في وطنه. لم يتبنَّ الرّوايات التي عُمِّمَتْ من كلّ الأطراف عمّا يحدث في البلد. أراد أن يكتشف الحقيقة بنفسه: بأن يصل إلى الناس ليتواصل معهم ويقدِّم إليهم ما يحتاجون إليه من خدمات تحافظ على ما تبقى من إنسانيَّتهم. لهذه الأسباب، تطوّع غدي مع مجموعة من أصدقائه المتحمّسين للعمل في الهلال الأحمر.

الهلال الأحمر السوريّ، هو منظمّة غير حكوميّة، مستقلّة، تنشط في المجال الإنسانيّ، وتعمل مع الاتّحاد الدوليّ واللّجنة الدوليّة للصليب الأحمر، ضمن المبادئ الأساسيَّة السَّبعة وهي: الإنسانيّة؛ عدم التحيُّز؛ الحياد؛ الاستقلال؛ الخدمة التَّطوعيَّة؛ الوحدة؛ العالميَّة.

ومؤخّرًا، عند اندلاع الحرب في سورية، قامت المنظّمة بدور كبير ضمن ظروف صعبة جدًّا، إذ لم تكنْ تحصل على التعاون والتسهيلات اللّازمة من الأطراف المعنية إلّا بشقّ النَّفَس.

بل كانت، بالعكس من ذلك، تُواجَه بعرقلة تحرُّكاتها بحجَّة الانحياز. فقد اتُّهمها النِّظام بالعمل مع المعارضة، واتَّهمتها المعارضة بالعمل لمصلحة النِّظام.

لم يفهم الناس ماهيّة العمل الإنسانيّ الذي يتطلَّب الحياديَّة والتواصل مع كلّ الأطراف، فلم يستوعب ممثِّلو النِّظام العلاقةَ التي تربط بعض أعضاء المنظَّمة ببعض قيادات الجيش الحرّ أو الألوية المقاتلة التي كانت تسيطر على مساحات شاسعة من سوريا، بمن فيها من سكان ومواطنين أبرياء وغير أبرياء، موالين كانوا أم معارضين. كما لم يغفر المعارضون والثوّار

اضطرار المنظَّمة إلى العمل تحت جناح النِّظام وحاجتها إلى التَّنسيق معه في كثير من الأوقات، لتسهيل المهمّات التي تهدف أوّلًا وأخيرًا إلى خدمة الجميع.

تمَّ اعتقال كثير من المتطوّعين في أفرع الأمن، كما أُطلق الرصاص من كلّ الأطراف، في كثير من المرَّات، على سيَّارات المنظَّمة، بما فيها سيَّارات الإسعاف التي كانت تنقل مصابين، الأمر الذي أدَّى إلى إصابة العديد من الشبَّان ومقتلهم، وقد لُقِّب هؤلاء بشهداء الهلال الأحمر! واحدٌ منهم كان غدي، ابني، وابن وزير الصِّناعة نبيل نعمة.

عندما بدأ يدخل في طور المراهقة، وجد غدي حلمه (الذي تخلَّى عنه لاحقًا لمصلحة العمل الإنسانيّ) في أن يدرس ويمتهن الإخراج السينمائيّ! كان مهووسًا بالسينما وكلّ ما يتعلَّق بصناعتها، ووعده أبوه، قبل أن تستعر الحرب في سورية، قبل أن يتنبَّأ أيّ عرّاف باشتعالها، بأن يرسله لدراسة فنون الميديا في الجامعة الأميركيَّة في بيروت، على أن يكمل بعدها دراسة اختصاص الإخراج السينمائيّ في أميركا. ولكنَّ نبيلًا غيّر المخطَّط بشكل مفاجئ بعد وقوع الحرب بعدَّة أشهر، وفاجأنا بأن أعلن لنا أنَّ غدي الذي لم يتقدَّم بعدُ لامتحان البكالوريا، سيسافر إلى ألمانيا في أسرع وقت للحصول على الإقامة هناك، ثمَّ سيعود إلى سوريا لينال شهادة البكالوريا التي سيتقدَّم على أساسها للتَّسجيل في أيّ جامعة يختارها في أوروبا أو أميركا.

ـ كيف سترسل الولد إلى ألمانيا؟ وأين سيعيش؟

ـ لا تقلقي، عندي وسائلي. ابن عمّي سيستضيفه في بيته الكبير في فرانكفورت حتَّى يحصل على الإقامة. ومتى انتسب إلى جامعة ما، سنرى كيف سنتصرَّف؛ قد نؤمّن له سكنًا جامعيًّا، أو استوديو في منطقة قريبة.

ـ ولكنْ، لمَ تفعل هذا؟

ـ ألا ترين أنَّ البلد يرقص على كفّ عفريت؟ هل أغامر بمستقبل ابني؟!

ـ لمَ لا ننتظر حتَّى ينال البكالوريا في العام القادم، ثمَّ نرسله إلى جامعة ما في أميركا بحسب ما وعدته؟

ـ لن أُبقيه هنا سنة ونصف سنة بعدُ. الوضع يزداد خطورة كلَّ يوم. كلَّما سافر أسرع، سارت الإجراءات بشكل أسهل.

ولكنّ غدي كان له رأي آخر: رفض السفر رفضًا قاطعًا، وتمسَّك بالمخطَّط الأوَّل كديكتاتور صغير. لم ينجح أبوه في إقناعه بالحوار، ولا في إجباره بالعنف، وتحوَّل البيت إلى جحيم مقيت طوال سنة ونيِّف، حتَّى استلم نبيل الحقيبة الوزاريَّة وغادر إلى دمشق وحده، بعدما رفضنا الانتقال معه، والتهى عنَّا يائسًا بالمنصب الجديد والحياة الجديدة.

عندما حاز غدي شهادة البكالوريا، فاجأنا بقرارين صاعقين: الأوَّل تأجيل تسجيله في الجامعة الأميركيَّة في بيروت لمدَّة عام، والثاني كان تطوُّعه للعمل في الهلال الأحمر.

أبوه الذي طار صوابه، ترك وزارته وجاء إلى حلب فور سماعه الخبر. تشاجر مع الشابّ العنيد لمدَّة أسبوع، اضطرَّ بعدها إلى العودة إلى العاصمة لمتابعة عمله من دون أن يعلن الاستسلام الذي كان يشعر في صميمه بأنَّه مقبل عليه لا محالة، إذ لا يملك خيارًا سواه.

صار غدي يتغيَّب عن المنزل أيَّامًا وأسابيعَ، متنقِّلًا بين القرى المحاصَرة والمناطق الملتهبة، لتوزيع المعونات على المواطنين المنكوبين ومساعدتهم. كان يدرس الإخراج السينمائيّ على أرض الواقع، ضمن فيلم

رعب لم يخطر لأيٍّ أكاديميَّة إدراجَ مثله في مناهجها، إذ فاق الخيالُ فيه حدودَ المنطق المقبول للعرض في الجامعات أو الصالات.

وأنا، كان قلبي يشتعل نارًا طوال فترات غيابه، متسائلة عن الخطأ الذي اقترفته في حياتي لأستحقّ هذا العذاب كلّه، وقد كنت أظنّ وقتها أنّني بلغت ذروته، من دون أن أدري أنَّ العذاب الأعظم ما زال في انتظاري.

خلال رحلاته تلك، لم يستطع غدي أن يتنصّل من هوايته وشغفه، بل استغلهما لتأريخ ما كانت تقع عليه عيناه ويداه، وترك لي بعد رحيله المفجع، كنزًا يتألّف من أرشيف ضخم يعجّ بمئات الصور الفوتوغرافيَّة والفيديوهات والأفلام الوثائقيَّة القصيرة، اكتشفته بالصدفة عندما كنت أنقّب في حاسوبه قبل سفري، فنسخته كاملًا وأحضرته معي إلى فرنسا، من دون أن أذكر عنه شيئًا لنبيل.

مساء ذلك اليوم الكئيب من شهر حزيران، كنت أشعر بالانقباض والقلق، فصنعت فنجان قهوة لنفسي، وأخذت الأيباد بيدي مداعبة صفحته بلمسات سريعة من أناملي، مستطلعةً ما يُنشَر على الفيسبوك وعلى مواقع الأخبار التي تنقل الأحداث في سورية.

كنت وحدي منذ اليوم السَّابق، إذ سافر غدي إلى دمشق عند والده، بحجة حضور اجتماع مهمّ لمنظَّمة الهلال الأحمر في المركز الرئيس لها في العاصمة، وكان قد كلَّمَني في الثامنة صباحًا وهو إلى مائدة الفطور مع نبيل.

الخبر الأوَّل الذي طالعني وقتها، والذي انتهيت من الحياة بانتهائي من قراءته، كان التالي:

«ارتقى أربعة شهداء وسقط خمسة جرحى من متطوّعي الهلال الأحمر السوريّ جرّاء قصف جوي استهدف طريق دمشق - دير الزور الدوليّ.

واستهدف الطيران الحربيّ بالصواريخ، قافلةً للهلال الأحمر قرب منطقة كباجب في ريف دير الزور، الأمر الذي أدّى إلى تدمير ثلاث سيّارات، تحمل موادّ إغاثيّة.

وتقصف قوّات النّظام ريف دير الزور بشكل يوميّ في محاولة لاستهداف عناصر تنظيم داعش، الأمر الذي يؤدّي إلى سقوط العديد من المدنيين.»

لقد تمّ: أُحرقت جان دارك ذات الأعوام التسعة عشر مرّةً أخرى، وليست أخيرة.

لقد فتكوا بغدي.

عبّاد الشّمس

-1-

صادف اليومَ، عيدُ ميلاد التوأمين مارتا وإيڤا. أخرجنا مارتا بعد القيلولة من غرفتها على كرسيّ مدولَب لحضور الحفل الذي أعددناه لهما في قاعة السُّفرة، وكان يتلخَّص في قالب كاتو وشمعتين، وبضعة أنواع من المشروبات السَّاخنة والباردة.

انسحبت إيڤا من القاعة حالما دَرَج الكرسيّ الذي يحمل توأمها إلى داخلها. وعندما هممتُ بالخروج خلفها لإقناعها بالعدول، عاجلتني روزيت بحزم:

- اتركيها.

تركتها تخرج إلى الشرفة، لتجلس على كرسيّ ملاصق للحائط محتميةً تحت سقف الشُّرفة العلويَّة من المطر الذي كان يتساقط بغزارة، تمامًا كاليوم الذي وُلِدَت فيه قبل خمس دقائق من أختها منذ خمسة وثلاثين عامًا.

لم يُمهلني صبري حتَّى انتهاء الحفل الذي احتفل فيه الجميع ما عدا صاحبتيه، بما أنَّ الحاضرة منهما، وهي مارتا، كانت غائبةَ الرُّوح كعادتها،

مستكينةَ الجسد الملقى على الكرسيّ، تحدِّق من خلال الثقبين الأبيضين في بؤبؤي عينيها في فراغ غامض، اللّـه وحده يعلم ما الذي تراه فيه!

تسللتُ إلى الترّاس بعد توزيع الكاتو على النُّزلاء والمرضى، فوجدت إيڤا تدخِّن، محدِّقة في الفراغ أيضًا، ولكن بعينيها الذكيَّتين، واللَّتين تفصحان عن أسرار مهمَّة تنام خلف سوادهما الحالك.

ـ لماذا غادرتِ؟ هي، في كلّ الأحوال، لا ترى، ولن تشعر بأنَّك كنت هناك!

ـ أنا أرى، على الأقلّ، ولا أريد أن أراها، وخصوصًا وهي في هذه الحال!

ـ تكرهينها، أم تشفقين عليها؟!

صمتت فترة شعرت خلالها بأنَّني صعَّبت عليها السؤال، الذي أجابت عنه بعد حين:

ـ لا أدري إن كنت أشفق عليها! لكنني بالتأكيد لا أكرهها.

ـ لماذا تهربين منها إذًا؟

أجابت بعد صمت طويل أيضًا:

ـ ما يوحِّده الدم، لا يفرِّقه إلَّا الدم.

ـ دم؟؟ دم مَنْ الذي فرَّق وحدتكما؟

ـ دم ابني الذي أهدروه!

ـ ابنك؟؟

أذهلتني المفاجأة، فلمْ يذكر لي أحدُ من قبلُ أنَّ لإيڤا ابنًا، ولم يُذْكَرْ في ملفِّها الطبِّيّ أنَّها سبق وأنجبت.

ـ متى أنجبت ذلك الابن؟ وكيف أهدروا دمه؟

نفخَتْ في الهواء المشبَع برطوبة المطر آخر نَفَس سحبَتْه من سيجارتها ، قبل أن تسحق رأسها بقسوة في المنفضة، ملاحقةً به كلَّ ذرَّة تبغ هاربة

بقيت مشتعلة بين الرَّماد تتوهَّج بنور خافت أحمر، تمَّ إخماده سحقًا. وأعادت ترتيب شالها الرَّقيق فوق كتفيها، قبل أن تقوم بهدوء لتتَّجه إلى غرفتها من دون حتَّى أن تنظر في اتِّجاهي.

أغاظني تصرُّفها، لكنَّني عرفت أنَّ صمتها لن يطول، لأنَّ السرّ الذي كانت تحبسه في صدرها قد بدأ يضغط على أنفاسها مجاهدًا ليتحرَّر. تجاهلتها عدَّة أيام مظهرةً لامبالاةً كاذبة تخالف ما كان يعتمل في داخلي من فضول كبير، ألهاني للحظات كثيرة عن التلذُّذ بألمي الذي اعتدت أن أمارسه كراهب مازوشيّ.

خرجَتْ إيڤا في فترة القيلولة بعد أربعة أيَّام من الاعتكاف في غرفتها، وجلست على مقعدها الخشبيّ في الحديقة تحت أشعَّة شمس الربيع الدافئة. لمحتها من نافذة المكتب تجول ببصرها يمنةً ويسارًا، فعرفت أنَّها تبحث عنِّي. خرجت إليها بهدوء، وسألتها أن تقدِّم إليَّ سيجارة، ففعلت بكلّ سرور، وبدأت بالكلام بمجرَّد أن زفرت دخَّان النَّفَس الثاني.

ـ 2 ـ

أهالي قريتنا كانوا يصفون بابلو، عندما يتحدَّثون عنه، بالشابّ الغريب الأطوار، وكانوا يتأسَّفون على حظّ الدون أنطونيو الذي لم يُنجب إلّا هذا الذَّكَرَ إلى جانب أربع بنات. لم أكنْ أدرك وقتها ما الغريب في أطوار هذا الشابّ، وما الذي يقصده الناس بالحديث عنه بهذه الطريقة.

عندما اكتشفت علاقته بمارتا، كان بابلو طالبًا في كلّيّة الحقوق في جامعة كومبلوتينسي ـ مدريد، التي انتسب إليها ومكث فيها سنوات من دون أن أعرف إن تخرَّج منها أخيرًا أم لا، مقيمًا بشقَّةٍ صغيرة أشبه بالاستوديو تقع في جادة مونكلوا القريبة من الجامعة.

قبل ذلك، كنّا نلتقي في الصيف عندما يأتي لتمضية عدَّة أسابيع في كاستييخو دي لا سييرا ليُشرف في نهايتها على عمليّات جني المحاصيل. كان يلتقطني من الحقول ويحملني بسيّارته الجيب السوداء، ويصعد بي إلى قمّة الجبل المطّل على القرية، عابرَين أوَّلًا حقولَ عبّاد الشمس، ثمَّ مزارع تربية النَّحل، ومن بعدها الغابات الجبليَّة المأهولة بشتَّى أنواع الحيوانات. كنّا نترجَّل من السيّارة قبل القمة بقليل، لنجلس تحت شجرة

مُطلّة على الوادي، نحتسي زجاجات البيرة المثلّجة التي كان بابلو يحتفظ بها في سيّارته ضمن برّاد صغير خاصّ بالرحلات. وما إن يتسلّل الكحول إلى دمائنا ناشرًا في أعضائنا خَدَرًا لذيذًا، حتّى تبدأ يداه بالتسلُّل تحت ملابسي، مضيفةً إلى خَدَري أمواجًا من النشوة التي تحبس أنفاسي ولا تُطلقها إلّا بعد انتهائه من مضاجعتي بسرعة وعنف.

في الشتاء، كنت أتّصل به هاتفيًا كلّ عدّة أيّام من هاتف بيتنا عندما يخلو لي الجوّ (إذ لم أكن بعدُ قد امتلكت جهاز موبايل) لأطمئنّ على وضعه في مدريد، ولأبادله أحاديث واهية عن مواضيع شتّى لم تَرقَ إلى الجدِّيَّة يومًا. لم يكن يحكي لي أبدًا كيف يُمضي وقته، ومَن يضاجع من النساء هناك طوال فترة غيابي.

خطر لي ذات يوم (وقبل عدّة أسابيع من اعتراف مارتا) أن أقوم بزيارة مفاجئة له. وقد خطّطت أن أنفِّذ الزيارة في اليوم الذي كان لديَّ فيه موعدٌ مع طبيب الأسنان في كوينكا.

بمجرّد أن نزلت من الحافلة في كوينكا، توجّهت إلى أوّل هاتف عموميّ وطلبت عيادة الطبيب واعتذرت عن الحضور، ثمّ ركبت أوّل حافلة مسافرة إلى مدريد.

عندما وصلت إلى مدريد كانت الساعة تشير إلى الثانية عشرة ظهرًا، وكان الازدحام خانقًا حيث نزلت في «ماندز آلفارو/ Mandez Álvaro»، وهي محطّة الباصات والمترو التي تقع في قلب المدينة. شعرت بالغربة والخوف، فقد كانت هذه هي المرّة الأولى التي أطأ فيها مدريد وحدي، والمرّة الثانية أو ربّما الثالثة على الأكثر التي أطأ فيها مدريد أصلًا، طوال الأعوام الثمانية عشر التي كنت قد عشتها من عمري.

كان يوم الثلاثاء، وكنت أعرف أنَّه لا يداوم في الجامعة يومي الثلاثاء والخميس. طلبت رقم هاتف بيته من هاتف عموميّ، وانتظرت بقلب يكاد ينفجر من عنف نبضاته أن يتوقَّف الرَّنين وأن يأتيني صوته قائلًا: Si!؟

لكنّ الرَّنين الذي استمرَّ طويلًا توقف أخيرًا من دون أن أسمع الـ Si المنتظَرة! ليس في المنزل إذًا. انكمشت مذعورة في الزاوية جانب الهاتف، من دون أن أعرف ماذا يمكن أن أفعل؟ لست أدري ما سبب كلّ ذينك الخوف والهلع اللذين اعترياني، مع أنَّ الحلّ كان سهلًا جدًّا، وفي متناول يدي العاجزة عن التصرُّف: أن أشتري بطاقة عودة إلى كوينكا، وأرجع مثلما أتيت إلى قريتي. لكنّ ذهني الذي كان مشغولًا بخيبة أمله وإحباطه، لم يحبَّ أن يَهديني إلى طريق العودة، فقرَّرت أن أنتظر قليلًا لأكرِّر محاولة الاتصال، وبقيت أرتجف بذعر في ركني ذاك، مُطرقةَ الرأس في حَرَج كزهرة عبّاد شمس هجرتها شمسها.

تكلَّلت المحاولة الثانية بالنجاح: جاءني الصوت المشتهى ناعسًا وضعيفًا، كأنَّني أخرجت صاحبه من نوم عميق.

- بابلو، هذه أنا: إيڤا!

- إيڤا؟! أهلًا.. ماذا هناك؟

- أنا في مدريد!

- ماذا تقولين؟

- أنا في مدريد. أتيت لزيارتك، وعليّ أن أعود قبل اللَّيل إلى القرية. كيف سأراك؟

- ولكنْ، هل تمزحين؟

- لا، لست أمزح.. بربّك بابلو، أنا في محطة Mandez Álvaro.

ـ هل أنت مجنونة؟! كيف تجيئين هكذا من دون إخطاري. من قال إنّني أستطيع استقبالك؟!

ـ ألا تستطيع؟؟!!

قلت بصوت خافت، وقد توقّف قلبي عن النبض تمامًا، وشعرت بالدُّوار.

ـ لا، لا أستطيع. أنا مشغول؛ عندي موعد. سأغادر المنزل بعد قليل. أنا مدعوّ عند أصدقائي.

عرفت أنّه يتهرّب، وشعرت بأنّه غير متوازن تمامًا كأنّ لسانه ثقيل وهو يتحدّث. صمتُّ باستكانة، وانهمرت دموعي كطفلة ضاعت في الزحام، لأسمعه يقول بعد برهة:

ـ حسنًا، يا إلهي، لا بأس، سأتدبّر الأمر. اركبي المترو رقم 6 في اتّجاه لوسيرو، وانزلي في محطة ميتروبوليتانو، وسآتي لآخذك من هناك. هل ستعرفين؟

ـ نعم، نعم، سأعرف. شكرًا بابلو.

عرفت كيف أصل إليه، كما عرفت يومها أوّل نوع من أنواع المخدّرات التي جعلني بابلو لاحقًا أجرّبها كلّها، ابتداءً بسيجارة الحشيش التي أشعلها وسحب أوّل نَفَس منها قبل أن يقدّمها إليّ في ذلك اليوم.

بعد أسابيع قليلة من تلك المغامرة التي شكّلت بداية مرحلة جديدة في حياتي، جاءتني مارتا باكية، وشدّتني من يدي، لأقوم من أمام نار المدفأة وأتبعها إلى غرفتنا التي أغلقت بابها بمجرّد دخولي إليها:

ـ أريد أن أقول لك شيئًا.

قالت من خلال دموع غزيرة كانت تسيل من عينيها وأنفها على وجه ضيّع احتقانه ملامحه. أُصبتُ بالهلع، وأمسكت بها من كتفيها وسألتها:

ـ ماذا هناك؟ تكلّمي مارتا.

ازداد بكاؤها عنفًا، لكنَّها لم تقوَ على التراجع عن الخطوة التي تجرَّأت أخيرًا على اتِّخاذها بعد زمن طويل من التردُّد، فقالت بصوت مخنوق:

ـ بابلو.

كانت تلك الكلمة كافية لأُدرك بحاستي السادسة ما الموضوع. توقَّعت أنَّها تعاني آلامَ حُبّ من طرف واحد، فغاص قلبي في صدري إشفاقًا عليها، وشعرت بالذَّنب يغمرني، حتَّى فتحت فاها وأكملت.

ـ أنا على علاقة به منذ أكثر من سنتين.

ـ ماذا تقولين؟

شعرت بالأرض تميد تحت قدمَيّ. حاولت أن أقنع نفسي لوهلة بأنَّها ربَّما تكذب، لكنَّني لم أنجح في تصديق ذلك لأنَّني أعرف مارتا أكثر ممَّا أعرف نفسي.

ـ كيف حدث ذلك؟ هل أنت مجنونة لتقيمي علاقة بشخص كهذا؟

ـ أحبّه ايڤا. أحبّه جدًّا.

ـ تحبينه؟؟؟ وهو؟

ـ هو أيضًا يحبّني، هو طيّب جدًّا.

ـ ولماذا لم تخبريني؟؟ لست أصدِّق أنَّك أخفيت الموضوع عني كلَّ هذا الوقت.

ـ أنا آسفة جدًّا إيڤا. ولكنْ، هو طلب منِّي ذلك.

ـ لماذا؟

ـ لا أدري، هو يعرف ماذا يفعل، إنَّه شابّ حكيم وذكيّ، وأنا واثقة بأنَّه طلب ذلك تحقيقًا لمصلحتي.

ـ أنت فتاة غبيَّة.

ـ أنا أعرف هذا، وممتنَّة لأنَّه أحبّني على الرَّغم من غبائي.

تصاعد غضبي إلى حدّ الجنون. اشتهيت أن أصفع وجهها المبلَّل بالدُّموع لتستيقظ من غبائها، لكنَّني وعيت فجأة أنَّها سبقتني بتوجيه تلك الصفعة إليّ من دون أن تدري، موقظةً إيَّاي، أنا الأخرى، من غفلتي وغبائي. للمرَّة الأولى في حياتنا، لم أستطع أن أحدِّد: مَنْ منَّا هي الأغبى مِن الأخرى.

ـ ولماذا تبكين إذًا؟

ـ أشعر بأنَّه سيضيع منِّي. أخاف أن يتركني، وأعرف أنَّ هذا سيحدث يومًا ما؛ فهو يستحقّ امرأة أفضل بكلّ تأكيد. الألم سيقتلني. لم أعد أستطيع كتمان الأمر عنك أكثر من ذلك. أحتاج إلى أن أبوح لك. أنا أعرف أنَّك على علاقة به منذ زمن طويل، ولم أستطع أن أواجهه أو أواجهك، ولم أستطع الكفّ عن حبّه. أريدك أن تسامحيني، وأن تقولي لي ماذا أفعل.

ماذا كان يمكن أن أقول لها. لقد أدمى ألمها وانسحاقها قلبيَ، وشعرت بأنَّني أنا التي خنتها وليست هي التي خانتني. فكَّرت في بابلو: في قسوته وبروده، وحضنه الحارّ الذي لم أجد فيه يومًا شيئًا من دفء. تذكَّرت عنفه وهو يمارس الجنس معي، وهو بعيد جدًّا عنِّي. تذكَّرته حين يخرج منِّي ويقوم عنِّي من دون أن ينظر إلى عينَيّ الملتهبتين عشقًا له، والمتعلِّقتين بوجهه في استجداء ذليل للمحة عطف من طرف عينيه التائهتين.

كنت غبيَّة كأختي، ومنكسرةً مثلها. كنت أشعر بأنَّه يمنّ عليّ عندما يروي شبقه النَّبيل من جسدي غير المستحقّ، فلم أجسر حتَّى على التَّفكير في مطالبته بقليل من الحنان، وشيء من الرِّقَّة. فما أنا إلَّا ابنة أليخاندرا وخوسيه فرناندو؛ الفتاةُ الخرقاء ذات الجسد الجميل، والوجه البعيد عن المَلاحة بُعْدَ كاستييخوا دي لا سييرا عن مدريد.

ـ إنَّه وغد يا ماريتا؛ وغد، ولا يستحقّ.

ـ لا، يا إيڤيتا. هو شابّ طيِّب، ولكن...

ـ لكنْ ماذا؟؟ أنت تدفعين بي إلى الجنون.

ـ لم أكن أحلم يومًا بأن يحبَّني رجلٌ مثله. بربِّك إيڤا: انظري مَنْ هوَ، ومَنْ نحن!

ـ هو لا يحبّك يا مارتا، ولا يحبّني. وعلينا أن نقطع علاقتنا به في الحال.

ـ الكلام سهل، ولكنّ التَّنفيذ؟؟ هل ستَقْوَين أنت على فعل ذلك؟ وعلى أيّ أمل؟ أن تجد كلٌّ منّا شابًّا غيره يحبُّها ويتزوَّجها؟ هنا؟ في هذه القرية المعزولة التي لا يعيش فيها إلَّا المسنُّون؟

ـ إذًا، هل سنستمر بالسماح له بالعبث مع كلتينا كأنَّنا معزتان في مزرعة أبيه؟ هل تدركين ما تقولين؟

ـ أنا لا أدرك شيئًا. ومن أجل هذا جئتك وبحتُ لك بالسرّ الذي يعذِّبني، لعلَّك أنت تدركين أو تستطيعين فعل أيّ شيء.

ـ تريدينني أن أنسحب وأن أُخْلي لك الجوّ؟

ـ لا، إيڤا. اسمعيني: لا أقصد ذلك. فأنا أعرف أنَّ مشكلتي ليست معك، ولست أريد إيلامك. لكنَّني صدقًا، لن أقوى على فعل شيء. سامحيني إيڤا.

نظرت إليها بيأس وقد أُسقط في يدي. لقد هالني أنَّها ما زالت تقول عنه إنَّه رجلٌ طيِّب، وتراه طفلًا ودودًا جبَرَ خاطرَ بطّتين برِّيَّتين منسيَّتين في مستنقع ناءٍ، ورمى إليهما بفتات فحولة بائتة تسابقت المسكينتان على التقاطها، كلٌّ قبل أختها، إسكاتًا لجوع عميق، ينتشر كسحابة من ضباب فوق المستنقع الآسن.

أمّا أنا، فعلى الرَّغم من أنّني لم أستطع بعد هذا الاعتراف أن أتوقَّف فجأة عن حبِّه، وبقيت روحي تتهافت على التقاط ذلك الفُتات، فإنَّ الرؤية كانت قد انكشفت لبصيرتي، وعرفت وقتها أنَّه، في كلّ الأحوال وعلى الرّغم من حاجتي إليه، وإدماني إيَّاه، رجلٌ وغد.

نهضت بعد ليلة لم أنم فيها إلَّا هنيهاتٍ خاطفةً، مثقلَةً بكوابيسَ مريعة، وتسلَّلت إلى غرفة الكاهن التي كانت مثل بيتنا مُلحَقة أيضًا بالكنيسة، واستغلَلْتُ غيابه لأنفرد بالهاتف طالبةً عبره رقمَ شقَّة بابلو في مدريد، على أمل اللَّحاق به قبل أن يغادر إلى الجامعة.

- Siii!

جاءني صوته الناعس الخارج من عالم الأحلام ليكرِّس كوابيسي. كانت الساعة المثبَّتة على حائط غرفة الكاهن تشير إلى السَّابعة إلَّا عشر دقائق.

- بابلو.

- مَنْ؟؟؟

- إيڤا... أيُّها الوغد!

صمْتَ لحظات خلت فيها أنَّه عاد إلى النَّوم، فأيقظته:

- ماذا تريد من مارتا المسكينة؟

- مارتا؟؟ ماذا تريدين أنت في هذه السَّاعة أيَّتها المجنونة؟

- أريد أن أنتزع عينيك!

فاجأتني جرأتي ووقاحتي ربَّما أكثرَ مما فاجأته، وشجَّعني صمته على الاستمرار:

- تقيم علاقة بأختي أيُّها الحقير؟

- من قال لكِ هذا؟؟

- أَوَليس هذا صحيحًا؟

- لكن، كيف عرفتِ؟

- هذا فقط ما يهمّك؟

- إيڤا، لا تكوني غبيَّة. اهدئي.

- أنت رجل مختلّ!!

ـ إيڤاااااااا.

صرخ باسمي بأعلى صوت سمعته منه مذْ عرفته، فأيقظني صراخه من نوبة الجرأة والتمرُّد التي اعترتني من حيث لا أدري، فخفت، واستكنت.

ـ تعالي إليّ.

لم أستوعب ما قاله، فسألته:

ـ ماذا قلت؟

ـ تعالي إليّ، صرتِ تعرفين العنوان.

مرّت عليّ لحظة جمود بعد أن أنهى المكالمة، وبقيت ممسكة بسماعة الهاتف أضغطها بذهول على أذني. الشعور الأوَّل الذي داهمني بعد أن أفقت من جمودي كان فَرَحًا طاغيًا تسلَّل حتَّى أعماق روحي، كأنَّ التي كانت تشتمه منذ وهلة قصيرة هي فتاةٌ غيري. فوضعت سماعة الهاتف مكانها وبدأت لتوّي بالتنسيق لرحلة أخرى مثيرة إلى مدريد.

عندما استقبلني يوم جئته ملبّيةً الدَّعوة المُريبة، عاجلني بمعانقة حارَّة، وبدأ بنزع قميصي عنّي، لكنَّني انتفضت بحزم كما خطَّطت مسبقًا، وبادرته:

ـ مارتا أوَّلًا!

كنت قد عزمت على أن أبدو حازمة وقويَّة، وألَّا أساوم بشأن كرامتي وكرامة أختي، لكنَّني، من جهة أخرى، كنت أعرف أنَّني سأصدِّق ما سيقوله بمجرَّد أن يفتح فمه للكلام، وهكذا كان:

ـ بدأت القصة عندما جئتُ فجأة إلى القرية ذات مساء. وصلت إلى الحقل مع بدء حلول الظلام، وكانت هناك وحدها، وقد عقصت شعرها بالمنديل الذي كنتُ قد أهديتك إياه، فظننتها أنت! تسلّلت إليها بهدوء من دون أن تشعر وحضنتها من الخلف، وقبلت عنقها كما اعتدت أن أفعل معك، ولم أدرك أنَّها مارتا إلا حين استدرات وقبّلتْني بشغف كبير.

ـ وبعدُ؟

ـ مارتا فتاة رقيقة وطيِّبة جدًّا، لم أعرف كيف أتنصَّل منها خوفًا من جرح مشاعرها، ومن افتضاح أمر علاقتي بك. لقد انجرفت بدافع المجاملة ليس أكثر. صدِّقيني. أنا أحبُّك أنت. أنت هي فتاتي.

وساعدَتْه على إقناعي سيجارةُ الحشيش التي أشعلها وقدَّمها إليَّ، فصدَّقته، وتجاهلت الصوت الخفيّ الذي كان يتمتم في أعماقي واصفًا إيَّاه بالوغد.

ولم ينسَ، وهو يودِّعني، أن يدسَّ صرّةً تحوي عدَّة سجائر حشيش في حقيبتي، وأن يأمرني بمعاودة الزيارة بعد أسبوعين.

قال لي إنَّه سيقطع علاقته بمارتا تدريجيًّا، واكتشفت أنَّه لم يفعل، حين ضبطت تحت مخدَّتها عدَّة سجائر حشيش بعد عدَّة أشهر من ذلك الوعد. وقتها، كنت قد تجاوزت الحشيش، وتطوَّرت في إدماني إلى حُقَن الهيروين، الذي كان يزوّدني بمسحوقه خلسةً عندما يأتي إلى القرية، أو عندما كنت أزوره في مدريد.

طاش صوابي عندما اكتشفت أنَّ مارتا تدخِّن الحشيش الذي يمدُّها به بابلو في غفلة عنِّي. وكعادتها، بكت عندما واجهتها. أخبرتني بأنَّها التقته في كوينكا ثلاث مرَّات خلال الفترة المنصرمة، واستعطفتني بأن أدع لها متعتها الوحيدة في هذه الحياة، والمتمثِّلة في حبّ بابلو والانصياع لأوامره:

ـ لا أعرف أن أعيش من دونه. هو نافذتي إلى الحياة، فكيف أغلق هذه النافذة؟

ـ يجب أن تفعلي يا مارتا، قبل أن تتورَّطي أكثر من ذلك.

ـ أنا متورّطة منذ زمن بعيد، إذ أؤمن إيمانًا، لا شكَّ فيه، بأنَّ حياتي من دونه ستَؤُول إلى خراب.

تركتها في ورطتها، لأنّني كنت بدوري متورِّطة أيضًا. تورَّطت في مخدِّراته أكثر من تورُّطي فيه، إذ صار إدماني أكبر من حبّي، بحيث أصبح في مقدوري أن أبيع بابلو وكلّ ما يمتّ إليه بِصلْة لقاء حقنة هيروين تطير بي إلى مَلَكوت لم يعرف هو أن يحملني إليه، على الرّغم من كلّ العشق الذي عشقته إيّاه. لقد اقترف من دون أن يدري خطأً كبيرًا حين قادني إلى درب المخدِّرات، فقد اكتشفت هناك نافذة أخرى في جدار حياتي المصمَت، غير تلك التي كنت أظنُّها الوحيدة التي ارتضت أن تنفتح على زنزانتي المظلمة الرطبة، لتزوِّدها بقليلٍ من الأشعة لشمسٍ لا دفء فيها ولا نور.

عندما اعترفتْ لي مارتا بعد سنة أخرى من إدمان العيش بحسب أوامر ذلك الشيطان، بأنّها بدأت بتعاطي الحُقَن أيضًا، عرفت أنّه قد آن الأوان لأفعل شيئًا. فكّرت في أنّني لن أسلّم إليه حياتي كعبدة بلهاء لمجرَّد أنّه يزوّدني بالمخدِّرات التي من الممكن أن أحصل عليها بأيّ طريقة أخرى، بما أنّني كنت قد أدركت أنّه لا يخطّط لمستقبل واضح معي، وأنّه حتمًا لن يتزوَّجني.

عزمت على أن أنسف أسلوب حياتي من جذوره، لأبدأ حياة جديدة، لا مكان فيها لبابلو ولا حتّى لمارتا. قرّرت أن أطفئ شمس حياتي البائسة تلك لأعيش فجرًا جديدًا لا تشرق فيه إلّا أشعّة قلبي. صمّمت على أن أعيش لنفسي مهما يكن الثمن، ولن أبخل على حرّيّتي ولو دفعت في مقابل الحصول عليها حياتي.

عكفت لفترة مديدة على التخطيط بهدوء شديد، وبعد اكتمال المخطّط الهزيل في ذهني، شرعت في تنفيذ الخطوة الأولى.

أعلنْتُ لوالدَيَّ بأنّني سأنتقل للعيش في مدريد قريبًا، وأنَّ نوريا، الممرّضةَ التي تعمل في مستوصف القرية المجاورة، قد وجدت لي عملًا في أحد المشافي هناك.

أبي الذي بدأ يطعن في السنّ، فاجأه قراري، وبدا قَلِقًا عليّ من زحمة مدريد التي عرف أنَّها ستفترسني:

- مَن هي نوريا تلك؟ أنا لا أعرفها، أعرف مونيكا، والأخرى البدينةَ الشقراء: فرناندا.

- نوريا هي الممرِّضة الجديدة التي جاءت عوضًا عن فرناندا، لقد التقيتها عند زيارتي الأخيرة للمستوصف، وهي فتاة طيِّبة.

- ولكنْ، كيف ستعيشين وحدك في مدريد؟ أنت لم تزوريها في حياتك إلَّا مرات قليلة! إنَّها مدينة كبيرة ومزدحمة، والحياة فيها ليست بالأمر السهل.

- سأتدبّر أموري. قالت نوريا إنَّ في إمكاني أن أنام في المستشفى، وهذا أمر جيِّد.

- ما اسم المستشفى، وما هو عنوانه؟ سأسأل دون خوسيه لويس، الكاهنَ، ليأتينا بمعلومات عنه عبر معارفه وأهالي القرية القاطنين في مدريد. وأفضِّل أن أذهب بنفسي لإلقاء نظرة استطلاعيَّة قبل أن أقرِّر السماح لك بذلك!

- حسنًا بابا، سآتيك بكلّ المعلومات قريبًا، حالما تخبرني نوريا عن الموعد المرتقب للالتحاق بالعمل.

أمِّي، التي لم تغادر حالة الذهول التي لازمتها منذ أن مات أخونا، بدت غير مكترثة تمامًا للخبر الذي قلته، لكنَّها انتفضت صارخة عندما عرض والدي أن أصطحب أختي معي كي لا أبقى وحيدة في مدريد.

- لا! أن تذهب الاثنتان، لا! واحدة تذهب وواحدة تبقى. لن أبقى وحيدة هنا.

مارتا، التي تقرَّحت عيناها من البكاء، لم تنبس ببنت شفة، فقد كانت تعرف كلَّ شيء. كنت قد قلت لها إنَّني سأخترع كذبة ما لتقريب

فكرة رحيلي من ذهنَيْ والدينا، وكانت قد صرفت العديد من اللَّيالي في بكاء مرير، تستعطفني فيها ألَّا أفعل.

ـ سأشقُّ لنفسي الطريق لحياة جديدة تخلو من المختلّ بابلو. يجب أن تفعلي مثلي، بدلًا من أن تنتحبي هكذا كالثكلى.

ـ أنت مجنونة، ستضيِّعين نفسك. نحن لا نعرف أن نعيش من دون بابلو. هو يرعانا ويعتني بنا من دون مقابل. هو راضٍ بنا كما نحن. هل تُرانا نستحقّ أكثر من هذا؟

ـ طبعًا نستحقّ أكثر من هذا. نستحقّ أن نعيش حياة كالحياة، وليس كهذه التي تشبه الموت البطيء.

ـ ولكنْ، كيف سنحصل على تلك الحياة التي تتحدَّثين عنها، ونحن لا نملك علمًا ولا جمالًا.

ـ لأنَّنا صرفنا عمرينا في مسح بلاط كنيسته وفي قطف عناقيد عنبه وتكديسها في مقابل كسرات من خبز يابس وبعض القبلات، لن أصرف القادم من عمري على ذلك النحو الكئيب. سأبحث عن طريقي بما أُوتيت من حكمة وذكاء، فالحياة ليست حكرًا على الجميلات والمتعلِّمات.

«على الأقلّ، أنا أملك جسدًا جميلًا»! احتفظت لنفسي بهذه الجملة الأخيرة، وأنا أفكِّر في خوليو؛ الشابِّ الذي كان يرسلني بابلو للقائه في أماكن مختلفة بغرض شراء الهيروويين.

غادرت كاستييخو دي لا سييرا ذات صباح مشمس في غفلة من أبوَيّ. كلّفتُ مارتا بأن تقول لهما إنَّ المدعوَّة نوريا استدعتني على وجه السرعة، من دون أن أترك أيَّ معلومات عن ذلك المستشفى المزعوم.

وصلتُ إلى مدريد قبيل الظهر، ولم أتوجَّه كَما تعوَّدت، إلى القفز في المترو رقم 6، بل إلى أقرب هاتف عموميّ، و طلبت منه رقم خوليو:

ـ أريد أن أراك. أحتاج إليك في أمر مهمّ.

قلت له قبل أن يزوّدني بعنوانه ويدعوني إلى الحضور بعد السّابعة مساءً.

حملت حقيبتي وركبت المترو إلى ساحة سول (Sol) في قلب مدريد. ومن باطن الأرض في المحطّة هناك، صعدت إلى السّاحة الكبيرة المشرقة بكلّ ألوان الحياة، وكانت الشمس قد سطعت طاردةً الغيومَ التي كانت تخيّم على سماء العاصمة منذ الصباح.

تسكّعت كسائحة جاءت إلى مدريد بهدف الاسترخاء والتمتُّع بترَف اكتشاف بلاد جديدة. جلست تحت الشمس مُسندةً ظهري إلى البركة التي تتوسّط الساحة ودخّنت علبة سجائر كاملة في محاولة منّي للتنفيس عن توتُّري، وطلب شحنة إيجابيّة من الطاقة التي تلزمني لبدء حياة لا أعرف عنها إلّا أنّها ستكون مختلفة وجديدة.

قبيل السادسة والنصف، هبطت مجدّدًا إلى تحت الساحة التي ازدادت بهجةً وغنجًا مع قدوم المساء، وركبت إلى أقرب محطة تتّصل بالمترو رقم 10 الذي كان الوحيد الذي يصل إلى حيث أريد الذهاب، وقفزت إليه، ثمّ نزلت منه بعد محطات كثيرة في محطة لا سييرا دي غوادالوبي، كما أوصاني خوليو.

بعد جهد جهيد، وصلت إلى العنوان الذي زوّدني به، وكانت الساعة قد تجاوزت الثامنة والنصف. كان في انتظاري في شقّة قذرة تفوح منها روائح نتنة. نظر إليّ بريبة من عينيه الضيّقتين، وسألني:

ـ ماذا تريدين؟

ـ أريدك أن تتدبّر لي عملًا؛ أيَّ عمل.

بانت الدّهشة على محيّاه القبيح. تفحّصني بعين أخرى دقّقت بعناية في تفاصيل جسدي، ثمّ سألني:

ـ وماذا عن بابلو؟

ـ تركْتُه، ولا أريده أن يعرف عنّي أيّ شيء!

ـ أنا لا أعرف عنك إلّا أنّك عشيقة بابلو! لماذا تعتقدين أنّني قد أساعدك؟

ـ لا أعتقد ذلك، لكنّني لا أعرف شخصًا غيرك يمكن أن ألجأ إليه!

ـ حسنًا، وما نوع العمل الذي تريدين أن أساعدك على البحث عنه؟ ما الذي تجيدين صنعه؟

ـ أيّ شيء، أيّ شيء!

أن أطلب من تاجر مخدّرات أن يجد لي عملًا، يعني أنّني أملك مسبّقًا، ولو فكرة بسيطة عن نوع العمل الذي يمكن أن يقترحه عليّ، وأنا كنت مستعدّة لأيّ شيء.

ـ سنرى. أمهليني عدّة أيّام.

ـ عدّة أيّام؟؟

حدّق فيّ كأنّه يحدّق في امرأة مجنونة، وقال:

ـ ربّما عدّة أسابيع.

«لا، أرجوك»، صرخت بهلع، وأضفت: لا مكان عندي للإقامة، لا أعرف إلى أين أذهب. ساعدني أرجوك.

ـ إلى أين تريدين أن أذهب بك؟

ـ يمكن أن أنام هنا، في أيّ مكان!

ـ تنامين في أيّ مكان. تعملين في أيّ شيء. ما قصّتك؟ هل أنت هاربة من شيء؟

ـ لا تَخَفْ. لست خطرة ولم أقترف أيّ جريمة. أنا غريبة فقط هنا، ولا أريد أن أعود إلى قريتي. أملك بعضًا من المال وسأعطيك إن أردت. هل ستساعدني؟

عاد إلى تفحُّصي بصمت من رأسي حتَّى أخمص قدمي، إلى أن قال أخيرًا:

ـ لا بأس. تستطيعين أن تبقي هنا هذه اللَّيلة. وسنرى ما يمكن أن نفعله في الغد!

ـ شكرًا، خوليو.

جلست على طرف الكنبة ووضعت حقيبتي الصغيرة جانبًا. كنت جائعة، لكنَّني تجاهلت الموضوع وتجاوزته إلى ما هو أهمّ.

ـ أريد هيرويين. سأدفع إليك.

ـ كم تريدين؟ وكم ستدفعين؟

أعطيته كلّ ما أملك من المال الذي كان بابلو قد زوَّدني به سابقًا من أجل استخدامه لشراء بطاقات الباص الذي كان يحملني إليه في مدريد، بالإضافة إلى قطعة المصاغ الوحيدة التي كنت أملكها، وهي صليب ذهبيّ صغير مع سلسلة رفيعة. وفي اللَّيلة التالية، سمحت له بأن يضاجعني، وأنا أفكِّر في أنَّني في هذه اللَّحظات بالذات أعبر إلى الضفة الأخرى؛ ضفةِ النساء العاهرات اللَّواتي كنت أسمع عنهن طوال حياتي وأتخيَّل أنَّهنَ يَعِشْنَ في كوكب أبعد من أن تميِّزه عيناي المجرَّدتان في ليلة صَحْوٍ غير مُقْمِرة. واكتشفت تلك اللَّيلةَ أنَّ المسافة التي كانت تفصلني عن ذلك الكوكب ليست أطول من المسافة التي تفصل بين ساقَيَّ المنفرجتين، وأنَّ الزمن الذي يستغرقه وصولي إلى هناك لا يتجاوز الزمن الذي تحتاج إليه عينايَ لتُغمضا أجفانهما وتعاودا فتحها من جديد، للتَّحديق من تحت جسد رجلٍ غريب في سقفٍ مقشور الطلاء، تتدلَّى منه مروحةٌ قديمةٌ صَدِئة، عاطلة عن العمل منذ غير قليل من الزَّمان.

في الأسبوع التالي، بدأ خوليو يُرسلني لمضاجعة رجال آخرين في فنادق رخيصة وشقق تعيسة مشبوهة الأجواء. وبعد كلّ مهمَّة من تلك، كان يمنحني مبلغًا من المال يبدو تافهًا بعد اقتطاع ثمن حقن الهيرويين منه، كما كان يقول.

المدهش في تلك الفترة أنّي لم أكنْ أشعر بشيء، على الرّغم من التّحوُّل الكبير الذي كان يجري في حياتي. كنت أعيش ضمن دوَّامة من ذهول وخَدَر في المشاعر، كأنّني دفنت مركز إحساسي في كاستييخو دي لا سييرا قبل ان أغادرها خلسة طلبًا للحياة.

لم أكن أستمتع بحرِّيَّتي التي تمثَّلت في تمرُّدي على بابلو، لأنّني كنت أدفع ثمنها عبوديَّةً جديدة. كما لم أتقزَّز من الوحل الذي كنت أغمر به جسدي لأنَّه، على قذارته، كان يطهِّرني من رجس بابلو. على الأقلّ، كان كلّ واحدٍ من أولئك الرجال يسدِّد ما عليه ويَمضي تاركًا إيَّاي وشأني، كما لم يَقُمْ أيّ منهم بمضاجعة أختي الطيِّبة، وسحق فؤادها.

اشتقت إلى مارتا. كان هذا هو الشُّعور الأوَّل الذي اعتراني بعد أسبوعين من وصولي إلى مدريد، فعزمت على الاتِّصال بها. طلبت رقم منزلنا راجية أن تكون هي مَنْ سيرفع السمَّاعة، وتحقَّق رجائي.

- ماريتا.. كيف حالك يا صغيرتي.

- إيڤا؟؟؟ إيڤا حبيبتي، أين أنت؟

- لا تُشعري ماما بأنّني أنا من يكلِّمك. أنا بخير، لا تقلقوا. أريد فقط أن أطمئن عنكم.

- آه، إيڤا. أبي المسكين يكاد يفقد عقله. ذهب إلى مستوصف القرية المجاورة بحثًا عن نوريا تلك، فقالوا له إنَّ لا أحدَ يحمل هذا الاسم هناك. هو قلق جدًّا عليك. فقط أخبرينا أين أنت.

- أنا بخير، ماريتا. لا تبحثوا عنّي.

- لقد اتَّصلت ببابلو، وأخبرته بأنَّك تركت المنزل!

- وماذا قال؟

- كان غاضبًا جدًّا. أراد أن يعرف عنوانك، فأخبرته بأنَّني لا أعرف.

- حسنًا ماريتا، أخبريه بأن يتوقَّف عن البحث عنّي لأنَّني لن أدعه يراني ثانية. واعتني بنفسك، يا عزيزتي. سأكلِّمك لاحقًا.

- إيفا، انتظري.

لم أنتظر. وضعت السمَّاعة، وقد نزلت جملة «كان غاضبًا جدًّا» على قلبي بردًا وسلامًا.

مع اقتراب الشهر الأوَّل من الانصرام، أبلغني خوليو بأنَّه سيجد لي مكانًا آخر للسكن، لأنَّ صديقته الجديدة ستنتقل للعيش معه، ومن غير المستحَبّ أن أبقى هنا لأشاركهما في تلك الشقَّة الصغيرة.

لم يُزعجني الموضوع، لأنَّني كنت قد بدأت منذ عدَّة أيَّام بالتفكير في طريقة ما للتحرُّر من سلطة خوليو. لملمت أشيائي القليلة في حقيبتي الصغيرة، وانتقلت للسكن في الشّقَّة الضيِّقة التي وجدها لي في ضاحية من ضواحي مدريد.

ما إن طلع عليّ الصباح الأوَّل في مسكني الجديد، حتَّى أيقظني طَرْقٌ عنيفٌ على الباب. تخيَّلت أنَّه خوليو، بما أنَّني لا أعرف أحدًا غيره قد يأتي ليقرع بابي. فتحت الباب بسرعة، فوجدته أمامي: بابلو، مع نظرة مخيفة لم أرَها قبل اليوم في عينيه. عاجلني قبل أن أتكلَّم بصفعةٍ مفاجئة على وجهي أفقدتني توازني، فسقطت أرضًا، وتخيَّلت أنَّني أهوي في بئر عميقة، فقدت الوعي قبل أن أرتطم بقعرها.

عرفنا في المستشفى أنَّ دُوراي وفقداني الوعيَ لم يكونا بسبب تلك الصفعة فحسب، فقد أظهرت التَّحاليل أنَّني حامل! منذ أكثر من شهرين، بحسبَ ما بيَّنت الفحوص الطبِّيَّة اللَّاحقة.

ساعة الذِّئاب

ـ1ـ

أيقظني قرعٌ عنيفٌ على باب الشّقّة. فتحتُ عينَيّ لأواجه فجرًا لم تشرق شمسه بعدُ، أطلَّ من النافذة المفتوحةِ التي سمحت بتسلُّل نسمات باردة إلى الغرفة. نهضت مذعورة من فراشي وفتحتُ الباب، فطالعتني تانك العينان المخيفتان. أنا أعرف هذا الرجل. أعرف عينيه وسترته الجلديَّة السَّوداء. رأيته كثيرًا من المرَّات في حلب: في كثير من الأماكن، ولكنَّني لا أذكر مَنْ يكون. أذكر فقط ذلك الرُّعب الذي ينتابني كلَّما أطلّ عليّ بهاتين العينين المخيفتين كهذا الفجر المظلم.

ـ أنتِ ندى زوجة الوزير نبيل نعمة؟

ـ مَنْ أنت؟

ـ أنا الذي أسأل!

ـ أنا ندى. لكنَّني لست زوجة أحد.

ـ أنتِ وابنك تُسيئان إلى سمعة الوزير وإلى سمعة الوطن. عليك أن ترافقيني بهدوء.

- ماذا تريد منّي؟ لقد قُتِل ابني، وأنا الآن في فرنسا. لقد تركت لكم الوزير، وتركت الوطن، فاتركوني أنسَ، وانسوني.

- لستِ مخيَّرة في ذلك، يا سيِّدتي. نحن نراكِ ونعرف ما تفعلين في أيّ ركنٍ من أركان العالم. رافقيني بهدوء.

- أنا لم أفعل شيئًا لتحاسبني. لن أرافقك إلى أيّ مكان. انصرفْ من هنا.

وفي اللَّحظة التي دفعت فيها الباب بكلّ قوّتي لأُغلقه في وجهه، وضع قدمه أمام العتبة ثم دفعه بذراعه اليسرى إلى الداخل، بينما كانت يده اليمنى تشهر مسدسًا، وبيسراه تلك قبض على معصمي وهرسه بقوّة أسالت دموعي من الألم، فشهقت بعمق.

شهقت بعمق وفتحت عينيّ الدامعتين في الغرفة المظلمة. معصمي الملتوي تحت جسدي، في وضعيَّة غير مريحة، كان يؤلمني، فجلست في الفراش، وحركت المعصم المتيبِّس ودلَّكت مكان الألم، ثمَّ مسحت الدموع التي كانت تبلِّل خدَّيّ، وأنا أستعيد تفاصيل ذلك الكابوس.

لم تكن الكوابيس غريبة عن مضجعي، فقد كان غدي طفلًا وشابًّا، طالبًا ورضيعًا، ضاحكًا وصارخًا، حيًّا وميتًا، يزورني بشكل شبه يوميّ ليوقظني بعد هنيهات من استسلامي لسكينة النوم. لكنّ هذا الكابوس كان مختلفًا وجديدًا. عرفت أنَّه جاءني انعكاسًا لتأثير رواية إيڤا التي كنت أفكِّر في تفاصيلها قبل أن يأخذني النعاس.

كانت السَّاعة تشير إلى الخامسة إلَّا ربعًا؛ السَّاعة نفسها تقريبًا، التي أستيقظ فيها عادة مذعورةً بعد كابوس مخيف، ويصعب عليَّ العودة من بعده إلى النوم من جديد.

كنتُ قد قرأت منذ زمنٍ بعيد أنَّ هذه الساعة التي تكون أشدّ ساعات اللّيل حلكةً، والتي تسبق الشروق بقليل، تسمّى، بحسب بعض المفكّرين، ساعةَ الذئاب! يشتدّ عواء الذئاب فيها ويمزّق سكون اللّيل، ويكون الإنسان النائم حينها في أضعف حالاته الجسديَّة والنَّفسيَّة والوجدانيَّة، فيصبح معرَّضًا للمَسّ الشيطانيّ، كما تقول بعض الأساطير القديمة، والتي تدّعي أن الأرواح تستيقظ في هذا التوقيت، وتفتح البوابة التي تفصل عالمنا عن العالم الآخر، فتحدث فيها معظم الولادات والوفيّات.

منذ زمن بعيد، اعتدت أن أستيقظ على عواء ذئابي كلَّ عدَّة أيَّام، لأتعذَّب بهواجس شتّى أبشعَ من الكوابيس. ومع نشوب الحرب وارتفاع سعيرها، صارت تتقارب تلك الأيَّام ويعلو صوت عواء الذئاب فيها حتّى أخالها تعوي تحت نافدتي. أمَّا بعد مقتل غدي، فقد صارت الذئاب تزورني يوميًّا، تتسلَّق الجدران وتقفز من النَّوافذ والشُّرفات وتصل إلى سريري، تعوي في رأسي وتنهش أطرافي وتلفح أنفاسها وجهي، فتخنقني.

هل كان ذَنْبي فعلًا أنّي جعلت من ابني رجلًا صغيرًا حقيقيًّا مغرَمًا بالبحث عن الحقيقة، ومخلصًا لهـا؟! هل كان يجب أن أساعد نبيلًا بالضغط على ابني ليسافر إلى ألمانيا منذ الأيَّام الأولى؟! هل كنت أستطيع حقًّا أن أفعل ذلك وتراخيت تحدّيًا لنبيل؟! هل كانت حماستي للثورة والتَّغيير وتعاطفي مع البشر المسحوقين هما الدَّافع غير المباشر الذي حرّض ابني (في رغبة لاشعوريَّة منه لإرضائي) على التطوُّع في الهلال الأحمر، الذي قاده إلى حتفه؟ هل قتلتُ غدي بيدَيّ وغبائي؟! هل أوصلته أنا إلى محرقته؟! هل كان ذَنْبي أن داهمتنا حرب خبيثة لم نحسب حسابًا لها، وكان يجب أن نشعر كالبشر إزاءها؟ هل كان من الحكمة أن أدفن وابني رأسينا في الرِّمال عوضًا عن التَّحديق في العين الوحيدة للظلم ومصارحته بعوره؟! هل تستحقّ أيُّ قيمة سامية في الحياة خسارة الحياة نفسها؟ هل يستحقّ

الوطن؟ وإذا كان يستحقّ، فلماذا أشعر بأنّني انتهيت من كلّ الحياة وقيمها، ولم يعد شيء يعنيني فيها بعد خسارتي غدي، ولا حتّى الوطنُ.

من أين آتي بالجبروت لأستعيد إيماني من جديد؟ ولأستعيد إحساسي من جديد، وتعاطفي مع أيّ قضية أو قيمة سامية من جديد، ولأتابع من جديد، أخبارَ الوطن.

ذئاب هذه اللّيلة جاءت من وادٍ آخر، وذكّرتني برعب متأصّل قديم، فَقَدَ صلاحيَّته بعد توهُّج مأساتي التي أفقدتني الإحساس بالألم أو الرعب من أيّ شيء آخر ما عداها.

لماذا تذكّرتني هذه الذئاب اليوم؟ شرعتُ أحلّل العلاقة بين ذلك الرجل الذي اقتحم حلمي والذي يختصر ما كنت أخشاه وأكرهه وأهرب منه في وطني، وبين قصة إيڤا التي قطعتها عند اقتحام بابلو لشقتها وضربها إيّاها. بابلو! الرجل المختلّ الذي استغلّها وفرّق بينها وبين أختها، وجعلها تهرب من بيتها، وتدفع ثمنًا باهظًا لمجرّد أن تتحرّر منه؛ ثمنًا تخطّى حدود جسدها ووصل إلى مشارف روحها التي تشوّهت وفقدت القدرة على الإحساس أو الإدراك أو التّمييز.

مع تسلُّل أوّل خيوط الفجر بدأت الذئاب بالانسحاب تباعًا كعادتها. إذ تنحسر وتُخفض عُواءها بعد أن ينال منها الإرهاق، وتترك أشلائي بعد نهشها مبعثرة على الفراش تعاني إعياءً جسديًّا ووجدانيًّا، فيأتيني النوم الرحيم فجأة، ويغطّي مِزَقي بوشاحه الناعم، فيُهديني ساعة أو اثنتين من غفوة لا أحلام فيه ولا كوابيس، على نحو يمدّني بالحدّ الأدنى من الطاقة التي تدفعني إلى القيام في الصباح التالي لمواصلة الحياة.

مع ارتفاع الشمس في سماء ميتز، نهضت من فراشي وتوجّهت ثقيلة الخطوات إلى الحمّام. تمتّعت بدوش دافئ، خرجت منتعشة بعده

إلى المطبخ، حيث أعددت قهوتي على عَجَل، واصطحبتها إلى غرفة نومي لأرشف سوادها السَّاخن في أثناء ارتدائي ملابسي.

خرجت إلى شارع لا تيت دور، أيِ الرأس الذَّهبيّ حيث تقع شقتي، ومررت كعادتي بالرؤوس الذَّهبيَّة الصغيرة الثلاثة التي يعود إليها سببُ تسمية الشارع هكذا، حيث وُجِدت محفورة على جدار بناء قديم هنا، يعود إلى القرون الوسطى.

- بونجور ليه زامي! (Bonjour les amies).

حيَّيتُ جيراني الثلاثة كعادتي كلّ صباح، وأكملت سَيْرًا عبر ساحة سان لويس، التي أعتبرها أجمل مكان في ميتز، لأنَّ أرضها المبلَّطة بالحجر القديم كانت تذكِّرني بأزقّة حلب القديمة، كما كنت أعشق أبنيتها العتيقة ذات الطوابق الثلاثة، والتي قامت فوق أروقة تعلو السَّاحة بدرجتين، وتنفتح عليها بقناطر جميلة تستحضر سحرًا يعود إلى القرن السَّابع عشر. تلك الأروقة، هي التي كنت أطارد فيها شبح جان فالجان وصغيرته كوزيت، قبل أن أنتقل لعبور شوارع فرعيَّة توصلني إلى ساحة سان جاك، وبعدها إلى ساحة ريبوبليك الحديثة، حيث أستقلّ الباص المصمَّم خصيصًا لمدينة ميتز ذات الأزقة الضيِّقة، والمسمّى بالـ «ميتيس» (الخلاسيّ) لأنَّه كان مزيجًا من المترو والباص، ليحملني إلى معهد اللُّغة الفرنسيَّة في حيّ حديث يبعد عن مركز المدينة مسافة عشرين كيلومترًا.

ما كان يثير دهشتي، أنَّ الفرنسيِّين الذين كنَّا نحن العرب ننعتهم وبقيةَ الأوروبيِّين بالشعب الكئيب المدمن على العمل والذي لا يُقدِّر متعة العيش، كما نقدِّرها نحن! كانوا يستغلّون إشراقة أيّ شعاع شمس، ليتزاحموا إلى الجلوس في المقاهي التي كانت تنتشر في تلك السَّاحات، وفي أيّ وقت من أوقات النهار. عندما يكون الطقس صحوًا، كنت أراهم

في أثناء عبوري في تلك السَّاحات في ذهابي إلى المعهد أو العمل وإيَّابي منهما، يتناوبون على الاسترخاء على الكراسيّ تحت أشعة الشمس، كلٌّ بحسب وقت استراحته، يحتسون القهوة أو البيرة ويدخِّنون، يغازلون بعضهم البعض، يداعبون أطفالهم، ويلاعبون كلابهم، ويضحكون. وفي أماسي عُطَل نهاية الأسبوع، كانت السَّاحات نفسها تعجّ مجدَّدًا بأناس من مختلف الأعمار، تجمَّعوا لحضور حفل موسيقيّ يقدِّمه من على منصَّة نُصبت قبل عدَّة ساعات فريقٌ من العازفين المحترفين، أو أحيانًا مجموعةُ هواة.

ناهيك عن المهرجانات والكرنڤالات والأعياد وأسواق الميلاد، والمظاهرات والحفلات الخطابيَّة والاحتجاجات، ووقفات التضامن مع مختلف القضايا المهمَّة والتافهة في الحياة، والتي كانت كلُّها تُنَظَّم في تلك السَّاحات. شعب كان يعيش في السَّاحات أكثر ممَّا يعيش في البيوت.

هل هذه هي البلاد التي تفتقر إلى الحياة الاجتماعيَّة؟ لو لم يكن قلبي مصابًا بذلك الجرح البليغ، فلربَّما كنت أنا أيضًا، سأستمتع مثلهم بعيش نصف عمري متسكِّعةً في تلك الساحات. لو كان غدي هنا، لربَّما كان هناك هدف من وجود تلك السَّاحات. أمَّا الآن، فهي، بكلّ بهائها ومرح روّادها، لا تعنيني، ولا يهمُّني منها إلَّا أصدقائي الثلاثة، المعلَّقةُ رؤوسهم على جدار قديم مُواجهٍ لبيتي، كحياتي الباردة والمتحجِّرة العيون، والمعلَّقةِ على جدار هذا العالم القبيح.

«أنا عصفورة الساحات.. أهلي نَدَروني للشمس.. وللطُّرقات»

كنت أحبّ أن أدندن أغنية فيروز تلك في أثناء تسكُّعي، على الرَّغم من أنِّي أشعر اليوم بأنَّني خفّاش أعمى، نذره أهله لظلام حزين، وألمٍ لا أفق له.

دخلتُ قاعة الدرس، وجلستُ في مقعدي المعتاد على عَجَل قبل أن تدخل خلفي المعلِّمةُ فابيان. وما إن أخرجْتُ أقلامي ودفتري من حقيبتي

ورفعت رأسي، حتّى انتابتني لحظة انخطاف خياليّ إلى خارج هذا الزمن. رأيته جالسًا أمامي، مُوْليًا إيَّاي ظهرَه، بسترته الكحليَّة وشعره الكستنائيّ اللّامع وأذنيه الورديتين. غدي، يجلس هنا أمامي بشحمه ولحمه! دقَّ قلبي بعنف وصعد الدم إلى رأسي، ثمَّ أصابني دُوار أقعدني عن القيام إلى حيث كان يجلس ذلك الشابّ تلبية لرغبة صارخة في لمسه، أو في القبض عليه؛ في معانقته؛ في البكاء حدَّ الصراخ!

ـ نرحِّب بـ بوريس؛ زميلنا الجديد من أوكرانيا.

قالت فابيان، مشيرة إلى من ظننته غدي، فردَّد الطلاب بعدها:

ـ بونجور بوريس.

استدار الشاب مواجهًا مَنْ يجلس خلفه ليردَّ التحيَّة، فرأيت نصف وجهه الجميل الذي كان يحمل ابتسامة خجولة، واستمرَّ قلبي في الخفقان على الرَّغم من تأكُّدي من أنَّه ليس غدي!

لمَحني بطرف عينه، فأكمَل استدارته وهزَّ رأسه وهو يبتسم لي بحرارة أطفأت الخجل، فضحكتُ له لأخبِّئ دمعة كادت تنسكب على خدي، وارتشفت وجهه الغضَّ بشراهة تائه في الصحراء اهتدى إلى واحته.

واختفت الواحة فجأة عندما أشاح بوجهه واعتدل في جلسته مُوْليًا إيَّايَ ظهره من جديد. «كان سرابًا»، حدَّثت نفسي وأنا أعود إلى العالم الحقيقي وأتذكَّر بوجع مرير: «ليس هذا غدي ابني. هذا ابن امرأة أخرى؛ امرأة محظوظة. غدي أنا مات. ابني أنا غادر ولن يعود!»

عند انتهاء الدرس، بقيت مسمَّرة في مقعدي أحدِّق في ظهر ذلك الشابّ وهو يلملم أوراقه ويقف استعدادًا للمغادرة. وقبل أن ينصرف، استدار فجأة إلى الخلف ونظر إليّ، كأنَّه تذكَّر شيئًا أو كأنَّه أحسَّ بحرارة

نظراتي التي كانت تعانق كتفيه الجميلتين. ابتسمت له بحنان وقد فاض نبعٌ من المشاعر في داخلي، فردَّ الابتسامة بأخرى مثلها تحمل شيئًا من الدَّهشة، وقال مودِّعًا:

- أو روڤوار.

«أو روفوار، بوريس»، أجبتُ.

انتظرت دقائق قليلة بعد مغادرته التقطت فيها أنفاسي، قبل أن أنطلق إلى محطَّة الباص، لأستقلّ الـ «ميتيس» عائدةً إلى منزلي.

في الأيَّام التالية، صار بوريس يتعمَّد الجلوس إلى جانبي. كنت أساعده على شرح بعض الأمور التي تستعصي عليه، مستعملةً الكلمات الإنكليزيَّة القليلة التي أعرفها، وأضحك من قلبي لنكاته التي كان يُلقيها بخفَّة في قاعة الدرس مُشيْعًا فيها جوًّا بهيجًا لا يقدِر على خلقه إلَّا الشبابُ. وعند الخروج، صار يرافقني في ركوب «الميتيس»، يودِّعني عندما أترجَّل في ساحة الريبوبليك، مدَّعيًا أنَّه سينزل في المحطَّة التالية.

معه، كنت أشعر بانشراح عميق، ويزول عنِّي ذلك الانقباض الذي سكن صدري منذ فترة غير قصيرة من الزَّمن. كنت أضحك ضحكًا حقيقيًّا لكلماته وتصرُّفاته حتَّى لو لم تكن نكاتًا أو دعابات. أيّ حركة من حركاته كانت تُبهجني، إذ تذكِّرني بحركات ابني وحماسته وعنفوان شبابه الغضّ.

كنت أرى في بوريس هدية من السماء، تغمرني حين أفضّ ورقتها الملوّنة روح غدي، التي كنت قد ظننتها قد رحلت إلى الأبد عنِّي.

عندما حدَّثته عن خسارتي غدي في الحرب، حدَّثني عن خسارته أمَّه التي رحلت فجأة عن واحد وخمسين عامًا في إثر ذبحة صدريَّة أصابتها في الأيَّام الأولى لاندلاع الصراع المسلَّح في أوكرانيا.

فكّرت في أنّها كانت بلا شكّ امرأة جميلة لتنجب ابنًا كهذا. لمت نفسي لأنّني حسدتها بداية لأنّ ابنها ما زال حيًّا بينما غدي أنا قد مات. وتساءلت: خسارة مَنْ منّا هي الأكبر؟! التي فقدت غدها وبقيت في قيد الحياة، أم التي فقدت حياتها وبقي غدها نابضًا حيًّا يشقّ طريقه إلى المستقبل، ويصنع المستقبل.

أخبَرَني بأنّه بعد فترة من وصوله إلى فرنسا وطلبه حقّ اللُّجوء فيها، تطوّع للعمل في مؤسّسة الصليب الأحمر التي كان هو نفسه أحد المستفيدين من خدماتها في أوّل الأمر. وبعد أن حصل على التّصريح بالعمل، تمّ توظيفه فيها بعقد رسميّ.

ـ جعلني عملي هذا أدرك أنّ ما حدث في بلدي هو جزء صغير من المأساة المنتشرة في أنحاء كثيرة من هذا العالم. لقد تعرّفتُ إلى كثير من السوريّين، وسمعت الكثير من القصص المُفْجعة، التي قد تشبه في جوهرها معظم قصص ضحايا الحرب بصورة عامّة، لكنّها تختلف في تفاصيلها المؤلمة، حدّ الفوز عن جدارة بجائزة المعاناة الأفظع في هذا القرن.

قال لي هذا مفسّرًا وَلَعَه بعمله وحماسته لتأديته كمتطوّع شَغوف أكثر من كونه موظّفًا بأجر، فأجبته:

ـ وما تعرّفْتَ إليه هنا هو فقط جزء من المأساة؛ الجزءُ الذي ظهر جليًّا إلى المجتمع الدوليّ، عندما حمله الهاربون من الجحيم معهم إلى العَلَن عبر قواربهم التي غرق الكثير منها في البحر. أمّا الجزء الآخر، فلم يعرف العالم عنه إلّا القليل، إذ إنّه، فضلًا عن القتلى والمشرّدين، هناك فئة أخرى من الضحايا لم ينتبه إليها أحد؛ فئةُ صامتة وخجولة، هي الفئة التي أنتمي أنا نفسي إليها، بكلّ أسف.

صار بوريس صديقي الصغير، في وقت كنت فيه، من دون أن أدري، أفتقد صديقًا أيًّا يكن عمره. وبوريس لم يكن أيّ صديق، كان صديقًا بنكهة ابني؛ صديقًا بنكهة غدي، وأمسي، ويومي هذا.

قبل تعرُّفي إليه، كانت ابنة خالي التي تصغرني بعشر سنوات هي صديقتي الوحيدة، ولكنَّها كانت صديقة مع وقف التَّنفيذ.

كنت ألتقي ناتالي، التي كانت أمًّا لطفلة في الثالثة، والتي تعمل لساعات طويلة في مخبر مستشفى كبير يبعد نحو أربعين كيلومترًا عن ميتز، كلَّ يوم أحد إلى مائدة الغداء في بيت خالي، حيث تجتمع العائلة حول أطباق متنوِّعة تتفنَّن أوديل في طبخها، من دون أن تنسى استباقها بالمازاوات الحلبيَّة الشهيرة، كالمحمّرة والحمّص والمتبّل والبابا غنوج.

خالي وزوجته، ناتالي وزوجها جيروم، مارك وصديقته فاليري وأنا، كنَّا نُمضي ساعات طويلة حول مائدة غداء الأحد، نحتسي النَّبيذ بشراهة إلى أن يُدير رؤوسَنا في نهاية اليوم. كانوا لا يعدمون إيجاد مواضيع شتَّى للحديث فيها ومناقشتها بحماسةٍ، كلَّ أسبوع، أمَّا أنا فقد كنت قليلة الكلام كعادتي، أشاركهم فيما أفهمه من أحاديثهم بالإصغاء وهزّ الرأس، والضحك أو الاستنكار، بحسب ما يقتضي الأمر.

في مرَّاتٍ كثيرة، كان خالي يتطرَّق، وهو يدخِّن السيجار الذي اعتدتُ أن آتي به إليه كلَّ أحد، إلى الحديث بحرقة وغضب عن سورية، عن حلب وما يجري فيها من مذابح، مترحِّمًا على والدَيّ اللذين رحلا، واحدًا تلو الآخر مع بداية الأحداث، وقبل أن يتنبَّأ أحد بأنَّ الأمور ستؤول إلى ما وصلت إليه، وحاسدًا إيَّاهما لأنَّهما مضيا قبل أن يشهدا مدينتهما ترزح تحت وطأة الحرب والمعاناة والدمار.

أمّا غدي، فلم يكن أحدٌ يجرؤ على ذكره أمامي تجنُّبًا لتهييج مشاعري، التي كان يتكفَّل النَّبيذ بإطلاق العنان لها، حين أعود إلى بيتي في المساء مثقلةً بالكحول والأوجاع.

وهكذا، نادرًا ما كنت أنام ليلة الأحد من دون دموع، وبالنتيجة فقد كنت غالبًا ما أذهب إلى المعهد صباح الاثنين، بعينين لا تكادان تنفتحان لفرط تورُّمهما.

ـ ما خطب عينيكِ؟

سألني بوريس هذا الصَّباح، حالما خلعت النَّظارة الشمسيَّة.

ـ لا شيء. تورُّم بسيط جرَّاء احتباس السوائل، أكلت الكثير من الملح ليلة أمس.

ـ عليك أن تنتبهي لنفسك.

همس في أذني، فابتسمت له، وأنا أضع إصبعي على شفتي، وأومئ بعينيَّ إلى فابيان.

وقال لي فجاة في أثناء رحلة العودة في «الميتيس»:

ـ فلنذهب إلى باريس!

ـ ماذا؟

ـ يوم السبت القادم، ما رأيك؟

ـ ماذا سنفعل في باريس؟

ـ ماذا سنفعل في باريس؟؟ أنت تمزحين! دعينا نصل إلى هناك، وبعدها سنترك باريس تفعل بنا ما تشاء.

ضحكت من حماسته، وسألته:

ـ ألم تَزُرْ باريس من قبل؟

ـ بلى، كثيرًا. أعرفها عن ظهر قلب... وأنتِ؟

ـ زرتها مرَّتين فقط، المرّة الأخيرة كانت منذ...

حسبت عدد السنين التي انقضت على تلك الرحلة التي أبكاني فيها نبيل دمًا بدلًا من الدموع، فوجدته ثمانية عشر عامًا!!! أذهلني الرَّقم.

ـ منذ أن كان عمرك سبع سنوات! أكملت، مع غمزة وابتسامة.

«واو»، تجاهل غمزتي، وتابع: لقد تغيَّرَتِ الآن. يجب أن تعودي لزيارتها في أسرع فرصة.

ـ لا أدري. لا أشعر برغبة في الذهاب الآن!

ـ لا، ليس الآن. يوم السبت القادم.

ـ ما أسخفك!

ضحكتُ أيضًا كطفلة بلهاء، وذهبت معه يوم السبت بالقطار إلى باريس.

أدَّى يومها دور المرشد السِّياحيّ الذي لم يفطن إلى أنَّ زبونته لم تَعُدْ مراهقة في ريعان الصِّبا، فألزَمَها ببرنامج مكثَّف مرهق. كما لم أدرك أنا نفسي أنَّ الهرولة في مدينة كبيرة كباريس لزيارة كلّ شبر فيها في يوم واحد، ليست بالأمر السَّهل على امرأة مثلي. كنت أظنّ أنَّني أمتلك بنية قويَّة ورياضيَّة، إذ كنت في حلب، في أثناء حياتي العادية، أتردّد على نادي اللياقة البدنيَّة (GYM)، بشكل شبه يوميّ. نسيت أنَّ هذا كلَّه انتهى عندما بدأت الحرب، وأنَّ لياقتي البدنيَّة تراجعت انسجامًا مع حالتي النَّفسيَّة ونمط حياتي الجديد، بحيث صار المشي السَّريع لمسافة بسيطة، يُتعبني.

ترجَّلنا من القطار في محطة « جار دو ليست» (Gare De l`Est)، ومن هناك بدأت مهمَّة مرشدي السِّياحي النَّشيط، وباشر بجَلْدي. ركبنا المترو من المحطَّة نفسها، وانتقل بي ركضًا من خطّ إلى آخر حتَّى نزلنا في قلب

باريس. وما إن خطونا عدَّة خطوات حتَّى وجدنا نفسينا وجهًا لوجه مع برج إيڤل، في مشهد يقطع الأنفاس!

- ابتسمي.

قال لي وهو يبتعد قليلًا، والتقط لي عدَّة صور بموبايله، ثمَّ قال:

- لنقترب قليلًا، الصُّور من هناك ستكون أجمل.

التقط لي مئات الصُّور وهو يجرجرني خلفه من موقع إلى آخر. من برج إيڤل إلى الشانزيليزيه وقوس النصر، ومنه الى ساحة الكونكورد، ومن بعدها ساحة الأهرامات حيث انتصب تمثالٌ مذهَّبٌ كبير يمثِّل جان دارك على صهوة جوادها.

وقفت مأخوذة، أتأمَّل، بشجن، التِّمثالَ الذي أشعرني بالأُلفة، كأنَّني وجدت ما يخصني في باريس.

- مَن هذا؟

سألني وقد استوقفه اهتمامي والابتسامة الأليفة التي ارتسمت على وجهي.

- إنها امرأة. اقرأ هنا: جان دارك.

- آه، نعم، جان دارك!

لم يكن لدى بوريس أدنى فكرة عن جان دارك سوى أنَّها شخصيَّة فرنسيَّة قديمة مشهورة، فحكيت له قصَّتها وقصَّةَ صداقتي معها التي بدأت منذ طفولتي في تلك القاعة المهجورة من المدرسة العريقة التي حملت اسمها في حلب.

حين ذكرت له أنَّ جان دارك قد أُعيدت محاكمتها بعد خمسة وعشرين عامًا من إعدامها، فحصلت على البراءة أخيرًا ثمَّ لُقِّبتْ بالقدِّيسة والشهيدة لاحقًا! ضحك بسخرية مريرة، وقال:

ـ ما أسخف هذا! إنَّه عالم مجانين.

ذكَّرتني ردَّة فعله بنبيل، الذي كان يرى جان دارك امرأة مجنونة فحسب، وتساءلتُ: هل كانت هي المجنونة، أم أنَّ العالم هو المجنون؟!

تابعنا جولتنا السّياحيَّة مشيًا نحو شارع بيغال المعروف بسوق البغاء، والمتْخَم بالملاهي والكازينوهات والمتاجر التي تختصّ بالسِّلَع الإيروتيكيَّة. على مقربة من هناك، يقع مسرح «المولان روج» الشهير، حيث قام بوريس بالتقاط عشرات الصُّور لي تحت الطاحونة الحمراء التي تعلو مدخله العريض، بعد أن شربنا فنجانَيْ قهوة وأكلنا قطعتَيْ كرواسان في كافيتريا أنيقة مواجهة للمسرح في شارع بيغال، ثمَّ قادني عبر حارات صاعدة إلى كنيسة القلب الأقدس («ساكريه كور») المبنيَّة على هضبة تطلّ على باريس. عندما جلست على الدَّرج لالتقاط صورة فنِّيَّة تظهر فيها الكنيسةُ البديعة من خلفي، شعرت بأنَّني سأموت من التعب ولن أستطيع القيام لمواصلة السَّير من جديد، لكنَّه شدَّني من يدي وجرَّني خلفه نزولًا إلى أن عبرنا فوق نهر السين على الجسر المسمَّى «جسرَ الفنون»، والذي يسمِّيه العامَّة «جسرَ الحبّ»، حيث اعتاد العشاق، تخليدًا لحبّهم، أن يعلِّقوا على سُوْره أقفالًا حديديَّة حفروا عليها حروف أسمائهم. عندما كان يحكي لي بوريس هذه القصَّة، كنت أبحث بعينَيَّ عن القُفل الذي يحمل حرفَيِ النون، والذي كنَّا قد ثبَّتناه أنا ونبيل هنا في شهر عسلنا منذ اثنين وعشرين عامًا! وسألت نفسي: من تُراه فكّ ذلك القُفل ورماه في «السّين»؟!

مشى بي وهو يثرثر إلى حديقة متحف اللُّوفر. كنت أشحط قدمَيَّ شحطًا وأعرج على ركبتَيَّ اللتين بدأتا تؤلمانني في إثر التعب، وفي إثر حركة خاطفة قمت بها حين نهضت فجاة من على درج الساكريه كور لأركض لاحقةً بذلك الشابِّ المجنون. كتمت ألمي ورسمت ابتسامات كبيرة وأنا

أتصوَّر أمام الهرم الزجاجيّ، الذي غادرناه إلى الموقع الأخير على لائحة جولتنا الدَّسمة لهذا اليوم: كاتدرائيَّة النوتردام.

داخل الكنيسة الباهرة الجمال، وحين كنت أبحث عن ظلال إيزميرالدا وأحدب نوتردام، كان بوريس يُشعل شمعة أمام صورة كبيرة للعذراء مريم. حين انتهى، قال لي:

ـ لقد أشعلت تلك الشمعة من أجلك!

ـ آه، شكرًا عزيزي. هل تؤمن بهذه الأمور؟

ـ لست أدري. في هذه اللَّحظة على الأقلّ، أنا أؤمن.

كان المساء قد بدأ يُرخي سدوله عند خروجنا من الكاتدرائيَّة. لم أستطع كتمان ألمي وإرهاقي أكثر من ذلك، فاتَّفقنا على أن نتَّجه إلى شارع سان ميشيل القريب، كي نجد مطعمًا صغيرًا نأكل فيه ونرتاح، قبل أن نتوجَّه إلى المحطة لنستقلّ القطار العائد إلى ميتز.

في المطعم اللبناني، أكلنا الفلافل والحمّص والشاورما، وحكى لي باستفاضة عن بلدته دونيتسك، الواقعة في منطقة دونباس شرقيّ أوكرانيا، حيث اشتعل النزاع المسلح في العام 2014. حكى لي عن الحرب التي هرب منها، وعن أخيه الذي فضَّل الاستقرار في موسكو، وعن أصدقائه الذين فرَّقتهم آراؤهم السياسيَّة المتباينة، بين مشجِّع للانضمام إلى روسيا ورافض له ومتمسِّك بالاستقلال.

كان بوريس من المتمسّكين بالدولة الأوكرانيَّة المستقلَّة الجديدة، والتي كانت تمشي نحو الانضمام إلى الاتِّحاد الأوروبيّ بعد الثورة التي قامت في بداية العام 2014 وأطاحت الرئيس يانوكوفييتش. لكنَّه، عندما بدأ النزاع المسلَّح بين الموالين لروسيا والحكومة الجديدة، ثمَّ عند اقتحام

القوات الروسيَّة منطقة القرم ومشاركتها في الحرب، فقد حماسته، بعدما عاين وحشيَّة الحرب وانتهاكها حرمة حياته ومستقبله، وشعر بأنَّه غير معنيّ بهذا البلد، الذي يُرغمه على العيش بهذه الطريقة، وفضَّل الابتعاد.

«لم يستشرني أحد عندما قرَّروا القتال، وبالتالي لن أدفع حياتي ثمنًا لقرار لم أشارك في صنعه»، قال.

فكَّرت وقتها مليًّا في غدي، الذي رفض الفرار من البلد وانخرط في العمل في مؤسَّسة ذات احتكاك مباشر بضحايا الحرب على مسرح الأحداث الراهنة، محطِّمًا سنوات عمره ومضحِّيًا بمستقبل كان إنقاذه في متناول يده. لماذا اختار ابني الالتحام بالمأساة؟ ولِمَ لمْ ينجُ بنفسه ومستقبله كأيّ شابّ طبيعيّ في عمره وفي مثل ظروفه؟ لماذا كان يشعر بأنَّه معنيّ بهذه الحرب؟ هل كان ذلك ردَّةَ فعل منه إزاء انخراط والده في الحكومة، والذي كرّسه طرفًا في هذه الحرب القذرة؟ هل كان غدي، بشكل غير مباشر، يُكفِّر عن القرار الذي (من المفترض) أنَّ أباه قد شارك في صنعه، أم أنَّ ولدي كان يدفع ثمنه؟! على الرَّغم من أنَّه كان يعرف جيِّدًا أن لا أباه ولا أحدًا غيره من الوزراء يشارك فعليًّا في صنع قرارٍ كهذا، أو غيره من القرارات، إلَّا التافه منها!

في الصَّباح التَّالي، لم أستطع مغادرة الفراش إلَّا في الواحدة والنِّصف ظهرًا. نزلت على مضض، وأنا أعرج على ركبتَيَّ اللتين كانتا تؤلمانني كثيرًا للذهاب إلى الغداء في بيت خالي.

وفي جلستنا إلى المائدة حكيت لهم عن المسافات التي قطعتها مشيًا بالأمس خلال زيارتي القصيرة لباريس. حينها قال لي خالي مؤنِّبًا:

ـ هل تظنين أنَّك ما زلت في العشرين من العمر؟

«لا، ولكنّ صديقي الجديد هو الذي يبلغ الخامسة العشرين من العمر»، أجبته وأنا أضحك.

«أُحبُّ صديقك الجديد هذا»، قالت ناتالي بحماسة، وأردفت: منذ زمن طويل، لم أسمعك تضحكين هكذا!

بلعت ضحكتي فجأة حين سمعتها تقول ذلك، كأنَّني خجلت من نفسي، أو كأنَّني شعرت بالذَّنب. أضحك؟؟ أنا أضحك؟؟ كيف استطعت أن أضحك وغدي ليس في هذا العالم! أتضحك تعيسةٌ مثلي عاشت ماضيَها كظلٍّ تافه لمهرج تافه، بينما يسكت الغد النَّقِيّ الطموح المتفجِّر بالحياة، إذ تُنفى روحه المتمرِّدة بعيدًا، ويُدفَن جسده الممزَّق تحت التراب.

- الضحك؟؟ أنا كنت أضحك فقط تحت تأثير الحشيش، وأحيانًا الهيروويين.

قالت إيڤا في اليوم التالي، عندما قرَّرَتْ أن تستأنف روايتها التي كنت أترقَّبها بلهفة، ويحرقني الفضول لأعرف تفاصيلها، وخصوصًا بعدما علمتُ بموضوع حَمْلها.

- هل تابعتِ تعاطي الهيروويين، حتى بعد أن عرفتِ أنَّكِ حامل؟

نظرتْ إليّ تلك النَّظرةَ الغريبة، التي تخالها فارغة حينًا، ومحمَّلةً بالكثير حينًا آخر، ثمَّ نقلتْ نظرتها إلى السماء، تبحث عن الشمس التي كانت ترسل أشعة دافئة. رفعت رأسها تاركةً الدفء يغمر وجهها، وأغمضت عينيها، واسترخت.

ـ 2 ـ

خانني خوليو، ونقلني إلى تلك الشّقّة بعد أن وشى بي تنفيذًا لطلب بابلو الذي كان هو من استأجرها لي.

عندما علمت بأنّني حامل، تغيَّر شيء ما في داخلي فجأة. شعرت بدفء لم أعرفه قبلًا، وأيقنت أنَّ هذا الطفل الذي سيأتي هو الغدُ الذي كنت أهرب إليه. وارتحت إذ شعرت بأنَّه صار لديَّ اليوم هدفٌ أمشي نحوه، بعد أن كنت أتخبَّط على غير هدى: رعايةُ هذا الطفل الذي سيأخذ بيدي إلى برّ الأمان.

عندما عاد بي بابلو من المستشفى، خلع الوجه الطَّيِّب الذي كان يُخفي خلفه غضبًا عارمًا لم يجرؤ على أن يُفصح عنه عندما كنت في الفراش هناك تحت رعاية الممرّضات.

ما إن أغلق الباب خلفنا، حتَّى قبض على معصمي بقسوة، وسألني:

ـ منذ متى تعاشرين غيري من الرجال؟

ـ لا شأن لك بي. لن أُجيبك!

ـ وهذا الطفل الذي في بطنك؟

ـ ليس ابنك.

ـ أنت تكذبين.

ـ دعني وشأني. أنا أكرهك.

ـ تكرهينني أو تحبينني! يجب أن تتخلَّصي من هذا الطفل، في كلّ الأحوال.

ـ لا شأن لك بهذا الطفل، إنَّه ابني أنا، وسأعيش معه حياة جديدة خالية منك.

ـ أنت مجنونة. لست إلَّا مدمنة مخدِّرات تعيسة. لا تصلحين للحمل والإنجاب، ولا لتربية طفل وإعداده لحياة جديدة.

أُسقِطَ في يدي، وأنا أفكِّر في أنَّه ربَّما يكون محقًّا، وخصوصًا أنَّني في تلك اللَّحظة بالذات كنت أتوق إلى حقنة هيرويين، توقًا جعلني أتوقَّف عن الجدال، وأُخفض نبرة صوتي، لتصبح خافتة متوسِّلة:

ـ أريد حقنة، من فضلك.

ـ ليس قبل أن تعودي إلى رشدك.

ـ سأعود.

ـ سنذهب حالما تستجمعين قواك، للتخلُّص من الطفل.

ـ نعم، سنذهب.

استرخى جسدي بعد الحقنة وحلَّقتْ روحي منتشية في عوالم بعيدة عن وحل العالم الحقيقيّ، ولمّا عدت من جديد، وجدت نفسي وحيدة في الشِّقَّة، واكتشفت عندما حاولت الخروج أنَّ الباب مقفَل، ولم أجد مفتاحي معلَّقًا في مكانه. عرفت وقتها، أنَّ عليّ أنْ أخطِّط للهرب بحكمة وهدوء.

وبما أنَّ المكان الوحيد المسموح لي بمغادرة المنزل إليه هو المستشفى للتَّخلُّص من الجنين، فقد أعلنت لبابلو، بمجرَّد عودته، أنَّني وافقت على الإجهاض.

ـ طفلة طيِّبة، تعالي إلى حضني، إذًا. أعلم بأنَّك اشتقت إليَّ كثيرًا. صحيح؟

ـ صحيح، يا عزيزي.

استسلمت في حضنه وأنا أفكِّر كم اشتقت إلى مارتا.

ـ تتَّصل بي كلَّ يومين لتسأل عنكِ، لكنَّني لم أقل لها شيئًا حتَّى الآن.

قال بابلو، كأنَّه قرأ أفكاري.

ـ ماريتا المسكينة.

ـ بعد أن تتخلَّصي من الجنين، عليك أن تعودي إلى القرية، من أجل مارتا على الأقلّ.

ـ ماذا تقول؟ كيف سأواجه والدي؟

ـ لا بأس. والدك رجل طيِّب. سيفرح بعودتك إلى المنزل.

لم أُجب، لأنَّني لم أشأ أن أُظهر له الغضب الشديد الذي اجتاحني وقتها، لكنَّني بعد لحظة سكون، لم أتمالك منع سؤال لطالما خطر في بالي، من الهروب من بين شفتَيَّ الهامستين:

ـ بابلو، ماذا تريد منِّي؟

عندما طال صمته، عرفت أنَّه لن يجيب، وأنَّني لن أعرف إجابة هذا السُّؤال أبدًا.

لكنَّه، بعد برهة، أجاب، ربَّما بطريقة أخرى، عندما عرّاني من ملابسي، وبطحني على الفراش، ثمَّ امتطاني من الخلف وضاجعني بعنف، كما اعتاد أن يفعل دائمًا.

عندما قام عني لينصرف من دون أيِّ كلمة، عاجلته قبل أن يفتح الباب ليخرج:

ـ أنا على أحسن ما يرام، عسى أن تحدِّد لي موعدًا للإجهاض في أسرع ما يمكن.

ابتسم لي بغباء قبل أن يخرج ويقفل الباب وراءه بإحكام.

ولم يدعني أنتظر طويلًا، إذ حدَّد لي موعدًا بعد نحو أسبوع، قطعت فيه الوقت بالتفكير في طريقة تمكِّنني من الإفلات والهروب من دون خسارة الطفل. كنت أفكِّر في خطة هزيلة وغير مكتملة، وأدركني الموعد قبل أن أهتدي إلى وضع النقاط على حروفها، فلم يعد أمامي إلَّا المغامرة.

في المستشفى، دخلت وحدي القسم المخصَّص لإجراء عمليَّات الولادة والإجهاض، وبقي بابلو في انتظاري في الصالة الخارجيَّة المخصَّصة للمرافقين والزوَّار.

بادَرْتُ الممرِّضة عندما جاءت لتجهِّزني للعمليَّة:

ـ أنا لا أريد أن أفعل هذا. أريد الاحتفاظ بالطفل.

ـ آه، هل غيَّرت رأيك؟

ـ لا، أنا من الأساس لا أريد القيام بذلك. الرَّجل الذي معي هو من أرغمني تحت التَّهديد!

نَظَرَتْ إليَّ بارتياب، وقالت:

ـ أليس هو زوجك، أو صديقك؟

ـ لا، هو مجرَّد قوَّاد. ساعديني، أرجوك.

اتَّسعت عيناها دهشةً، وحدَّقت لبرهة محتارة فيما تفعله، ثمَّ قالت:

ـ حسنًا، اهدئي. يجب أن أخبر الطبيب، وهو سيتصرَّف.

ـ حسنًا، وشكرًا جزيلًا لك.

عندما جاء الطبيب، حاورني بهدوء، محاولًا إقناعي بأن أتقدَّم بشكوى إلى الشرطة ضدّ بابلو إذا كنت أتعرَّض للتعنيف من قِبَله.

ـ لا، دكتور. لا أريد إثارة المشاكل، أرجوك. أريد فقط ان أهرب بطفلي من هنا.

ـ حسنًا، تستطيعين الخروج. أنت لست سجينة!

ـ لكنَّ بابلو ينتظرني في الخارج. لا أريده أن يراني.

ـ سيِّدتي، أنت هنا في مشفًى عامّ، ولن يجرؤ على أذيَّتك. وإذا فعل، فسيقوم رجال الأمن بإيقافه، وسنستدعي الشرطة في الحال.

ـ أنت لا تفهمني. هو لن يؤذيني هنا، لكنَّه سيُرغمني على العودة من جديد، وقد يُفقدني طفلي قبل أن أفكِّر في التَّقدُّم بشكوى ضدّه.

ـ إذًا؟

ـ إذا أردت مساعدتي، أَخرجني من باب آخر حتّى أستطيع الهرب من دون أن يراني. وبعد أن أستقرّ في مكان آمن، سأتقدَّم بتلك الشكوى.

نظر إليّ بتردُّد كأنَّه يدير الموضوع في ذهنه، ثمَّ قرَّر أخيرًا:

ـ حسنًا، سأساعدك. فأنت صاحبة القرار في هذا الشأن أوَّلًا وأخيرًا.

قادتني الممرِّضة بإيعاز منه إلى الخروج من منفذ آخر، ووجدت نفسي في الشارع من جديد، في مكان لا أعرفه، وسط ضجيج وزحام العاصمة الضخمة التي لم ترحم يومًا فتاة غبيَّة مثلي، جاءتها هاربةً من قرية أصغر من أن تسمَّى بالقرية، اسمها كاستييخو دي لا سييرا.

لم أعد وحيدة الآن، فأنا أحمل طفلي معي؛ طفلي الذي سأفعل المستحيل لحمايته، بما في ذلك التوقُّفُ عن تعاطي المخدرات، الأمر الذي كان بالنسبة إليَّ، قبل عدة أيَّام مضت، ضربًا من المستحيل.

تلفَّتُّ حولي متوجِّسة، ثم مشيت مسرعة من دون أن أعرف إلى أين. كنت فقط أبحث عن محطَّة مترو، لأتمّم بقيَّة خطتي التي تهدف إلى مغادرة إسبانيا نهائيًا.

لم أكن أعرف أحدًا في مدريد غير خوليو الذي سبق ووشى بي، كما كنت أخشى أن تطالني يد بابلو لو انتقلت إلى أيِّ مدينة أخرى في إسبانيا. كان والده رجلًا مهمًّا، له من المشاريع والعلاقات والمعارف ما يجعل البحث عن فتاة تائهة مثلي مهمَّةً ليست بالصعبة في أيّ ركن من أركان إسبانيا حيث يمتدّ نفوذه الذي لم أكن أعرف حجمه الحقيقيّ بدقَّة، لكنّني كنت أتوقّعه وأتوخّى الحذر منه.

نزلت درجات أول محطَّة مترو صادفتني، بِنِيَّة الركوب والتوجُّه إلى أتوشا. لقد كنت أسمع من كثيرين أنَّ أكبر محطَّات القطار في مدريد هي محطَّة أتوشا، وأنا كنت قد عزمت على أن أستقلّ القطار من هناك متوجِّهة إلى فرنسا. ولكن؟ إلى أين في فرنسا؟! لا أعلم بعد. لم أكن أعرف أسماء المدن القريبة، ولا حتّى البعيدة. لم أكن أحفظ من أسماء مدن فرنسا إلَّا العاصمة باريس، وكنت أعرف أنّها بعيدة عن الحدود الإسبانيَّة، وربَّما لا يكفي ما أملكه من مال لشراء بطاقة توصلني إلى هناك.

وصلت إلى أتوشا، وتهت لساعات في المحطَّة العملاقة التي خلتها أكبر من كاستييخو دي لا سييرا. تغلَّبت على خجلي أخيرًا ولجأت إلى سؤال الناس، إلى أن اهتديت إلى الكوَّة التي يجب أن أحجز منها بطاقة سفري إلى فرنسا.

عندما وجدت نفسي وجهًا لوجه مع الموظَّفة هناك، ارتبكت وتصبَّبت عرقًا، وحدَّقت في وجهها ببلاهة من دون أن أتكلَّم:

- آنستي؟ تفضَّلي. كيف أساعدك؟

- أنا... أريد...

- ألا تجيدين الإسبانيَّة؟ حسنًا، جرِّبي الإنكليزيَّة!

- لا، لا، أنا إسبانية. أريد الذهاب إلى فرنسا. ولكن...

- لكن؟!!!

- المعذرة، لا أعرف أين. أريد أقرب محطَّة في فرنسا!

تفحَّصتني بارتياب، قبل أن تعود لتجيب بلا مبالاة:

- نيربونا؟!

- نعم، نعم، هذه.

- هل تحملين بطاقة شخصيَّة أو جواز سفر؟

أخرجت لها بطاقتي، فتفحَّصتها بعناية قبل أن تسأل:

- متى تريدين الذَّهاب؟

- في أقرب رحلة.

- حسنًا لنرَ... عندي هنا، هذا، بعد ساعة وعشر دقائق، وعليك أن تبدِّلي القطار في برشلونة. ما رأيك؟

- آه، تبديل القطار في برشلونة؟؟ في المحطَّة نفسها؟ هل هذا سهل؟

نظرَتْ إليَّ مرةً أخرى تلك النَّظرةَ المتفحِّصة التي خالطتها الشفقة.

- العمليَّة سهلة. لا تخافي. انظري إلى هنا، سأشرح لكِ.

شرحت لي بودٍّ وصبر ما يتوجَّب عليَّ فعله، وكتبت لي الخطوات على ورقة. تلقَّيت المعلومات باهتمام، وخطفت الورقة منها بامتنان، وشكرتها بحرارة بالغة إلى درجة خالت فيها أنَّني سأقفز إليها خلف الدكَّة لأُقبِّلها.

عندما تحرَّك بي القطار، شعرت بقلبي يكاد يغادر صدري. نهضت من مقعدي ووقفت في الممرّ مذعورة، فاقدةً القدرةَ على التَّفكير أو التَّمييز. سؤال واحد كان يجول في ذهني: لمَ أفعل هذا؟

- سيِّدتي، هل أستطيع مساعدتك؟

قال لي مضيف الرِّحلة بعد أن لفت نظرَه اضطرابي، وأضاف عندما اقترب منِّي:

- هل تشكين من عارض صحّيّ؟ هل أطلب لك طبيبًا؟

أعادني صوته إلى رشدي، فتمالكت نفسي وعدت إلى الجلوس في مقعدي وأنا أشكره.

أغمضت عينَيّ وأصغيت إلى صوت آخر في داخلي كان يهمس في دفء ليُعيد السَّكينة إلى قلبي:

«لقد قُضي الأمر، القطار تحرَّك ولن يتوقَّف ليُنزلك. وحتَّى إن فعل فإنَّك قد دفعت معظم ما تملكينه ثمنًا لهذه البطاقة، ولم تعد لديك الإمكانيَّة للتَّفكير أو لتنفيذ خطَّة أخرى. عليك أن تسترخي وتستسلمي إلى حيث يقودك القَدَر. وأيًّا يكن ذلك المكان، ومهما كان بعيدًا وغريبًا، فإنَّه حتمًا سيكون جديدًا. لا عودة إلى الوراء. لا عودة إلى الوراء».

أراحني ذلك الصوت الدَّافئ العميق، وعاهدت نفسي على ألَّا أُطيع سواه بعد اليوم، ولو كان سيقودني إلى حتفي.

عاودني الانبهار والتوهان في محطَّة برشلونة. وعلى الرَّغم من أنَّني استعنت بالتَّعليمات التي دوَّنتها لي الموظَّفة اللَّطيفة في محطَّة أتوشا، فإنَّني استهلكت كامل مدَّة الساعة والدقائق الأربعين التي تفصل بين القطارين للاستدلال على الرَّصيف الصَّحيح الذي انطلقت منه العربة التي حملتني بعد

أن ألقيت جسدي المجهَد لاهثَ الأنفاس على مقعدي المحجوز فيها، ناهبةً المسافات في طريقها إلى خارج الوطن، نحو وطن جديد ومستقبل غامض.

كان اللَّيل قد هبط عندما وضعت قدمي في نيربونا، التي هي بلدة فرنسيَّة صغيرة تقع على مقربة من الحدود الإسبانيَّة. أنا في فرنسا الآن، قلت لنفسي وأنا أتنفَّس بعمق، لأستنشق الهواء الجديد الذي تعشَّمت أن يبعث الحياة في أعضاء جسدي. أنا في فرنسا الآن. و«لكن، لا! ليس بعد!» قال لي صوت من داخلي عندما تناهت إلى سمعي بعضُ الكلمات الإسبانيَّة ممَّن حولي، من مارّة وعابرين في المحطَّة.

«هذه البلدة لا تبعد إلَّا ساعة بالقطار عن إسبانيا. مؤكَّد أنَّها تعجّ بالإسبان، وقد تكون الهدف الأوَّل لبابلو إذا حاول البحث عنك خارج الحدود. لن تكوني في أمان هنا. عليك أن تنتقلي إلى بلدة أبعد».

شعرت بالإنهاك وأنا أكلِّم نفسي، وبدأ جسدي يعلن عن حاجته إلى جرعة مخدِّرات، الأمر الذي حاولت تجاهله بحزم في أثناء بحثي في اللَّوحات الكبيرة التي تعلن عن توقيت الرحلات القادمة والمغادرة ووجهتها. لم يَهْدِني بحثي إلى شيء، إذ لم أستطع التَّمييز بين أسماء المحطَّات الظاهرة في اللَّوحات.

«اسألي أحدًا».

ولكنْ، مَن سأسأل؟ بحثت حولي، ووقع اختياري على سيِّدة تحمل سحنة أبناء أميركا اللاتينيَّة. اقتربتُ، وبادرتها بالإسبانيَّة طبعًا، إذ لم أكن أعرف سواها.

- مرحبا سيِّدتي. عفوًا، هل تعرفين اسم أقرب مدينة إلى هذه المحطَّة؟

نظرت إليَّ لبرهة، ثمَّ أجابت بالإسبانيَّة:

ـ ماذا تقصدين. أنا آسفة، لم أفهم قصدك!

ارتحت لأنَّها تعرف لغتي، فاستطردت لأُفهمها.

ـ أريد الذهاب إلى مدينة، وليس إلى قرية أو بلدة صغيرة. هل فهمتِني.

ـ حسنًا، أظنّ أنَّني فهمت. تولوز، هي المدينة الأقرب إلى هنا، بحسب ما أعرف. تبعد نحو السَّاعة ونصف السَّاعة بالقطار.

ـ تولوز؟!

ـ تولوز.

كرَّرَتِ الاسم أمامي وكرَّرْتُهُ خلفها وشكرتها، وانطلقتُ إلى كوّة الحجز واشتريت بطاقة إلى تولوز.

كان عليّ أن انتظر حتَّى السَّادسة صباحًا، موعد أوَّل قطار يغادر إلى تولوز. أمضيت ليلة من أصعب اللَّيالي في حياتي على ذلك المقعد الخشبيّ في المحطَّة، جائعةً، خائفةً، منهَكةً، متوتِّرةً وعطشى إلى جُرعة هيروويين.

وصلت إلى تولوز أخيرًا، ولكنَّني كنت قد بدأت وقتها بفقدان السيطرة على جسدي الذي بدأ يرتجف ويتعرَّق بغزارة. وما إن نزلت من القطار، حتَّى ارتميت على أقرب كائن مرّ إلى جانبي، وهمست في أذنه: إيغليسيا!

كانت خطَّتي أن أتوجَّه بمجرَّد وصولي إلى أقرب كنيسة أو دير، لأستجير بمنْ أجدُ من كَهَنة أو راهبات هناك، طالبةً المساعدة والدَّعم، كلاجئة هربت من البطش والاستبداد. لكنّ نوبة الإدمان التي ضربتني لم تُمهلني لأجد طريقي بنفسي، الأمر الذي تكفَّل به الرَّجل الطيِّب الذي أسعفني حظي بالارتماء عليه في محطَّة القطار، حيث قادني أوَّلًا إلى أقرب مقعد، ثمَّ حدَّثني بالفرنسيَّة مذعورًا فأجبته من دون أن أفهم ماذا قال:

ـ لا إيغليسيا بور فابور (الكنيسة من فضلك).

وأسعفني حظي أيضًا، إذ لم يكن الرجل غبيًّا وفهم ما أريد، ولكنَّه عاود سؤالي للاستفسار عن اسم الكنيسة:

ـ نوتردام دو لا دالباديه؟

لم أفهم ما قال، إذ لم أكن أعرف اسم أيِّ كنيسة في تولوز، فكرَّرت عليه كلماتي الأولى مشدِّدة على الـ «إيغليسيا».

نظر إلى ساعته ثمَّ إلى عينَيَّ المنهَكتين، وأشار إليَّ بالنُّهوض. قمت بصعوبة، فساعدني وهو يتكلَّم بالفرنسيَّة، موجِّهًا إليَّ أسئلة مبهَمة أجبت عنها كلّها كببغاء محدود الذكاء: «لا إيغليسيا بور فابور!»

قادني إلى خارج المحطَّة، وأجلسني في سيَّارة تاكسي، وجلس إلى جانبي، وقال للسائق:

ـ نوتردام دو لا دالباديه.

دقائق قليلة، ازداد فيها خفقان قلبي واستمرَّ جسدي بالتَّعرُّق، توقَّفت بعدها السيَّارة أمام كنيسة كبيرة مَهيبة تشبه كنائس مدريد.

ترجَّل المتطوِّع المجهول وساعدني على النزول، وعاود الكلام كأنَّه لا يهتمّ بأنَّني لا أفهم، ودعم حديثه لحسن الحظّ بإشارات فهمت منها أنَّه سيقودني إلى داخل الكنيسة، فهززت برأسي موافقة وأنا أقول: سي سي سي.

وأسعفني حظي لمرَّة أخرى في هذا اليوم (وأخيرة حتَّى ذلك اليوم)، إذ لم يكن المكان الجميل المَهيب فارغًا وباردًا كحال كلّ الكنائس الكبيرة. كانت الصلاة تُرفَع من أحد أركان الكنيسة عندما دخلت، وكان الكاهن موجودًا على أحد الهياكل، يساعده اثنان من الصِّبْية على خدمة القدّاس، ويوجد نحو عشرين شخصًا، معظمهم من المسنِّين، يتناثرون في مقاعد متباعدة في ذلك القسم من الكنيسة الكبيرة.

سحبت قدمَيَّ سحبًا واستندتُ إلى المقاعد حتَّى وصلت إلى هناك، حيث جلست على مقعد فارغ باشر بالاهتزاز تحتي فور جلوسي عليه لفرط ارتجافي. كان عليّ أن أنتظر انتهاء القدَّاس لأتحدَّث إلى الكاهن، فحاولت أن أشغل نفسي بالصلاة ريثما يمرّ الوقت؛ الوقت الذي كانت ثوانيه نواقيسَ تدقّ في قلبي، ودقائقه ارتعاشات تنفضني بين الحين والآخر كموجات تجتاحني من رأسي حتَّى أخمص قدمي ثمَّ تحطّني في مقعدي، كبساط مخمليّ يُنفَضُ على حافَّة نافذة.

عندما انتهى القداس، لم أضطرّ إلى الذَّهاب للحديث مع الكاهن، فقد جاءني بنفسه بعد أن لفت نظرَه شكلي المريبُ الذي جعله يُسرع إليّ مع الصبيَّين اللذين كانا يخدمان القداس فور انتهائه ليستطلع أمري.

بادرني بالحديث بالفرنسيَّة، فقلت مقاطعة إيَّاه وأنا بالكاد ألتقط أنفاسي:

- سوي إسبانيولا (Soy Española): أنا إسبانيَّة.

لا أدري إن فهم ما قلت له من خلال شفتَيَّ المرتجفتين وأسناني المصطكّة. وحاولت أن أُخرج له من حقيبتي بطاقتي الشَّخصيَّة، لكن ارتعاشاتي ازدادت عنفًا وأفقدتني توازني، فشعرت بأنَّني أهوي من مقعدي إلى هوَّة سحيقة ابتلعني صمتها الأسود في دوَّامة من غياب.

ظنّوا أنَّني أعاني داء الصرع، وقد فاجأتني نوبة منه في القدّاس، فنقلوني إلى مستشفى قريب من الكنيسة، حيث حُقنت بالمهدِّئات، وأُجريت لي تحاليل وفحوص مبدئيَّة، بيَّنت إدماني وحملي.

حين فتحت عينَيَّ، كان هناك طبيب فوق رأسي يقوم بإنعاشي، ومن خلفه لمحت الكاهن الكهل الذي رميت نفسي في كنيسته وإلى جانبه وقفت ممرّضة سمراء، اقتربت منّي حين التقت نظراتنا، وقالت بالإسبانيَّة:

- كيف حالك الآن؟

- بخير، شكرًا.

- أنا راكيل، إسبانية أيضًا. وهذا الأب جوليان. هل تريدين منّي أن أتّصل بأحدٍ من معارفك؟

- لا أعرف أحدًا هنا!

وأشرتُ إلى الكاهن وخاطبت راكيل وأنا أنقل نظراتي بينها وبينه كأنّني أوجّه الحديث إليه:

- أنا وحيدة وأحتاج إلى الحماية. أريد أن ألتجئ إلى دير ما ريثما أتعافى.

ترْجَمتْ ما قلته للكاهن والطبيب، الذي قال شيئًا ما لبثت أن ترجمته لي قائلة:

- يقول الطبيب إنّك في حاجة إلى مصحّة لتتعافي من الإدمان، وخصوصًا أنّك حامل. هل تريدين أن نساعدك على العودة إلى إسبانيا؟

- لا، لا، أرجوكم. لا أريد العودة، أريد أن ألتحق بالدير هنا. سأكون تحت تصرُّفكم، وسأفعل ما تشاؤون، لكن لا تعيدوني إلى إسبانيا.

عندما سمع الكاهن، عبر راكيل، ما قلته، نظر إليّ بودّ وربّت على كتفي وقال شيئًا، فترجمت راكيل:

- يقول لك الأب جوليان ألّا تقلقي. ارتاحي الآن، وسوف يعود إليك في المساء.

نظرت إليه بتضرُّع ووهن، وقلت له: شكرًا.

وعندما عاد في المساء لم يكن وحيدًا، كانت معه امرأة خمسينيّة، عرفت من لباسها أنّها راهبة، وقدّمتْها راكيل إليّ بأنّها الأخت برناديت، رئيسة جمعية خيريّة لحماية المتشرّدين وإيوائهم.

- هل تريدين أن تخبريني بشيء؟ لماذا أنت هنا؟

سألتني بلطف بالغ، فأجبتها:

- أريد مساعدتك يا أختاه، أريد أن أحتفظ بطفلي، وأن أُقلع عن الإدمان. ولا أريد العودة إلى إسبانيا. هل تساعدينني. أرجوك؟

ابتسمت بعذوبة، وأمسكت كفِّيَّ بحنان قائلة:

- حسنًا إيڤا، سأساعدك بالتأكيد مهما تكن قصَّتك. باب الرّبّ مفتوح للجميع. ستنتقلين الآن معي إلى حيث أقيم أنا وعدد من الراهبات في دير قريب من تولوز، ريثما نتدبَّر إدخالك مصحَّةً للتعافي من الإدمان، وسأكون جاهزة في أيّ وقت للاستماع إليك في حال رغبتِ في التَّحدُّث عن أيّ شيء.

أدفأَ لطفها البالغ قلبيَ، فامتلأت عيناي بالدُّموع. ابتسمت بوهن لها، وأيضًا للكاهن الذي كان يقف خلفها، وقلت لهما بتأثُّر كبير:

- شكرًا لكما. أنا عاجزة عن الشكر.

«الشكر للّـه أوّلًا وأخيرًا»، قالت وهي تضغط على كفّي، متابعةً: صلّي يا ابنتي. أنت الآن في أمان.

نعم، حصلت على الأمان، وحصلت على الحرِّيَّة، ولكن بعدَ ماذا؟ فقد اكتشف الأطباء في مركز التعافي من الإدمان الذي أُرسلت إليه بعد أسبوع من المكوث في الدير، إصابتي بالأيدز؛ الخبر الذي كان نزوله عليّ أشبه بالطلقة التي فجَّرت رأس حُلمي الوليد الذي خلقته من العدم، وأنقذته لتوِّي من الضياع، ودفعت في سبيل إنقاذه ثمنًا باهظًا.

لعنةُ الدَّم

-1-

ما قيمة الحرِّيَّة إذا فُقدت الحياة؟ وما قيمة الحلم إذا فُقد الغد؟

في طفولتي، حكت لي أمّي قصَّة اسمها «الموسم الأزرق»، عن امرأة طلبت من زوجها أن يشتري لها قطعة قماش زرقاء كانت تشتهيها لتخيِّط لنفسها منها ثوبًا، وقد وعدها الزوج الطيِّب بأن يشتريها لها في الموسم القادم على أمل أن يكون أفضل حالًا من الموسم الحالي السيِّئ. رضيت الزوجة وبقيت في الانتظار. ومرّ الكثير من المواسم السَّيِّئة على الزَّوجين وطال الزَّمان، وافترس الشَّيْبُ سوادَ شعرها الحالك حتَّى نسيت المرأة أمر الفستان الأزرق، إلى أن فاجأها زوجها ذات يوم، بصرَّة ملفوفة بورق ملوَّن، قدَّمها إليها وهو يقول: الموسم جيِّد هذا العام، وها أنا أفي بوعدي. عندما فضَّت الصرَّة وجدت فيها قطعة القماش الزرقاء التي حلمت بها منذ سنوات. بكت من فرحتها، ولكنَّها قالت لزوجها: لقد كبرت في السّنّ ولم يعد من اللَّائق الآن أن أرتدي هذا اللَّون، سأهدي حفيدتي قطعة القماش تلك، وسأخيط لها منها الفستان الذي كنت أحبّ أن أزهوَ بارتدائه في صباي.

كلّما سمعت تلك القصّة، تنهمر دموعي من دون أن أستطيع التحكّم فيها. كنت أشعر بقهر شديد من أجل تلك المرأة المسكينة التي تحقّقَ حلمُها بعد فوات الأوان، وأحيانًا كنت أفكّر في أنّها غبيّة، وأنّني لو كنت مكانها لفصّلت قطعة القماش لنفسي ولبستها مهما تكن سنّي وشكلي.

عندما بدأت أنتبه إلى الانهيار الكبير في كياني الذي تسبَّبَت به علاقتي بنبيل وكرَّسَتْهُ، صرت أعزّي نفسي بمراقبة غدي يكبر، وأقنعت نفسي بأنَّ المواسم الزرقاء والخضراء والذهبيّة، وإن لم تزهر في حقولي اليوم، فستزهر كلُّها حتمًا في حقول غدي. وأراحني هذا الاعتقاد، حتّى تذكَّرتُ قصّة أمّي، وانتبهت إلى أنّني أُشبه من دون أن أدري، تلك المرأةَ الغبيّة، وتجاهلت عمدًا الصوت الذي صرخ في داخلي يقول: «ما قيمة موسمك إذا أزهر في حقول سواك؟ وما قيمة الفستان الأزرق إذا أُهدي إلى صبية صغيرة قد تُلقيه جانبًا لأنّها ربّما لا تحبّ اللّون الأزرق!»

اليوم، عاد كياني إليّ، ولكن، هل تراه يُجديني نفعًا، بعد أن فقدت غدي؟

عندما قُتل ابني، لم أعد أستطيع حتّى مجرّد النَّظر إلى وجه نبيل، على الرّغم من أنّني كنت قد حسمت بيني وبين نفسي علاقتي به منذ أن بدأ يلعب صاغرًا دور صبيّ السُّلطة المطيع والمدلَّل.

قُتل ابني، وجاؤوا لتقديم واجب العزاء من دون أن يحقّق أحد في الحادثة، ومن دون أن يُسأَل أحدٌ، ومن دون أن يُعاقَب أحد، ومن دون أن يعتذر أحد!

مات ابني. قتله حماة الديار، من دون أن يأتيني أحد باسم الطيّار الذي ألقى قذيفة الموت التي أحرقت غدي، ولا باسم الضابط الذي أعطاه الأمر بفعل ذلك.

هل ساهم موت ابني في حماية الديار؟ ذلك الذي كرّس شبابه الغضّ لخدمة الوطن وناسه، هل كان موته حماية أم تقويضًا للأساسات؛ الأساساتِ التي قامت عليها هذه الديار منذ آلاف مؤلَّفة من السّنين.

مات غدي، ولم يكترث لموته أحد. أُدرج اسمه ضمن لائحة الشُّهداء الطويلة، وأُرفق بملاحظة: «استُشهد في مواجهة مع العصابات الإرهابيّة المسلَّحة».

مات ابني، وصمت أمام موته الجميعُ، وتغاضيت أنا عن الصَّمت المتوقَّع من الجميع، لكنَّني لم أتغاضَ عن صمت نبيل، ولم أسامح.

كان يقول لي دائمًا إنَّه يفعل كلّ ما يفعله من أجل غدي! فهالني صمتُه المريب أمام جثَّة ولده الممزَّقة، وسألت نفسي لماذا يصمت الآن؟ مِنْ أجل مَنْ يفعل هذا الآن؟ مِمَّن يخاف؟ وعلى ماذا يخاف بعد أن راح غدي؟ هل روحه هي التي تشوَّهت إلى هذه الدَّرجة، أم أنَّني أنا المغفَّلة التي عاشت عمرها كلَّه مع شخص لم تعرف كُنْهَ روحه الحقيقيَّة حقَّ المعرفة.

في خضمّ الحمى والهذيان، تفوَّهت بكثير من الكلمات، التي لا يجدر بزوجة وزير أن تتفوَّه بمثلها، فأُدرج اسمي ضمن القائمة السَّوداء!

وعندما هدأتُ أخيرًا وجلست للحديث مع نبيل بشكل عقلانيّ، قلت له بهدوء:

ـ أريد أن ننفصل بشكل رسميّ. لن أعيش مع مَنْ قتل غدي.

ـ أنتِ مَنْ قتله! أنتِ مَنْ سلَّمَه إلى المحرقة بغباء! لا تظنّي أنَّني سوف أسامحك!

ـ أنا كنت أريده رجلًا كاملًا، حرًّا، ليس إلَّا! أما أنتَ، فقد أردتَه مثلك: خاروفًا أليفًا في مزرعة السُّلطة.

- أردتُ له الحياة، وأنتِ دفعت به في طريق الموت.

- ما دام كلّ منّا يرى الحياة بعين تختلف عن عين الآخر، فالانفصال الرّسميّ هو الحلّ، بعد أن انفصلنا وجدانيًا منذ زمن طويل.

- أنت تُدهشينني يا ندى! لم أعد أعرفك. لطالما كنت أعتقد أنّك تنظرين إلى الأمور من منظاري نفسه. ما الذي غيّر نظرتك إلى الحياة؟

- كنت تعتقد ما كنت تحبّ أن تعتقده، ولم تهتّم يومًا بالنّظر إلى داخل قلبي لتعرف ما الذي أعتقده أنا بالفعل. لننفصل يا نبيل. فنحن، على الرّغم من توأمتنا، لا ننتمي إلى العقيدة نفسها.

- بلى، كنّا كذلك. نحن لم نختلف حول أيّ قضيّة في الحياة منذ طفولتنا، إلّا فيما يتعلّق بجان دارك!

قال ممازحًا في محاولة منه لكسر جدار الألم الذي انتصب بيننا، ولم يكن يدري أنّه داسَ بمزحته على الوجع.

- وجان دارك هي بيت القصيد. جان دارك هي ما بيننا، ودم غدي ما بيننا. لننفصل يا نبيل!

تأخّرنا في الاكتشاف! بعد أكثر من أربعين عامًا من العيش المشترك، ومن تقاسم الزمن بثوانيه وساعاته وأيّامه وسنيّه، نكتشف أنّنا نرى الحياة كلّ بعين تختلف عن الآخر! هل سقطت الأقنعة عن وجوهنا فجأة؟ هل انقشعت الغشاوة عن أعيننا؟ أم أنّ شيئًا فينا كان قد تغيّر خلال هذه الحرب الشّيطانيّة من دون أن ندري؟

اتّصلت بي ناتالي لتخبرني بأنّ نبيلًا كان يتحدّث معها عبر الهاتف منذ ثَوانٍ، وأنّه طلبها ليسأل عنّي وليطمئن إن كنت بخير.

ناتالي ونبيل كانا صديقين جيّدين وبقيا كذلك. عرّفتهما، أحدهما إلى الآخر، منذ زمن طويل، من قبل حتّى أن نتزوّج، حين كانت تأتي إلى

حلب مع العائلة في الزيارة الصيفيَّة المعتادة كلَّ سنتين تقريبًا. كان نبيل ينبري لإعداد برنامج حافل لتسليتها ويأتيها بالهدايا عندما كانت طفلة، وعندما كبرت صار يصطحبها معنا في رحلات مثيرة ويدعوها إلى حفلاتنا الصاخبة التي لا تجد مثيلًا لها في كلّ أوروبا. كما كان يستدرجها في الحديث، ويجعلها تفتح قلبها لتحكي له عن همومها وعلاقاتها العاطفيَّة، ليقوم بتقديم نصائح ثمينة تستقبلها منه بعينين مذهولتين وفمٍ مفتوح من الدَّهشة.

كانت تحبُّه جدًّا، مأخوذةً بخفَّة ظلّه وموهبته الفذَّة في خطف القلوب، وخصوصًا من صدور الإناث، مهما تكن إعمارهنّ أو وضعهنّ أو شكلهنّ.

عندما عرفَتْ نيتي الانفصال عنه حزنَتْ ولامتني كثيرًا، لكنَّها أعطتني الحقّ بعدما كشفتُ لها عن الجانب المخفيّ من علاقتنا التي كانت تبدو في الظاهر العلاقةَ الأكثر مثاليَّة. صدمها سلوك نبيل وطريقته في التعامل معي كزوجة، ولامتني مجدَّدًا على صمتي طوال كلّ تلك السنين وقبولي بالعيش في ظلّ ذلك الوضع المذلّ.

لكنَّها، مع ذلك، استمرَّت تبادله الاحترام، وأدَّت دور الرَّسول بيننا بعد أن استقرَرْتُ في ميتز، وخصوصًا في الأيَّام التي يكون مزاجي فيها عاصفًا، وغيرَ قابل للاختراق من قِبَل أيّ ذكرى من الماضي بشكل عام، ومن قِبَل نبيل على وجه الخصوص.

بعد أن أعدت تحويل المبلغ الأخير الذي أرسله إليَّ منذ نحو شهرين، اتَّصل بي مرَّة ولم أردّ، فتوقَّف عن الاتِّصال وعن إرسال رسائل الواتسآب، وها هو اليوم يتَّصل بناتالي ليعرف أخباري، وليعرض عليّ من خلالها، كأيّ «جنتلمان»، تقديمَ أيّ نوع أحتاج إليه من المساعدة.

- يبقى جنتلمان، على الرّغم من كلّ شيء.

قالت ناتالي التي كانت لا تزال تحت تأثير كلماته السَّاحرة والدَّافئة، والتي سمعتها للتوّ ولم تتسرَّب من أذنيها بعد، فأجبتها وأنا أبتسم بسخرية:

- شكر اللَّـه سعيكم، يا عزيزتي. إنْ هاتَفَكِ ثانيةً، فقولي له إنَّني ممتنَّة لِلُطفه، ولست في حاجة إلى شيء.

وتذكَّرتُ كيف كنت أقول له دائمًا مداعبةً إيَّاه بخبث:

- لو اقتحمتَ عالم التَّمثيل لصرتَ من كبار نجوم الدراما السُّوريَّة!

لقد كنت أعرف دائمًا أنَّه يمثِّل، لكنَّني لم أطلب منه يومًا أن يخلع القناع.

ـ 2 ـ

طالعتني ذلك المساءَ دعوةٌ من إحدى صديقات الطفولة وزميلات المدرسة، إلى الانضمام إلى صفحة أنشأتها على الفيسبوك تخصّ مجموعة سمَّتها «أمهات الشهداء»! فاجأتني الفكرة، واستسخفتها للوهلة الأولى، لأنَّني فكَّرت في أنَّ الصَّفحة ستنفجر حتمًا من ضخامة أعداد الأعضاء اللَّواتي سينضممن إليها. وبما أنَّ عدد الشهداء في سوريا بين مدنيِّين وعسكريِّين قد فاق خمسمئة ألف شخص، وبما أنَّ معظمهم من الأطفال والشبَّان، وبما أنَّ للجميع أمَّهاتٍ، فإنَّ ما لا يقلّ عن نصف مليون امرأة هي اليوم مرشَّحة للانضام إلى المجموعة التي ابتكرتها سوسن على الفيسبوك.

أوجعني قلبي عندما فكَّرت في حجم ألمي، وضربتُه في نصف مليون، لأحصل على كمِّيَّة من الألم تكفي لإغراق الكرة الأرضيَّة كلِّها في مستنقع من كآبة مُرَّة. ياه! ما أكبرَ الوجع الذي ترزح تحته يا وطني الصغير!

ابتسمت بمرارة أخيرًا وأنا أنقر الـ«لايك» لأنضمّ إلى مجموعة صديقتي كسيرة القلب، والتي مات وحيدها ذو الأعوام العشرين مختنقًا تحت جدار غرفته الذي انهار في إثر صاروخ أطلقه عناصر أحد الفصائل

المسلَّحة التي سيطرت على أحياء حلب الشرقيَّة، وعملت على إرسال قذائف عشوائيَّة إلى المناطق الغربية التي بقيت تحت سيطرة النِّظام، فعاثت دمارًا وقتلت وأصابت أعدادًا كبيرة من المدنيِّين الأبرياء، وذلك انتقامًا منها من «داعمي النِّظام والساكتين عن جرائمه»! بحسب وصفها، وردًّا على الهجمات التي كانت تتلقَّاها المناطق الشرقيَّة من جيشه والجيوش الداعمة له، وتقتل بدورها المدنيِّين هناك، وتدفن بعضهم تحت أنقاض أبنيتهم التي كانت تنهار في إثر تلقيها براميلَ متفجِّرةً، كانت تُلقيها المروحيَّات العسكريَّة بعشوائيَّة بحتة بهدف دكِّ أوكار «الإرهابين والجماعات الحاضنة لهم»!

سوسن، الشقراءُ الجميلة، كانت أوَّل من تزوَّج من بنات صفّنا. كنَّا لا نزال في البكالوريا وفي بداية العام الدراسيّ حين أعلنت خطوبتها ووضعت المحبس، الذي كان موضع حسد كلّ البنات، في خنصر يدها اليمنى، ثمَّ نقلته إلى اليسرى حين تزوَّجت بعد الامتحانات في حفل جميل دعتنا جميعًا إليه.

أنجبت ابنتها الأولى بعد نحو سنة من الزَّواج، وبعد ثلاث سنوات أخرى أنجبت الثانية، وطال الانتظار حتَّى وُلد الذكر الذي دُعي «فؤاد»، وأشرق كشمس ذهبيَّة في حياة أمِّه وأبيه بعد سنتين من ولادة أخته الأخيرة.

حين كنَّا نتبادل الزِّيارات بين الحين والآخر، كنَّا نستمتع بالتفرُّج على ولدينا يلعبان معًا، كما صرنا نستمتع على مرِّ السنين بمراقبتهما يكبران، ويتحوَّلان إلى شابَّين فاتنين.

فُجِعْتُ بغدي قبل شهور من فجيعتها. وحين اتَّصلتُ من ميتز لأعزِّيها، لم أدرِ ماذا أقول لها، إذ كنت أعرف من تجربتي أنَّ لا كلام يمكن أن يعزّي في هذا الظرف. سمعت نفسي تقول بصوت مذبوح:

- لا تقلقي، هو في الغرفة الأخرى. لقد ذهب ليلعب مع غدي.

ما أبعدَ تلك الغرفة عنّي اليوم، لكنّني، على الرّغم من ذلك، أسمع أصوات ضحكهما وشجارهما قريبةً جدًّا منّي؛ أسمع صوت هدير المروحية التي قتلت غدي، ودويّ انفجار الصاروخ الذي هدم الجدار فوق فؤاد؛ أسمع أزيز الرّصاص وانفجار قذائف الهاون متداخلَين مع عويل الأمّهات من كافّة أصقاع المدينة؛ أمّهات الشهداء؛ أعضاء صفحتنا الفيسبوكيّة الجديدة.

هذا المساء، تناولت «التاب» بعد انقطاع عنه لعدّة أيّام، فطالعتني عبر الفيسبوك العشراتُ من الإشعارات والرّسائل التي لم تُقرَأ. عندما فتحتها وجدت معظمها تابعة لمجموعة أمّهات الشهداء. ساورني الفضول، ففتحت الصفحة وباشرت بقراءة المنشورات والتّعليقات.

فاجأتني أوّلًا كمّيّةُ المشترِكات التي وصلت إلى أكثر من ألفي عضوة خلال عدّة أيّام، وعرفت في أثناء اطّلاعي على أسماء المشتركات أنّهنّ ينتمين إلى مناطق مختلفة من حلب، ومجتمعات متباينة، وانتماءات سياسيّة متعاكسة، فحدستُ ما سأقرأ لاحقًا وصدق حَدْسي.

نساء مفجوعات خدّرهنّ الألم عن أيّ إحساس آخر، أطلقن العنان لأوجاعهنّ وكتبن. مثقّفات، جاهلات، ذكيّات، ساذَجات، محنّكات، وقحات، منطقيّات ومتطرّفات. مزيج غريب لا يجمعه إلّا صدقُ الألم الذي يحكي للأسف قصصًا متباينة ومتناقضة، قادتهنّ في النهاية إلى شجار وصل إلى حدّ تبادل الشتائم وأفظع الاتّهامات.

وقرأت بين السّطور اللّعنةَ التي ألبسها بيلاطس لليهود عندما طالبوا بصلب المسيح قائلين: «دمه علينا وعلى أولادنا».

كلّ أم مفجوعة من أولئك النّساء كانت تحلّل الانتقام وتطلب الدم في مقابل الدم، وتَلبس اللّعنةَ التي فرضها عليها صنّاع الحرب وتورّثها لأولادها. وفي النتيجة، تحوّلت الصفحة إلى مجموعة من النّساء اللّواتي

سلبهنَّ الألم عقولَهنَّ، يتبادلن اللَّعَنات فوق جثث أولادهنّ، ويتقاذفن التّهم على أنقاض غدهنّ الممزَّق وفوق أشلاء أفئدتهنَّ المفطورة.

بدمعة مُرَّة، نقرت فوق «ديسلايك» (dislike) وغادرت المجموعة المنكوبة هاربةً مَرَّة ثانية من الذي كنت قد هربت منه مسبقًا، وسأهرب منه أبدًا. وكتبت على جداري العبارةَ التي خرجت من عمق خوفي ويأسي: «أين تهرب يا وطني، من لعنة الدم».

ـ دم خوان كارلوس ما بيننا. ابني الجميل، الذي أعطيته اسم أخي الذي اختطفه الموت باكرًا، لعلَّه يعطي الاسم المحبَّب فرصةً جديدة في الحياة. لكنَّهم سلبوه إيَّاها ثانية عندما سلبوني ابني وأهدروا دمه.

قالت إيڤا مغمَضة العينين وهي تهزّ رأسها بألم، قابضةً بقوَّة على فنجان القهوة التي كنت أشاركها في احتسائها على مقعدنا نفسه في الحديقة.

«ولكنْ، مَنْ هُمْ؟» سألتها بلهفة.

ـ ومَنْ يكون سواه: الشيطان المختلّ الذي سرق حياتي وحياة أختي، وساعدَته هي على ذلك: مارتا توأمي، التي كانت مستلَبة من قِبَله، ومستعدَّة للموت من أجله.

ـ وكيف عرفا طريقك؟

صمتتْ لوهلة، ولمحتُ دمعةً انسابت بهدوء من عينها اليمنى تلقَّفتها بطرف الشال الأخضر الذي كان ملقًى على كتفيها، ثمَّ استلَّت سيجارة من علبتها، أشعلتها وسحبت النَّفَس الأوَّل، قبل أن تتابع الحديث.

-3-

عندما قيل لي في المصحَّة التي أرسلتني إليها الأختُ برناديت للمعالجة من الإدمان، إنَّني مصابة بالأيدز، لم أكنْ أعرف عن هذا المرض سوى أنَّه مرض قاتل، وكان عليّ أن انتظر لعدَّة أيَّام قبل أن يأتوني بشابّ يتحدَّث الإسبانيَّة ليشرح لي وضعي وطبيعة هذا المرض.

عندما عرفت الطرائق التي ينتقل الأيدز عبرها من إنسان إلى آخر، كانت مارتا هي أوَّل من فكَّرت فيه، وتساءلت إن كانت هي الأخرى قد التقطت المرض الفتّاك مثلي، باعتبارها كانت تضاجع الرجل نفسه وتتعاطى المخدِّرات بالطريقة ذاتها.

بعد التداول في وضعي باعتباري غيرَ فرنسيَّة ولا أملك حقّ الطبابة المجانيَّة هنا، خيَّرتني الأخت برناديت بين العودة إلى إسبانيا للعلاج على نفقة دولتي أو الانتقالِ إلى مركز متطوّر لرعاية مرضى الأيدز يُدار من قِبَل مؤسَّسة خيريَّة تتكفَّل على نفقتها الخاصَّة برعاية المتشرِّدين من المرضى والأجانب ممَّن لا يتمتَّعون بميزة العلاج المجَّانيّ. وهي المؤسَّسة نفسها التي ترأس الأخت برناديت فرعها الموجود في تولوز.

ـ لكنّ هذا المركز لا يقع هنا في تولوز أو ضواحيها. هو في إحدى ضواحي ستراسبورغ، التي تبعد عن هنا مسافةَ تسعمئة وخمسين كيلومترًا تقريبًا. هل توافقين على الذهاب إلى هناك؟

قالت لي، عبر المترجم الشابّ نفسه.

ـ أوافق طبعًا، شاكرةً رعايتكم يا أختاه.

ـ لكنّني أريد أن أتأكّد أوّلًا من أنّك لم تقترفي جريمة ما جعلتك تهربين من بلدك؟!

ـ أنا لم أقترف جريمة، صدّقيني. أنا هاربة من جريمة!

نظرت عندها إليّ بقلق وتوجُّس، فحكيت لها قصّتي كلّها. حكيت عن بابلو ومارتا والمخدّرات والحَمْل، وهروبي من قريتي إلى مدريد، ثمّ من مدريد إلى هنا. وعندما بدأت بالبكاء، أمسكت كفّي بين كفّيها وقاطعتني قائلة:

ـ كفى يا عزيزتي، يقول يسوع: «تَعالَوا أيّها المبارَكون، خُذُوا المَلَكُوتَ الَّذِي أُعِدَّ لَكُمْ مُنْذُ خَلْقِ العالَمِ، لأنّي كُنتُ جائِعًا فَأطعَمْتُمُونِي، وكُنتُ غَرِيبًا فَآوَيتُمُونِي، وكُنْتُ مَرِيضًا فَاعتَنَيتُمْ بِي». ستذهبين إلى ستراسبورغ بنعمة يسوع، ولكنْ أوّلًا، عليك أن تُنهي فترة العلاج من الإدمان هنا. ستقدّم إليك عنايةٌ خاصّة باعتبارك حاملًا ومصابةً بالأيدز، وستقوم مؤسّستنا بتغطية نفقات العلاج أيضًا. لا تقلقي، عليك فقط أن تتعاوني مع المعالجين وأن تستجيبي مع العلاج.

ـ سأحاول ما في وسعي، من أجل طفلي أوّلًا. أريده أن يخرج سليمًا معافًى ليعيش حياة سليمة؛ حياةً غير التي عشتها.

ـ ولكنْ، يا إيڤا، عليك أن تعرفي شيئًا مهمًّا.

قالت الأخت برناديت بصوت منخفض وهي تنظر إليَّ بأسف:

ـ ماذا هناك؟

ـ هناك احتمال بأن تنتقل العدوى إلى جنينك، فيصاب بالأيدز مثلك!

أصابني الهلع. هوى قلبي في داخلي، وشعرت من جديد بتهاوي حلمي الجميل كقصر من الرّمال ركله طفل شرّير ونثر ذرّاته في كلّ الأنحاء.

ـ وما العمل، إذًا؟

ضغطت كفّي بين كفّيها وتابعتْ بالصوت الهادئ نفسه:

ـ لا تقلقي، احتمال الإصابة لا يتعدّى 1 من 4. سيعمل الأطبّاء منذ الآن لإخضاعك لمراقبة دقيقة وعلاج خاصّ للتّقليل من فرصة إصابة الجنين.

ـ أختاه، أرجوك. لا أريد أن يموت طفلي. سأفعل أيّ شيء من أجل أن يعيش.

ـ كوني قوية يا ابنتي، من أجله ومن أجل نفسك. تجاوبي مع العلاج، وثقي برحمة اللّه وصلّي، وستعيشان أنتما الاثنان.

سكنني هاجسُ إصابة الجنين، لكنّه لم يُنسني همّي الآخر: مارتا. وفكّرت في أنّها يجب أن تُجري تحليلًا بدورها لنعرف إن كانت مصابة مثلي، أم لا.

لم أستطع مقاومة الرّغبة الملحّة في الاتّصال بها. فعلتُ ذلك عصر أحد الأيّام بعد أن طلبت الإذن من الأخت برناديت.

- هو لا!!

جاءني صوتها الحبيب مرتجفًا وضعيفًا. قاومتُ دموعي التي هجمت فجأة، وأجبتها:

- ماريتا، هذه أنا!

عرفت أنَّ الدموع هاجمتها بالطَّريقة نفسها التي هاجمتني بها، وشعرت بمقاومتها لاستخراج صوتها الشَّاحب أصلًا، لتناديني به:

- إيڤيتا، حبيبتي إيڤيتا. أين أنت؟

- ليس مهمًّا. أخبريني كيف حالك؟

- أريد أن أطمئنّ عليك.

- عزيزتي، اشتقت إليك كثيرًا وأنا بخير. لكنَّني اكتشفت للأسف أنَّني مصابة بمرض خطير: الأيدز يا مارتا. أنا مصابة بالأيدز.

سمعتها تشهق، وصمتت لوهلة لا تدري ما تقول:

- ماذا تقولين إيڤيتا؟ كيف حدث هذا؟

- لقد حدث يا مارتا، لكنَّني متخوِّفة من أن تكوني أنت أيضًا مصابة بهذا المرض. هناك احتمال كبير بأن أكون قد التقطته من بابلو. وإذا كان هذا الاحتمال صحيحًا، وأظنّه كذلك، فهذا يعني أنَّك في خطر.

- ماذا يعني هذا؟

- يعني أنَّ بابلو يمكن أن يكون قد نقل هذا المرض إليك وإليَّ، يعني أنَّه أكمل مهمَّته المدمِّرة في حياتنا وأجهز على ما تبقى منك ومنِّي.

- لا. لا. لا أعتقد أنَّني أعاني شيئًا. أشعر بأنَّني في صحَّة جيِّدة.

- مع ذلك، عليك أن تتحدَّثي إلى بابلو بالأمر، وأن تقوما أنتما الاثنان بإجراء التَّحليل اللَّازم.

ـ ولكنْ، أين أنت. أخبريني أرجوك!

ـ سأعود لمهاتفتك لاحقًا لأطمئنّ عليك. اعتني بنفسك يا عزيزتي.

أنهيت المكالمة قبل أن أضعف وأقوم بإخبارها عن مكاني. فقد كنت أعرف أنَّ المعلومة ستنتقل إلى بابلو بمجرَّد أن تعرف بها مارتا.

بدأتُ شيئًا فشيئًا أستعيد قواي ونشاطي في هذا المركز الذي كان يعالج إدماني. صرت أستمتع بالخروج إلى حديقته للاسترخاء تحت أشعة الشمس، وأُمضي كثيرًا من الأوقات أمام شاشة التلفزيون متابِعةً أفلامًا ناطقة بالفرنسيَّة لم أكن أفقه من حواراتها شيئًا، وإنَّما أقوم بتخيُّل حوار آخر، بحسب ما يخطر في بالي.

في ساعات كثيرة، كنت أشعر بالغربة، وكانت تعتريني كآبة عميقة وندم على كلّ ما قمتُ وأقوم به. كنت أفكّر في الهروب والعودة إلى قريتي الصغيرة في إسبانيا والتَّخلُّص من الجنين وحذف كلّ الأحداث التي فجَّرت حياتي مؤخَّرًا واعتبارها كأنَّها لم تكن. لكنَّ الصوت الذي كان يسكن أعماقي كان يسألني: «حسنًا، عدتِ إلى كَنْس الكنيسة وقطف العنب في كاستييخو دي لا سييرا، وماذا بعدُ؟ هل ستُقْلِعين عن إدمانك على بابلو ومخدّراته؟ وهل سيرحمك هو في كلّ الأحوال؟ وهل سيرحمك الأيدز؟»

وفي ساعات أخرى، كانت الأفلام التي أدمنت التفرُّج عليها وتأليف حوار لها تُغريني بأن أجرِّب عيش الحياة كما يعيشها أبطالها. يدغدغني أمل بسيط ولكنَّه جميل، بأنَّني يومًا ما سأتعافى من كل أمراضي، وسأعيش حياة حقيقيَّة. وحتَّى إن لم أستطع أنا ذلك، فلعلَّ طفلي أو طفلتي ستستطيع! كنت أقول لنفسي: لن أعود إلى الوراء أبدًا، ولو كلَّفني ذلك عمري؛ عمري الذي لا طعم له ولا لون؛ عمري الذي لا عمر له.

كنت قد بلغت الشهر السادس من حَمْلي عندما قرّر مركز الإدمان أنّه صار في وسعي الخروج للانتقال إلى ذلك المركز الآخر قرب ستراسبورغ.

خلال كلّ تلك الفترة لم أتّصل بمارتا ولا مرّة. كان يعذّبني قلقي عليها، وحاجتي الملحّة لأعرف حقيقة إصابتها بالمرض مثلي أم لا. لكنّني كنت أخشى أن تطالني يد بابلو، فقرّرت أن أؤجّل الاتّصال بها إلى وقت آخر.

حين صرت في ستراسبورغ، وبعد الرّحلة الطويلة التي قطعتها بالقطار، أدركت أنّ الوقت قد حان، وقد صار في وسعي الاطمئنان على أختي الآن بما أنّني صرت بعيدة جدًّا عن متناول قبضة بابلو.

- ماريتا.

- إيڤا، عزيزتي إيڤا. أين أنت باللّـه عليك؟

- أخبريني عنك؟

- سيّئة جدًّا. أنا أشعر بالوهن والقنوط الشديدَين.

- هل أجريتِ التّحليل كما قلت لك؟

- أنا لا. لكن بابلو فعل بعد أن أخبرتُه بما قلتِ لي، وتبيّن أنّه مصاب!

- وأنتِ؟

- أخاف أنا أفعل هذا. ماذا سأقول لبابا وماما؟!

- أنت مجنونة. يجب أن تبدئي بالعلاج فورًا إن كنت مصابة!

- لا أستطيع. ولا أعرف أين يجب أن أذهب لإجراء هذا التّحليل!

- اسألي بابلو. فليصطحبك هو إلى هناك.

«آه، يا إيڤا»، وبدأت بالبكاء.

- ماذا هناك؟ ماذا فعل بك هذا الحقير؟

- هل صحيح أنّك حامل؟

- ...

- أجيبيني؟ هل أنت حامل؟

- نعم، يا مارتا، أنا حامل.

- يكاد بابلو يجنّ ليعرف مكانك. يتَّصل بي فقط ليعرف إن كنتُ قد حصلتُ على أخبار منك. قال إنَّه لا يريد أن يراني قبل أن أحمل له خبرًا عنك.

- الحقير.

- أنا في حالة بائسة.

- هل ما زلت تتعاطين المخدِّرات؟

- يرسل إليَّ القليل منها بين حين وآخر. يهدِّدني بها. يريد أن يصل إليك ولو على جثَّتي!

- أنا آسفة جدًّا يا عزيزتي. آسفة حقًّا.

- ماذا تريدين أن أفعل؟

- تعالي إليَّ.

- ماذا؟؟

فكَّرت فجأة. إنَّ الحلّ الوحيد لقطع حبل مأساتنا، هو أن تهرب مارتا أيضًا من متناول يد بابلو: أن تأتي إلى هنا، لتحصل على العلاج اللَّازم لها لتعيش. لا أريد لأختي أن تموت.

- تعالي إليَّ يا مارتا.

- ولكن، أين أنت؟

أن تصل مارتا الساذَجة من كاستييخو دي لا سييرا إلى ستراسبورغ، كانت المهمَّة المستحيلة، لكنَّها تمَّت بنجاح بعد أن علَّمتها كيف تذهب

إلى برشلونة أوَّلًا، ثمَّ إلى تولوز، لتتَّصل بالأخت برناديت التي تكفَّلت بإرسالها إلى ستراسبورغ بعد أن طلبتُ منها أنا ذلك.

ووَصَلَتْ أخيرًا، شديدةَ النحول وغائرة العينين، وتحمل على جسدها وشمًا باسم بابلو!

«لماذا فعلتِ هذا؟» سألتها عندما أرتني الوشم.

ـ هو طلب منِّي ذلك. ووشمَ اسمي في المكان نفسه من جسده.

ـ أنت فتاة مجنونة.

ـ أنا أحبّهُ.

لم تتوقَّف عن البكاء في الأسبوع الأوَّل. شَعَرتْ بالندم والحنين وبالشوق إلى بابلو. ولو كانت تملك ثمن بطاقة القطار، لعادت إلى إسبانيا من فورها من دون تردُّد.

- 4 -

وشم على جسد مارتا!! كنت أعرف جسد مارتا العاري، وأعرف كلّ سنتيمتر من بشرتها، ولم يكن هناك وشمٌ ما، فسألْتُ إيڤا:

ـ ولكنْ، في أيّ منطقة من جسدها دقَّت الوشم؟

أطرقت لدقائق، ثمَّ رفعت رأسها ببطء وصوَّبت نحوي عينين تحملان نظرة أخرى غيرَ نظرتها المعتادة؛ نظرةً غامضة، تائهة ومخيفة، أصابتني بقشعريرة في الصميم من دون أن أدري لماذا! وأجابت بصوت خافت:

ـ يومًا ما، سأُريك ذلك الوشم!

تلفَّحَتْ بشالها الأخضر، وقامت بهدوء، ومشت بعيدًا عنِّي في الحديقة، واختفت بين الأشجار.

استعجلت يومها موعد الدخول إلى غرفة مارتا، لإعطائها وجبة العشاء والدَّواء وتغيير حفاضها. كانت تجلس في السَّرير كعادتها عندما تصاب بالهيجان، عاريةً تمامًا إلَّا من الحفاض الذي مزَّقت أطرافه، تضرب على رأسها بكفَّيها كأنَّها قد سمعت لتوِّها خبرًا مفجعًا.

حشرت كفَّيَّ في الكفوف المطاطية البيضاء، ودفعتها برفق لتستلقي على ظهرها. فَعَلَتْ ذلك وهي مستمرَّة في ضرب رأسها كأنَّها تريد أن تحطِّمه. حاولت إنزال كفَّيها فقاومتني، فهمست في أذنها اليمنى بلطف:

ـ ماريتا، اهدئي يا عزيزتي.

لم تهدأ، فأنْزَلْتُ كفَّيها بالقوَّة إلى جانب جسدها. وقبل أن أُلبسها قميصها، ألقيت نظرة فاحصة على القسم العلويّ من جسدها باحثة عن ذلك الوشم. نظرت تحت ثدييها، وقلبتها وتفحَّصت ظهرها، فلم أجد شيئًا! وعندما نزعت حفاضها، تفحصت ما تحته بدقَّة، من الأمام ومن الخلف، ولم أجد شيئًا أيضًا غير ذلك الجرح القديم المندمل أسفل سرَّتها، والذي يدلّ على إجرائها عمليَّةً ما منذ زمن بعيد! نظّفتها بسرعة، وثبَّتُّ لها الحفاض النَّظيف وقد أصابني التشوُّش والاستغراب، وغادرت غرفتها بعد أن أنهت عشاءها وأخذت دواءها وأنا أسأل نفسي عن صحَّة رواية إيڤا في المجمل؟ إذا كانت قد كذبت في هذا التفصيل الصغير، فكيف أعرف أنَّها صدقت في بقيَّة التفاصيل؟

قرَّرت أن أصمت تجاه شكوكي وأن أتجاهل الموضوع أمامها لأدعها تكمل قصَّتها، لأنَّني خشيت أن تجفل وتتوقَّف عن الكلام إن أعدت سؤالها عن موضوع الوشم. وأنا كنت أريد أن أعرف نهاية القصَّة، بغضّ النَّظر عن صحَّتها أو كذبها.

في طريق عودتي من معهد اللُّغة في الصَّباح التالي، شعر بوريس، الذي كان يجلس إلى جانبي في الـ«ميتيس»، بتشوُّشي وانشغالي، فعلَّق بلطف:

ـ أرجو ألَّا تكوني قد سمعت أخبارًا سيِّئة عن مدينتك!

ـ مدينتي؟ حلب؟ لا لم أسمع اليوم شيئًا جديدًا لحسن الحظّ، ولكنْ لِمَ تقول هذا؟

نظر إليَّ باهتمام فعانَقَتْ نظراتُه الزّرقاء وجهيَ، فابتَسَمْت.

- تبدين مشغولة الفكر ومشوَّشة!

هززت رأسي وأجبت:

- نعم، أنا كذلك في الحقيقة، ولكن ليس بسبب الأوضاع في حلب.

- بسبب ماذا، إذًا؟

- بسبب إيڤا ومارتا!

- إيڤا ومارتا؟

- ألم أحكِ لك عنهما من قبل؟

- لا، لم تفعلي.

- سأفعل قريبًا. لعلَّك تساعدني على كشف الحلقة المفقودة في قصَّتهما.

- بكلّ سرور.

كان الباص قد وقف لتوّه في محطَّة الريبوبليك، فحيَّيته بخفَّة ونزلت، وأنا أشعر بنظراته تلاحقني وأنا أبتعد وتمسح زرقتها الدافئة ظهريَ بشغف كبير. سألت نفسي: ما الذي يجده فيّ هذا الشاب ليتعلَّق بي هكذا؟ أعرف أنَّه يمكنني أن أكون امرأة خلّابة بالنِّسبة إلى رجل في الخمسين، وجميلةً بالنِّسبة إلى رجل في الأربعين، ولكن ماذا يمكن أن أكونه لشاب في العشرين؟ هل تراه يعاني عقدة أوديب؟

في المركز بعد الظهر، شعرت بأنَّ إيڤا تتجنَّبني منذ وصولي. لم تخرج من غرفتها وقت القيلولة، ولم تجلس ساعة العشاء منزويةً كعادتها إلى طاولة بعيدة في انتظار مروري، بل جلست بين بقيَّة المرضى بحيث لا أتمكَّن من توجيه أيّ سؤال إليها خارجًا عن المسائل المعتادة.

قرّرت أن أبدو طبيعية جدًّا، وودودة من دون إلحاح، لعلّها تخرج عن تحفّظها سريعًا، لتحكي لي عن خوان كارلوس، الذي طال شوقي لأعرف كيف وصل إلى الحياة وكيف رحل عنها.

وقد طال انتظاري أربعة أيّام أخرى، قبل أن تقرّر إيڤا أن تعود إلى الحديث، كنت في أثنائها قد حكيت القصّة لبوريس، الذي اهتمّ بالموضوع وتحمّس له، وسألني إن كنت قد قرأت في ملفّ إيڤا شيئًا عن إصابتها بأيّ نوع من الأمراض النّفسيّة: انفصام، شيزوفرينيا، أو حتّى مجرّد اكتئاب.

ـ ملفُّها خالٍ من الأمراض النّفسيّة، لكنّه أيضًا لم يتضمّن إشارة إلى موضوع الحمل والولادة!

ـ وماذا عن ملفّ مارتا؟

ـ لم أطّلع عليه!

ـ أظنّ أنَّ من الأفضل أنْ تفعلي.

ـ لكنّ حالة مارتا واضحة ومعروفة الآن!

ـ وماذا عن السّنوات السابقة؟

أعجبتني النّصيحة، لكنّني عجزت عن تنفيذها، إذ لم تكن الملفّات في متناول الجميع دائمًا، فالنُّسخة الإلكترونيّة منها كانت محفوظة تحت كلمة سرّ لا يعرفها إلّا الموظّف المختصّ وروزيت مديرة المركز. أمّا الملفّات الورقية، فقد كانت مصنّفة في خزائن تملك مفتاحَها السكرتيرةُ التي تدوام في الفترة الصباحيّة فقط.

كان عليّ أن أطلب إذنًا من روزيت لإلقاء نظرة، أو أن أتحيّن صدفة ما، كالتي حدثت سابقًا عندما تصفّحت ملفّ إيڤا حالما وقع نظري عليه وهو ملقًى على مكتب السكرتيرة التي احتاجت إليه لأمر معيّن ولم تُعده إلى مكانه في الخزانة إلّا بعد حين.

-5-

أدركني أخيرًا هذا اليومُ، الذي كنت لشهور خلت أتهرَّب من النظر إلى الرزنامة كي لا أشعر به يدنو منِّي، ببطء مميت تارةً، وبسرعة خاطفة للأنفاس طورًا.

عيد ميلاد غدي... كيف سيمرّ عليّ هذا النهار، وكيف سأتحمَّل ساعاته ودقائقه وثوانيَه التي أشعر منذ الآن بأنَّها مسامير تُدَقُّ في قلبي.

أشعر بأنَّني لا أرغب في مغادرة فراشي لأعيش هذا اليوم. أريد أن أتناسى أن الصباح قد طلع عليّ لعلَّني أخدع الزمن فينساني ليوقظني في صباح الغد.

لست أدري إن كان لحسن حظِّي أو سُوئه أنَّه صادف الأحد. لا حصة درس صباحيَّة ولا دوام في العمل بعد الظهر. لا بوريس هنا اليوم بظُرفه، ولا إيڤا بقصَّتها، ولا حتَّى مارتا بصمتها وسكونها.

هو، فقط، موجود أمامي اليوم، تعذِّبني ضحكته التي تضيء وجهًا لن ألمسه ثانية، وتقتلني ذراعاه المفتوحتان لاحتضاني، في دعوة لن ألبِّيَها،

في دفء جسد غضّ لن أضمّه إلى صدري من جديد، ولن أشمّ رائحته الطفوليّة بعد الآن أبدًا.

آه، يا غدي... كلّ عام وأنت بخير، يا حبيبي.

تمنّيت اليوم أن يتّصل بي نبيل، لا ليقول لي شيئًا، بل فقط ليبكي معي: غدَنا: حبّنا القتيل وأمسنا، وأحلى ما جادت به الحياة علينا؛ طفلَنا الجميل الذي ربّما أنّنا لم نستحقّه، وهذا الوطن الذي مات من أجله لا يستحقّه.

التقطت هاتفي، وأنا أترقّب ذلك الاتّصال، وأقول لنفسي إنّ نبيلًا، على الرّغم من كلّ ما حدث، يبقى نبيلًا: والدَ غدي والرجلَ الوحيد الذي سأبقى دائمًا أنا، وأنا وحدي، امرأةَ حياته، التي لن يتخلّى عنها في يوم كهذا.

نقرت تطبيق الفيسبوك وأنا أتساءل بقلب مرتجف، إن كان أحد من أصدقاء غدي أو أصدقائنا، سيتذكّر هذا اليوم وسينشر شيئًا ما، وليتني لم أفعل!

أوّل منشور طالعني كان صورة فاتنة لغدي، نشرها نبيل وكتب فوقها:

«يصادف اليومَ عيدُ ميلاد ابني الشهيد غدي، الذي قتله أعداء الوطن: «العصاباتُ الإرهابيّة التّكفيريّة ومن يقف خلفها ويدعهما من عملاء وطالبي الحرية.

لم يعد هناك مكان للخَوَنة الصامتين فيما بيننا.. لنقف كلّنا صفًّا واحدًا مع حكومتنا وجيشنا وقائدنا... وفداك يا وطن غدي... وألفُ غدي».

ثمانمئة وثلاثة وأربعون إعجابًا، وسبع وثلاثون مشاركة!

توقّفت عن التنفّس وسمعت طنينًا في أذنَيّ. شعرت بأنّ الولد يُقتَل من جديد ويُمَثّل بجثته. فكّرت في ردّة فعله لو تسنّى له أن يرى هذا المنشور، الذي نُشر منذ إحدى وأربعين دقيقة، وتمّت مشاركته سبعًا

وثلاثين مرَّة على صفحات الموالين ومتابعي الوزير البطل. كلُّهم يصدحون عاليًا: «فداكَ يا وطن غدي... وألفُ غدي»!

لم أستوعب بدايةً، ولم أصدِّق أنَّ نبيلًا يمكن أن يفعل شيئًا كهذا. هو الذي كنت، منذ لحظات، أنتظر منه اتِّصالًا ليبكي فيه معي. يبكي مَنْ؟؟ الولد الذي يتاجر بدمه بسُوقيَّة على صفحات الفيسبوك، ليشتري رضى من هم فوق، وتصفيقَ من هم تحت.

هذا ليس نبيلًا. حتمًا ليس نبيلًا. ليس هذا هو الرجل الذي أنا امرأة حياته. وإن كان كذلك فعلًا، فبئس المرأةُ أنا.

لم أتمالك نفسي، ووجدتني أبحث عن اسمه بعجلة وأطلبه. رنَّ هاتفه طويلًا ولم يردَّ، «تخجل منِّي ولا تخجل من نفسك؟» قلت لنفسي وأنا أطلبه ثانية، وثالثة، وأعاود طلبه حتَّى ردّ أخيرًا:

- ندى؟؟ خيرًا؟؟

- ما هذا التهريج بربك، يا نبيل؟

- عمَّ تتحدَّثين؟

- امسح صورة غدي. امسحها الآن. امسحها أرجوك.

- آآآآه. صورة غدي!! ما الّذي أزعجك فيها؟ عبارة «طالبي الحرِّيَّة»؟

- لا أصدق أنَّك تفعل هذا. لماذا تفعل هذا؟

- هذا شيء عاديّ. لا تظنِّي أنِّي مسرور بذلك ولكن، عليَّ أن أنشر أشياء كهذه بحكم منصبي من وقت إلى آخر. لا تدقِّقي، ولا تحمِّلي الموضوع أكثر ممَّا يحتمل.

- ولكنْ، أنا لا أفهم. انشر ما تشاء، ولكن ليس صورة ابني!

- هو ابني أيضًا.

- فلتدعه بسلام، إذًا.

- هو يرقد بسلام، ونحن مَن يتعذّب هنا. توقّفي عن تعذيب نفسك، يا ندى!

ضاعت الكلمات من ذهني، وضاعت الأفكار والصُّور. أنهيت المكالمة لأنَّني شعرت بأنّي سأموت إن سمعت كلمة أخرى من ذلك الرجل، الذي كان يومًا ما، أبًا لابني الذي سُلب منّي: غدي، الذي كنت قد وضعته ذات يوم مشمس جميل، يصادف تاريخُه الذي صار عيدًا لحياتي، تاريخَ هذا اليوم نفسه.

ومرّ ذلك اليوم، كقطعة من جحيم لم تخمد نيرانه إلّا بطلوع شمس اليوم التالي، التي فاجأتني وأنا «حيّة تُرزَق»، أقفز من فراشي إلى الشارع لأركب الباص الذي حملني إلى حصّة اللُّغة الفرنسيّة وأنا أفكّر في القصّة التي سأسمعها من إيڤا بعد الظهر.

-6-

ثلاثة أشهر مرّت منذ أن وصلت أختي مارتا وحتّى يوم ولادتي لابني. الأيّام الخمسون الأولى أمضَتْها في مركز صغير مختصّ بمعالجة الإدمان يبعد عن المركز الذي أقيم به مسافة أربعين كيلومترًا، ثمّ نُقلت إلى هنا بعدما اقترب تعافيها من عبوديّة الهرويين، فقد استطاعت أن تتحرّر منه خلال وقت قصير نسبيًّا باعتبار أنّها لم تكن تتعاطاه بشكل يوميّ ولا بكمّيّات كبيرة، لتستكمل العلاج من الأيدز الذي تأكّدَتْ إصابتها به.

قبل أن تصل مارتا، كنت أتشارك غرفتي مع صبيّة فرنسيّة من مارسيليا مصابة بالأيدز مثلي، ولكنّهم نقلوني إلى غرفة أخرى جمعتني بتوأم روحي وجسدي من جديد بمجرّد وصولها إلى هنا.

فرحت بعودتها إليّ ففتحت قلبي وأخرجت لها منه كلّ ما تسلّل إليه في غيابها. استعرضت أمامها الفواتير التي دفعتها، واعترفت لها بالآثام التي ارتكبتها.

ولكنْ، لسبب ما، لم أدركه، لم تكن تلك الفتاة التي كانت تستمع إليّ والتي جاءت لتشاركني في الغرفة على أنّها أختي، تشبه تمامًا أختيَ

التي تركتها في كاستييخو دي لا سييرا، ماريتا صغيرتي، توأمي وصديقتي ونصفي الثاني.

ذلك الحاجز المسمّى بابلو انتصب قائمًا بيننا، بينما انهارت الثقة العمياء القديمة. حتّى أنّني كلّ ليلة قبل أن نخلد إلى النوم كنت أسألها:

ـ ألم تتّصلي به؟

وكانت كلّ ليلة تجيب بالنفي، فأدير لها ظهري متظاهرةً بالنوم، من دون أن أنام، ومن دون أن أصدّقها.

وأزفّ موعد ولادتي أخيرًا. كانوا قد قرّروا مسبّقًا أنّني يجب أن أخضع لعمليّة قيصريّة نظرًا إلى إصابتي بالأيدز. وفي الموعد المحدّد، غادرت المركز مع ماريتا التي أصرّت على أن تصحبني إلى المشفى الذي أُجريت لي فيه العمليّة. أُخرج خلالها خوان كارلوس من أحشائي ليس إلى الحياة المشرقة التي كنت قد حلمت بها من أجله، بل إلى ذراعَيِ السفّاح الذي دفنه توًّا في قبر مظلم عميق.

أُصبت بعد الولادة بمضاعفات خطرة كادت تودي بحياتي، ودخلت في غيبوبة دامت تسعة أيّام، لم يصدّق أحد أنّني سأستفيق منها، لكنّني فعلت.

«كان ذَكَرًا، وكان جميلًا، وتوفّي بعد الولادة ببضع ساعات».

هكذا لخّصت لي مارتا قصّة حياتي ومستقبلي وحلمي الجميل، بعد أن أُنعِشْتُ وصحوت.

ـ أين خوان كارلوس يا مارتا؟ أين ابني؟

ـ أنا آسفة، يا عزيزتي.

انحنت فوقي وأنا مستلقية في فراشي، ورمت رأسها فوق صدري وبكت. اعترفت لي دموعها بالجريمة التي ارتكبتها قبل أن يفعل لسانها،

الذي اضطرّ إلى الاعتراف بعد كآبة مُرّة أصابتها من جرّاء الحِمْلِ الثقيل الذي ناء وجدانها السّاذَج والهشّ تحته.

بعد شهر من عودتي إلى المركز، ركعتْ تحت قدمَيّ وحكت:

ـ لقد كنت على اتّصال مع بابلو طوال فترة وجودي هنا قبل الولادة، وأخبرته بموعد العمليّة حالما حدّده لك الطبيب. جاء إلى المستشفى. كان هناك، خارج غرفة العمليّات، حاضرًا في انتظار خروج خوان كارلوس إلى الحياة. كان قد طلب منّي أن آتيه بالطفل الوليد بطريقة ما، على أن يأخذني وإيّاه ونهرب معًا إلى أميركا لنعيش هناك كعائلة سعيدة بعيدًا عن متناول الجميع، لكنّه غرّر بي كعادته. أتيته بالطفل بعد ساعات من ولادته، فأخذه وطلب منّي أن أنتظر قليلًا. وعاد بعد عشر دقائق وسلّمه إليّ جثّة هامدة! شتمني وشتمك وبصق على الأرض ومضى. بقيت لبرهة من الزمن محتضنةً الطفلَ الميّت بين ذراعَيّ من دون أن أدرك ما يحدث حولي، وعندما استفقت، شعرت بالذعر، فأعدت الجثّة الصّغيرة إلى مهدها من دون أن أقول شيئًا، حتّى اكتشفت الممرّضات الأمر بعد نحو ساعة من الزمن.

عالمي الذي كان قد انهار تمامًا منذ نحو شهر، لم يبقَ فيه أيّ صرح قائم لينهار اليوم جراء اعتراف مارتا. سمعتها بلا مبالاة، بملل، كأنّني أسمع خبرًا يُعاد في نشرة الأخبار للمرّة العاشرة خلال يوم طويل... طويل.

ردّةُ الفعل الوحيدة الّتي أتيتها، كانت أن خرجت من الغرفة التي كانت تجمعني بمارتا ولم أعد من بعدُ إليها أبدًا.

أمّا هي، فقد حاولت الانتحار. طعنت نفسها في بطنها بسكين رفيعة اخترقت رحمها، وسبّبت جرحًا بليغًا نزف الكثير من الدّماء، وكاد يودي بحياتها لو لم يتمّ إنقاذها في الدّقائق الأخيرة.

لقد حلّت علينا، لحظتَها، لعنةُ الدّم!

فصل جديد

-1-

أنهت إيڤا حكايتها، ولكن قبل أن تصل بنا فعلًا إلى النِّهاية. لا هي ارتاحت ولا أنا وجدتُ الحلقة المفقودة التي كنت أبحث عنها! شعرت بأنّنا، نحن الاثنتين، لم يشفَ غليلنا بعدُ.

لم أعرف ما الذي يدور في رأسها، لكنَّ قصَّة الوشم التي بقيت معلَّقة جعلتني أتساءل عمّا إذا كانت قد خبَّأت ما هو أكثر أو ربَّما أهمّ ممَّا حكته. كان عليّ كي أتأكَّد؛ أن أنتظر اللَّحظة التي ستقرِّر فيها الإفصاح عن المزيد إن كان هناك مزيد. لكنَّني فهمت من طريقة تصرُّفاتها الأخيرة أنَّ لا جدوى من ذلك الانتظار. لقد قالت ما تريد أن تقوله واكتفت، ملقيةً الكرة في ملعبي لأبحث أنا بنفسي عن حلقتي المفقودة تلك، على ضوء ما سمعته منها.

حدَّثني الصوت من أعماقي بأنَّها لم تُفْرِغ ما في جعبتها بعدُ، وإنَّما تظاهرت بذلك، منتظرةً منّي أن أقوم بشيء ما. وبدوري، كنت أسأل نفسي عن سرّ تعلُّقي بهذه القصَّة التي من الممكن أن تكون مجرَّد تخريفات من خيال امرأة يائسة، وعن سبب فضولي اللَّامنتهي للكشف عن خفاياها التي من الممكن أن تكون مجرَّد أوهام في رأسي.

تعلّق بوريس بالقصّة مثلي. لم أدرِ إن كان ذلك بسبب انجذابه إلى القصّة ذاتها، أم بسبب انجذابه إليّ. في كلّ الأحوال، كنت سعيدة بأن أجد مَن يشاركني في فضولي وبحثي في شأنٍ لا علاقة لي به، من قريب أو من بعيد، إذ لم أتخيّل أنّه كان من الممكن أن أتشارك هذه القضيّة مع ناتالي، أو مارك، أو حتّى مع خالي.

ساعدني بوريس على تنظيم أفكاري، إذ رسم الخطوات التي يجب أن نقوم بها لنعرف أكثر عن هذه القضيّة:

ـ عليك أن تحصلي أوّلًا على الملفّ الخاصّ بمارتا، كما عليك أن تسألي أحدًا عن التّقرير الطبي الذي حرّره المشفى بعد وفاة الطفل. ومن ناحية أخرى، أظنّ أنّ علينا أن نعرف شيئًا عن بابلو! وعن والدَيِ التوأمين؟ ماذا حلّ بهما، يا تُرى؟

ـ أنت محقّ. لم تأتِ إيڤا على ذكرهم منذ وقت طويل، وقد حاولت أن أسألها مرّة عن بابلو لكنّها لم تُجب! أظنّ أنّها لم تسمع شيئًا عنه منذ يوم الولادة، فقد قطع علاقته بهما بعد أن ارتكب جريمته.

ـ إن كان ثمّة جريمة فعلًا!

نظرت إليه طويلًا تتنازعني أفكار متضاربة، وسألته:

ـ هل يمكن ألّا يكون هناك طفل؟

ـ يمكن ألّا يكون هناك بابلو! أيّ شيء ممكن!! مَن يدري؟

ـ معك حقّ. هي حكت ما أرادت أن تحكيه، ولكن، ما مدى الشّبه بين ما حكته إيڤا، وما حدث فعلًا؟

ـ لماذا تريدين أن تعرفي؟

ـ ألا تريد أنت؟

- بلى!

- لماذا؟

صمتَ بذهول، وابتسم ابتسامة خلّابة بادلته إيّاها بضحكة كبيرة، وقلنا في وقت واحد:

- لست أدري!!!

لكنّني في الحقيقة كنت أدري، وإنّما لا أعرف كيف أفسّر ما أدريه. كنت أعرف أنَّ اهتمامي بهذه القصَّة يعود إلى شعوري بوجود رابط خاصّ يصلني بتينك التوأمين المنكوبتين. كنت أشعر بأنَّ قصَّتهما التي انتهت بالانفصال وموت الطفل وغياب الغد، هي انعكاسٌ لقصَّتي وقصَّة شعبي الذي مزَّقته الحرب، ورؤيةٌ مختلفة لها. ومجرَّد معرفتي بتفاصيل تلك القصَّة وخفاياها سيعطيني إضاءات رمزيَّة لتفاصيلَ مخفيَّة كان قد أعماني عنها حزني وقنوطي.

إيڤا، مارتا وأنا، نبيل وبابلو: زهرات عبّاد شمس من بضعة آلاف أو ملايين في حقول مختلفة، تحكم كلًّا منها شمسٌ تُمْلي عليها مسار حياتها، وهو مسار كنت قد عزمت أنا، بعد رحيل غدي المفجع، على أن أخرج عنه بلا عودة، كما كانت إيڤا الشّجاعة قد خرجت عنه قبلي، متحدّية قوانين البشر والطّبيعة.

عندما رنَّ هاتفي مُظْهرًا اسم نبيل على شاشته، كنت لا أزال في ذلك البار الصَّغير أحتسي النَّبيذ الأحمر مع بوريس. أربكني الاتّصال، ولبثت لوهلة غير قصيرة أحدّق في شاشة الموبايل من دون أن أعرف إذا كنت أريد أن أجيب أم لا. أتذكّر صورة غدي المرفقة بتلك الكلمات الخشبيَّة يوم عيد ميلاده، وأستعيد غضبي ونفوري.

«مَن هذا؟» قال بوريس.

- زوجي!

ـ ألا ترغبين في معرفة ما يريد؟!

ـ لا أعرف!

ـ أجيبيه إذًا، فقد تعرفين إن سمعت منه!

اقترح بلطف، فوافقت على اقترحه على الرّغم من أنّني (كما ظننت) كنت أعرف ماذا يريد منّي نبيل. نزلت عن الكرسيّ العالي وخرجت من البار، وأجبت:

ـ مرحبًا، نبيل.

ـ ندى، كيف حالك؟

ـ بخير، وأنت؟

ـ أنا... أنا لست بخير؛ متعَب جدًّا.

ـ ماذا حدث؟

ـ لقد توفّي أبي.

فاجأني الخبر، كأنَّ كمال نعمة كان رجلًا ينتمي إلى صنف لا يموت.

ـ مات عمّو كمال؟

ـ أُصيب بجلطة دماغيّة منذ ثلاثة أيّام. دخل في غيبوبة في إثرها، ثمَّ توفّي فجر اليوم.

ـ أنا آسفة جدًّا، يا نبيل. آسفة فعلًا.

ـ أنا محبَط جدًّا؛ منهار. ندى، أنت تعرفين ماذا يعني كمال نعمة بالنسبة إليَّ. هو أمسي وتاريخي والجذور التي أستمدّ منها الحياة والقوّة والثبات. ندى، أنا اليوم في حاجة إليكِ!

أربكني انهياره الذي لم يسبق لي أن شهدته بهذه الحدّة. كدت للحظة أنهار بدوري، وأن اقول له لبّيك يا حبيبي، لكنّني تمالكت نفسي بعد برهة وجيزة، أنصتُّ خلالها إلى ما تقوله أعماقي، وجعلْتُها تتحدَّث إليه:

ـ أنا آسفة فعلًا يا نبيل. أشاركك في الحزن الكبير، لكنّني لن أستطيع أن أفعل لك شيئًا.

ـ بل تستطيعين. كوني معي يا ندى، ولو لفترة قصيرة. أنا في حاجة إليك!

ـ حسنًا نبيل. أرجوك افهم. أنت تعرف تمامًا شعوري في كلّ الأحوال. لقد أحزنني الخبر فعلًا، لكنّني صدقًا لن أستطيع أن أفعل شيئًا.

ـ لقد صرتِ قاسية جدًّا!

ـ هل تستغرب؟

ـ جدًّا!

ـ وأنا أستغرب انهيارك اليوم. لقد كنت متماسكًا جدًّا يوم قُتِل غدي!

صمَتَ تمامًا كأنّني أصبتُه في مقتل، وندمت على قسوتي التي ظهرت في غير وقتها، فاستدركت قائلة قبل أن يقفل الخطّ:

ـ سامحني نبيل. أرجوك أن تسامحني. لن أستطيع أن أقول شيئًا آخر. البقيّة في حياتك.

سارعت إلى إنهاء المكالمة بألم، قبل أن أقول ما كان يدور في رأسي ويترنّح على حافّتَيْ شفتَيّ:

«لماذا يحقّ لك أن تنهار اليوم ولم تفعل ذلك عندما قتلوا غدي؟! ولماذا عليّ أن ألملم حطامك اليوم ولم تفعل أنت ذلك لي عندما سُرِق منّي غدي؟ لماذا يجب أن أكون هناك لأسمعك تندب أباك وأمسك وجذورك القديمة، بينما أسكتّني بقسوة عندما كنت أصيح من الألم نادبةً ابني وغدي وغصنيَ الأخضرَ الفتيّ؟»

ظهر بوريس في تلك اللّحظة ليتفقّدني خارج البار. أرعبه لون وجهي الممتقعُ بينما كنت لا أزال مسمَّرة في مكاني وممسكة بالهاتف كتمثال من حجر. قبض بكفَّيه على كتفَيّ بحنان وسألني:

ـ هل أنت بخير؟

انتبهت فجأة إلى وجوده قريبًا جدًّا منّي. شعرت بروح غدي تحوم حولي فذاب قلبي حنانًا، اقتربت منه أكثر وطوّقت خصره بذراعَيّ، فضمّني إلى صدره بقوّة حين طفرت الدموع من عينَيّ، وقلت بالعربيّة:

ـ لقد اشتقت إليك كثيرًا... كثيرًا جدًّا.

شعرت بشفتيه تلامسان بالكاد أسفل رقبتي عند ملتقى الكتف. اعترتني قشعريرة غريبة انتهت إلى خَدَر لذيذ، استفقت منه فجأة عندما تجرَّأت الشفتان وتحرّكتا على رقبتي صعودًا إلى أذني. أبعدته عنّي بحزم وهدوء، فأمسك وجهي بين كفَّيه، ونظر في عينيّ وقال:

ـ أنا أحبُّك.

جمّدني ذهول غريب لوهلة قصيرة، ثمّ حاولت نزع كفَّيه عن وجهي وقلت له:

ـ لا، يا بوريس... ليس هكذا، أرجوك.

ترك وجهي، ولوّح بذراعيه جانبًا بعيدًا عنّي، وقال:

ـ حسنًا، لن ألمسك ثانية، لكنّني أحبُّك.

ابتسمت بألم وتردُّد، خائفة من إيلامه، وخائفةً من إيهامه، وقلت أخيرًا:

ـ فلْنتحدَّثْ في هذا الموضوع لاحقًا. أنا متعَبَة الآن.

بادلني بابتسامة منعشة، وأجاب:

ـ حسنًا، يا جميلتي، أنا آسف. اهدئي وارتاحي.

أوصلني إلى بيتي من دون أن ينبس بكلمة طوال الطريق. وقبل أن أصعد، قبّلته على وجنته قبلة سريعة، فقال لي:

ـ أحلام سعيدة أيَّتها الأميرة.

قفزتُ إلى شقَّتي وأنا أفكِّر في القشعريرة التي أصابتني عندما لمسَتْ شفتاه طرف رقبتي، غير مصدِّقة أنَّ هذا يحدث لي مع شخص في هذا العمر!

«آه، أيُّها الأمير الصَّغير، حتَّى إن استطعتُ أن أتناسى عمري لبرهة من الزَّمن، فكيف أتناسى ملامح طفلي المرسومة على وجهك، ونظرتَه التي تطلُّ من عينيك؟!»

ـ 2 ـ

كابوسٌ غريبٌ وموجع جَثَم على صدري هذه اللَّيلة. حلمت أنَّ نبيلًا يغتصبني، ولكن ليس بهيئته المعروفة، وإنَّما كان متقمِّصًا جسدَ شخص آخر، تطابق أوصافه تلك التي ذكرتها لي إيڤا عن بابلو. في ذلك الحلم، اندمج الاثنان في شخص واحد عنيف ومتوحِّش، كان ينكحني بعنف وهو يصفعني على وجهي بيده اليمنى، بينما تقبض اليسرى على عُنُقي وتكاد تخنقني. كنت أتألَّم، وأختنق، وأشعر بإذلال كبير، لكنَّني كنت أقول في نفسي إنَّه سينتحر قريبًا وسيموت، وسأرتاح منه!

عندما فتحت عينَيّ مذعورة كانت السَّاعة تشير إلى الخامسة إلَّا خمس دقائق. استعدْتُ تفاصيل الكابوس وقلت لنفسي: «لم يسامحني نبيل!».

كذلك لمتُ نفسي على هذا الكابوس، فلولا انغماسي في قصَّة إيڤا لما رأيت نبيلًا في هذه الصُّورة الشنيعة في منامي. صحيح أنَّ علاقتي به تدهورت، وتبخَّر حبِّي له ، لكنَّه لم يتحوَّل إلى عدوّ. كما أنَّه طوال حياتي معه لم يُؤْذِني جسديًّا، ولم يعنِّفني بتاتًا.

في السادسة والنصف، وبعد غفوة نصف ساعة، أيقظتني رنَّة هاتفي، وعندما قرأت اسم نبيل شعرت بنخزة في قلبي ورعشة خوف لم يسبق أن اعترتني.

تذكَّرت حلمي... معقول! هل يتلصَّص على مناماتي؟ تماسكت، وتوقَّعت أنَّه بهذا الاتِّصال سيعلن عن فصل جديد من فصول علاقتنا التي كنت أتخيَّل أنَّها انتهت.

ـ ألو... نبيل؟

ـ الجنازة ستقام غدًا في الثالثة بعد الظهر. لقد حجزت لك اليوم على الـ Middle East من باريس. الإقلاع من مطار شارل ديغول في الساعة الواحدة وأربعين دقيقة، تصلين إلى بيروت في السَّابعة مساءً إلَّا خمس دقائق. السَّائق أبو عماد سيكون في انتظارك في المطار ليجيء بك إلى دمشق. عليك أن تتحرَّكي منذ الآن. اطلبي تاكسي من بيتك إلى المطار ولا تضيِّعي الوقت في القطارات والمترو. رحلة موفَّقة.

ـ نبيل... نبيل... نبيل... انتظرْ!!

ـ آه، نعم، سأرسل إليك بطاقتك الإلكترونيَّة الآن عبر الواتسأب مع كلّ تفاصيل الرِّحلة.

ـ هل تمزح، أم ماذا؟

ـ أمزح؟ فوق جثمان والدي؟

ـ إن لم تكن تمزح، فأنت تهذي!

ـ ستكونين إلى جانبي عند قبول التعازي. أنت زوجتي، وكلّ ما هو غير ذلك هذيانٌ.

ـ أنا آسفة من أجل والدك، لكنَّني لا أستوعب ما تقول.

- هيّا، لا تهدري الوقت.

- ...

- ستأتين يا ندى!

أقفل الخط من دون أن يسمعني وأنا أقول له: لن آتي يا نبيل!

جلست ساكنة فترة طويلة في الفراش والظلام يبتلع ذهولي، وتساءلت عمّا إذا كانت تلك المكالمة مجرّد تكملة لذاك لكابوس، إلى درجة أنّني تفقّدت هاتفي لأتأكّد.

كان مريعًا أن أتخيّل نبيلًا في تلك الصورة الجديدة. فبالرغم من أنّني بقيت تحت تأثير سيطرته لفترة تجاوزت أربعين عامًا، فإنّه لم يكن يومًا سُوقيًّا أو وقحًا معي، بل كان دائمًا ذكيًّا وحَذِرًا. حتّى عندما انفصلنا، لم يكن لئيمًا بل مكسورًا ومتألّمًا وراضيًا باختياري. استهجنت أن يطالب فجأة بتجديد سيطرته اليوم، وأن يعلن عنها كما لم يفعل قبلًا، بتلك الطريقة الجديدة الشّرسة والمُذِلّة، والتي أحيت في داخلي المشاعرَ التي انتابتني في أثناء ذلك الكابوس عندما كان يغتصبني بجسد بابلو. وقفزت في ذهني فجأة صورةُ ذلك الأخير وهو يأمر إيفا بصفاقة: «تعالي إلى مدريد»!!!

هل ذهبت السُّلطة بعقله؟ وغيّرت في أعوام قليلة الصورةَ التي عرفتها عنه لمدة أربعين عامًا، حتّى صار يشبه ذلك المسخ بابلو أكثر ممّا يشبه نفسه؟

رنَّ موبايلي رنّةَ الواتسآب القصيرة. لمحت اسم نبيل فعرفت أنّها تذكرة الطيران الإلكترونيّة، فتحتها ودقّقت في تفاصيل الحجز وأنا أهزّ رأسي غير مصدِّقة، ثمّ مسحتها بلمسة متوتّرة، وألقيت بالموبايل بعيدًا.

تمدّدت في فراشي ثانية وسحبت عليّ الغطاء، وشعرت بدقّات قلبي تتسارع خوفًا وأنا أتخيّل ردّة فعله عندما لن أصل مساءً إلى بيروت. وضعت

يدي على صدري غيرَ مصدِّقة أن هذا القلب يخفق خوفًا من نبيل. ضغطت أكثر حتَّى شعرت كأنَّني قبضت على قلبي المضطرب بكفِّي، وقلت له بحزم: «الخوف غير مسموح، والتردُّد لم يعد قرارًا متاحًا. لقد كسرتُ قيدي وانتهى الأمر، فانسَ ذلك الكابوس كأنَّه لم يكن، واهدأ الآن».

في الثامنة والنصف مساءً، وصلتني الرسالة التي كنت أترقَّبها بتوجُّس، ولم تكن أكثر من كلمة واحدة:

«ستندمين»!!!

-3-

عزمت بعد أن أعيتني الحيلة في الوصول إلى ملفّ مارتا، على أن أسأل روزيت عن الموضوع بشكل مباشر. تحيَّنتُ فرصةً كانت فيها وحيدة في مكتبها ودخلت إليها:

- روزيت، بعد إذنك؟

- نعم ندى، تفضّلي.

- أريد أن أعرف منك بعض المعلومات، إذا لم يكن لديكِ مانع.

- بالتأكيد، يا عزيزتي، ماذا تريدين أن تعرفي؟

- عن مارتا وإيڤا!

ثبّتتْ نظرتها في عينَيّ باهتمام، وقالت:

- ماذا بشأنهما؟

- بصراحة مطلقة، لقد حكَتْ لي إيڤا قصة غريبة أثارت فضولي، وأريد أن أستفسر عن صحَّتها.

رسمت روزيت ابتسامة غامضة:

ـ قصة غريبة؟ هل تستطيعين أن توضِّحي أكثر؟

ـ في الحقيقة هي لم تطلب منّي مباشرة أن أتكتَّم عن الموضوع، لكنّني لاحظت أنَّ القصَّة غريبة وغير معروفة من قِبَل العاملين في المركز، إذ لم يذكرها أحد أمامي من قبل.

«عن الطفل الذي مات يوم ولادته؟» سألتني روزيت.

ـ هل القصَّة صحيحة، إذًا؟

قلت بحماسة وقد أصابني الانفعال، إذ ظننت أنّني اقتربت من العثور على ضالّتي:

ـ ماذا حكت لك بالضبط؟

ـ قالت إنَّها أنجبت طفلًا ودخلت في غيبوبة طويلة، وعندما استفاقت عرفت أنَّه قد مات بعد ساعات من الولادة.

عادت الابتسامة الغامضة لتطفو من جديد على وجهها. صمتَتْ للحظات، ثمَّ سألت بهدوء:

ـ إيڤا قالت ذلك عن نفسها؟

ـ نعم، ضمن قصَّة طويلة حكتها لي عن حياتها منذ فترة.

ـ ولماذا تريدين أن تتأكَّدي من صحَّة الرِّواية اليوم؟ بمَ يهمّك الموضوع؟

كنت قد أعددْتُ جوابًا عن هذا السُّؤال المتوقَّع قبل أن أبادر بالدخول إليها، فعاجلتها بالردّ:

ـ أنا في الحقيقة أقوم بدراسة عن موضوع التوائم؛ عن الرابطة التي تربطهم وعن ظروف الحياة التي قد تفرِّقهم. وقد أثار انتباهي منذ اليوم الأوَّل ذلك الحاجزُ الغريب بين إيڤا ومارتا، وأريد أن أعرف أسبابه لإغناء دراستي.

ـ هذا جميل، ولمصلحة مَنْ تقومين بهذه الدِّراسة؟

ـ ليس لمصلحة جهة معيَّنة حتَّى الآن، أقوم بها لنفسي وبنفسي. وإذا اكتملت يومًا وكانت مقنعة وجيِّدة، فقد أعرضها على جهة ما بغرض النشر أو البحث. لا أدري بعد.

ـ حسنًا جدًّا، يا ندى.

لا أدري إذا كانت قد صدَّقَتْني، لكنَّها مسحَتْ ابتسامتها تلك وكسَتْ وجهها بطابعه الجدّيّ كعادتها في الاجتماعات الرَّسميَّة والمواقف الحرجة، وتابَعتْ بصوت حاولَتْ أن تجعله لطيفًا لكنَّه وصلني حازمًا وجافًّا:

ـ كنتُ أتمنَّى أن أزوِّدك بما يُغْني دراستك وبحثك، لكنَّني للأسف لا أستطيع أن أفيدك بأيِّ معلومة عن هذا الموضوع. لديَّ طلبٌ موقَّع من الأختين منذ زمن بعيد يُلزمني بالاحتفاظ بملفَّيهما بشكل سرِّيّ، وعدم إظهارهما إلَّا للضرورة القصوى وللمختصِّين، كالأطباء الذين يُشرفون على علاجهما مثلًا. أنا آسفة جدًّا يا ندى، لكنَّني متأكِّدة من أنَّك تتفهَّمين موقفي.

شتَّتتْني خيبة محبِطة للحظات قصيرة، انتفضت بعدها قائلة وملقية بـ «الكارت» الأخير على الطاولة:

ـ لا بأس، يا روزيت. أنا أتفهَّم، لكنَّني أتذكَّر أنَّني كنت قد لمَحت بالصُّدفة ملفّ إيفا مفتوحًا على طاولة السكرتاريَّة في أحد الأيَّام، فاسترقت النظر إليه بفضول عفويّ (أنا آسفة)، ولم أجد فيه أيَّ إشارة إلى موضوع الحَمْل والولادة!

ابتسمتْ بدهشة مستغربةً إلحاحي ولم تعلِّقْ، ثمَّ قرَّرتْ أن تُنهي الحديث، فتوجَّهتْ إلى التَّحديق في شاشة الكومبيوتر بحركة سريعة أرادت أن تبدو عفويَّة وحاسمة.

أربكني تصرُّفها وحبسني في لحظة غبيَّة لم أعرف كيف أخرج منها، حتَّى تداركت نفسي فشكرتها واستأذنت بالخروج.

ـ انتظري، ندى.

استوقفتني قبل أن أخرج، فاستدرت ثانية مواجِهةً إيَّاها وقد اشتعل الفضول في عينَيَّ من جديد.

ـ أستطيع أن أفيدك بشيء واحد فقط إذا كان الأمر يهمّك. ما قرأتِه في ملفّ إيڤا كان صحيحًا. هي لم تحمل ولم تلد قطُّ! مساؤك سعيد يا عزيزتي.

هل وجدتُ حلقتي المفقودة التي كنت أبحثُ عنها؟ أم أنَّني فقدتُ لتوّي الكثير من الحلقات التي كنت قد جمعتها وعلّقتها بعضها ببعض خلال الأسابيع الماضية، بحيث صارت السلسلة اليوم أقصرَ من أن تنفع لأيّ شيء، أو لأن توصلني إلى أيِّ مكان!

هل كانت إيڤا تستمتع بتأليف قصَّة خياليَّة وروايتها لي، متلذِّذة بدهشتي وحماستي وتعطُّشي إلى سماع المزيد؟ هل كانت تتسلَّى بي؟

هل كان ذلك الألم كلُّه الذي كان ينتحب في عينيها، تمثيلًا؟ أم هو وهمٌ صوَّرته لي نظريَّة المؤامرة التي اكتشفت مؤخَّرًا أنَّني مغرَمة بها؟

وبذكر نظرية المؤامرة: هل هناك مؤامرة من إدارة المركز للتعتيم على ما حدث. إن كان ثمَّة شيءٌ ما قد حدث؟ وإن كان لا، وإذا كان كلّ ما حكته إيڤا كذبًا، وإذا كانت قصَّتها وأختها قصَّة عاديَّة وغير ذات شأن، فلماذا طلبت الأختان الاحتفاظ بملفَّيهما طيَّ السرِّيَّة العالية؟

استرجعت الحوار الذي دار بيني وبين روزيت، فتذكَّرت أنَّني كنت حريصة بداية على ألَّا أُعطيها تفاصيلَ عن القصَّة التي سمعتها من إيڤا، وأنَّها هي من بادر بالاستفسار عن «الطفل الذي مات يوم ولادته»!! كيف عرفَتْ

بهذا إذا كانت القصّة مختلَقة وغير صحيحة، هل سبق لإيڤا أن روَت هذه الرّواية لأحدٍ غيري؟

ابتسامات روزيت الغامضة لم تكن بريئة تمامًا، وأنا أشعر في داخلي بأنّ إيڤا لم تكن تكذب، وأنا أؤمن بأنّ قلبي لم يعد أعمى البصيرة كما كان في صباه، إذ انقشعت الغيوم التي كانت تحول بينه وبين شمسه الحقيقيّة التي ما كان يجب أن يتعبّد شمسًا غيرها.

وللحقّ، فإنّ قلبي لم يكن يومًا أعمى البصيرة كما ظننت، بل أنا من كنت أُغلق عينَيّ وأُصِمّ أذنَيْ روحي عمدًا عن سماع صوته العميق، وقد شُفيت من صَمَمي اليوم.

أسرعتُ إلى ركن هادئ، وسجّلت بضع ملاحظات مِن التي كانتْ تدور في ذهني في ملفّ ضمن موبايلي، لأناقشها بهدوء مع بوريس صباح الغد، لعلّه يجِدُ لي خيطًا يقرّبني من حلّ اللُّغز الذي صار أصعب بعد مقابلتي تلك مع روزيت.

- 4 -

ـ لقد وصلنا إلى طريق مسدود!

قال بوريس، بعد أن فكّر لبرهة قصيرة فيما سمعه للتوّ منّي.

ـ ماذا تعني؟

ـ أعني أنّه لم يعد هناك أيُّ مصدر لنا لنستقي منه المعلومات!

ـ وماذا تقترح؟ أن نتخلّى عن البحث، ونستسلم؟

ـ ليس هذا رأيي، لأنّني متأكّد الآن، أكثر من أيّ يوم مضى، من أنّنا أمام قصّة غريبة لم ندرك كلّ جوانبها بعد.

ـ وما العمل، إذًا؟

نظر إليّ نظرة مختلفة، أقل ما يقال عنها إنّها مجنونة وتحمل فكرة غريبة:

ـ لنذهب إلى المصدر الأصليّ لنعرف أصل الحكاية.

ـ أين تقصد؟

ـ إسبانيا؛ تلك القرية الصّغيرة التي لم أحفظ اسمها. أنا متأكّد من أنّنا سنجد هناك الإجاباتِ عن كلّ أسئلتنا.

جاء دوري في التَّحديق فيه بدهشة، غيرَ مصدِّقة أنَّني أستشير هذا الطفل المجنون، وأستمع إلى مقترحاته الصِّبْيانيَّة:

ـ أنت تهذي. لم يصل الفضول بي إلى هذه الدرجة بعدُ.

ـ إلى أيّ درجة وصل، إذًا؟

ـ حسنًا، لا تكن سخيفًا. أنا أريد أن أعرف سرّ هاتين التوأمين، لكن أن أسافر إلى إسبانيا من أجل ذلك!!!

ـ وماذا سيحدث إن سافرتِ من أجل ذلك؟

ـ ماذا تعني؟

ـ ما المشكلة إن سافرتِ من أجل ذلك؟ تخسرين مبلغًا من المال؟

ـ ليس فقط خسارة المال، ولكن قد لا نستفيد شيئًا من هذه الرِّحلة المجنونة.

ـ سنستفيد حتَّى في أسوأ الأحوال!

ـ كيف؟

ـ سنعرف أنَّ الموضوع انتهى، وسنكفّ عن التَّفكير فيه.

لم أجد الإجابة المناسبة، فأجاب عنِّي هو بسؤال:

ـ هل تستطيعين الآن، وفي هذه اللَّحظة، أن تقرِّري أنَّ الموضوع انتهى وأن تكفِّي عن التَّفكير فيه؟

«مستحيل طبعًا»، قلت في نفسي، وأنا ساهمة في المجهول، فاستطردَ:

ـ السُّؤال، إذًا، ليس ماذا سيحدث إن سافرتِ خلف فضولك. السؤال: ماذا سيحدث إن لم تسافري؟ فكِّري في هذين السُّؤالين، واختاري الإجابة الأنسب. بالنسبة إليَّ، أنا أفضِّل أن أغامر وأفشل، على أن يعذِّبني فضولي ونَدَمي لأنَّني لم أفعل.

ذكّرتني كلماته بكلمات غدي عندما كان يجادلني في أمرٍ ما. المنطق نفسه المندفع الجَسور والعاشق للمغامرة بغضِّ النَّظر عن نتائجها! من أين أتى هؤلاء الشبّان بكلّ تلك الحكمة التي كنت أنظر إليها على أنَّها تهوُّرٌ صِبْيانيّ؟ نجاح! فشل! غير مهمّ. المهمّ فقط هو عيش التجربة بكلّ أبعادها مهما كلّف الأمر، هربًا من السقوط في فخ الخوف والركود، الذي يورِّث دائمًا الندم، ولا شيء إلّا الندم.

أَلَمُ الفشل زائل، أمَّا أَلَمُ الندم فباقٍ وخالد. قد يختفي لسويعات في ضوء النهار، لكنَّه يتوهَّج صاحيًا في أحلك كوابيس ليلنا، صارخًا كذنوب قديمة لم تنل المغفرة؛ كذئاب اللَّيل التي يعلو عواؤها في ساعة الذئاب.

أسوأ ذَنْب يمكن أن نقترفه ونندم عليه، هو أن نجبن عن ارتكاب الذنوب.

عملت بنصيحة فتايَ الحكيم، وفكَّرت مليًّا في السُّؤالين اللذين ألقاهما في طريقي: ماذا سيحدث إن سافرتُ خلف فضولي؟ وماذا سيحدث إن لم أسافر؟

اخترت أخيرًا ما نصحني به قلبي: سأغامر.

دون كيشوت

-1-

عندما حطّت الطّائرة في مدريد، كان قلبي يحلّق بفرح غريب، جديد النكهة وساحرِ المذاق. فرح لم أعش مثله من قبل، ولم أكن أتخيَّل أنَّني قد أشعر به يومًا، وخصوصًا بعد فقداني غدي.

كنتُ للمرَّة الأولى في حياتي (باستثناء هجرتي اليائسة إلى فرنسا) أسافر خلف فضولي متابعةً قضيةً خاصَّة بي. أيّ قضية، ولو كانت على قَدْر غير كبير من الأهمّيَّة. قضية تهمُّني أنا وحدي، ولم يُمْلِ هذا الاهتمامَ عليّ أحدٌ.

قمتُ بهذه الخطوة بتشجيع من بوريس، الأمر الذي ذكَّرني ببداية تمرُّدي على نبيل، وقد تزامن مع نضوج غدي وبدء تفتُّح فكره الثوريّ الشبابيّ، فكان تشجيعًا غير مباشر لي، للبحث عن فكري الخاصّ وثورتي الخاصَّة.

كنت في حاجة لأن أقوم بهذه الخطوة، ليس من أجل إيڤا ومارتا، بل كي أتحدَّى تبعيتي المزمنة لنبيل، وكي أتناسى خوفًا مُخجِلًا منه، صار يؤرّق نوميَ منذ أن قمت بعصيانه في المرَّة الأخيرة.

كان بوريس قد تولّى رسم خطّة العمل. اندفع للمهمّة بحماسة كبيرة، وأنا تركتها له باسترخاء، سعيدةً برؤيته يتصرّف كرجل جادّ وملتزم بمسؤوليّة مهمّة.

طلبتُ إجازة لأسبوع من المركز، ولم أذكرْ لهم أين سأُمضيها. أمّا خالي وأفراد عائلته، فقد قلتُ لهم إنّني ذاهبة في رحلة إلى مدريد مع مجموعة من أصدقائي في معهد اللُّغة، ووحدها ناتالي كانت تعرف أنّ أصدقائي هؤلاء كانوا عبارة عن شخص واحد اسمه بوريس.

اليوم الأوّل كان للسّياحة والاسترخاء في مدريد، التي لم يكن أيّ منّا قد زارها من قبل. وقد أمطرني شريكي بعشرات الصُّور كما سبق أن فعل في باريس، لكنّ اللّـه رحمني هنا من الهرولة خلفه، كما المرّةُ السّابقة التي أدّى فيها دور المرشد السّياحيّ الخبير، بما أنّه كان يعرف باريس ومواقعها السّياحيّة كراحة كفّه، بعكس وضعه الآن في مدريد التي كان يطأُها للمرّة الأولى.

في أحد مقاهي «بلازا مايور»، إحدى أكبر ساحات العاصمة الإسبانيّة وأجملها، شربنا البيرة الباردة مع الـ«تاباس»، وهو طبق المازة الصغيرُ الذي عرفتُ لاحقًا أنّه يقدَّمُ دائمًا بالمجّان في أغلب مقاهي إسبانيا وباراتها مع أيّ نوع من المشروب.

وفي ساحة «سول»، تصوّرنا إلى جانب أحد أهم رموز مدريد؛ الدبّ الأسود الظريف الذي يعانق شجرته الصّغيرة في زاوية خجول من السّاحة الكبيرة.

تمشّينا حتّى الأوبرا، واستمتعنا بالاسترخاء تحت الشمس على مقعد في حديقتها الجميلة المزروعة، فضلًا عن الأشجار، بتماثيل ملوك إسبانيا القدماء وقادتها. وفي الشارع المقابل، طالَعَنا القصرُ الملكيّ المَهيب،

فالتقطنا أيضًا عشرات الصور أمام سُوره الحديديّ المزخرف، وتوغلنا بعدها في حديقة ساباتيني التي ترتاح بروعة أسفل القصر، ومنها خرجنا إلى بلازا دي إسبانيا، حيث سحرني تمثال كبير لدون كيشوت ومرافقه سانشو على صهوتَيْ فرسيهما، وسألت نفسي إن كنّا نبدو مثلهما أنا ومرافقي الصَّغير، في رحلتنا لمحاربة طواحين الهواء التي سبقانا إليها في الرِّواية الشهيرة التي ابتدعها «ثربانتيس»، الكاتبُ الإسبانيّ الكبير، الذي يتموضع تمثاله النِّصفيّ خلف الفارسين الحالمين.

ابتسمت لهما بودّ عندما كان بوريس يلتقط لي الصُّور أسفل التمثال الجميل، وسألتهما إن كانا قد هَزَما طواحين الهواء أم هزمتْهُما؟ وأجابني دون كيشوت بكبرياء شهيّ: «غير مهمّ يا سيِّدتي، في كلّ الأحوال، الحياة وحروبها وملذّاتها، هزائمُها وانتصاراتها، تبقى هواءً في هواء! المهمّ أنّني هنا اليوم، أُطلُّ على مدريد وناسها وزوّارها الكثر من أجمل ساحات العالم. أقف بافتخار ورضًا، ويتهافت الجميع للحصول على صورة معي، كَمَثَلٍ يُحتذى به عن رجل مختلف من عصر آخر، سار خلف أفكاره الخاصَّة التي طيَّرته في الهواء».

تذكَّرت نبيلًا. لو كان معي لقال لي: «هذا رجل مجنون آخر، يصلح صديقًا جيِّدًا لصديقتك: جان دارك».

- هل هي مصادَفة: أن ينتصب في كلّ مدينة مهمَّة صرحٌ كبير لمجنون ما؟

قلت لبوريس، بعد أن حكيت له قصَّة دون كيشوت، واستطردت:

- طوبى للمجانين. إنَّهم يرثون الهواء، والنار، لكنَّهم يغيِّرون الأرض.

في المساء، أكلنا في مطعم للوجبات السَّريعة اقتصادًا في المصاريف، ثمَّ اشترينا زجاجة نبيذ وبعضَ الموالح وصعدنا إلى غرفتي.

ـ نخب مهمَّتنا العظيمة!

اقترحتُ وأنا أرفع كأسي.

ـ نخب البحث عن خوان كارلوس!

أجاب بوريس وهو يقرع كأسه بكأسي. شربنا وضحكنا بخفَّة، لكنَّ التعب لم يُمهلنا الكثير من الوقت لنستمتع بسهرة طويلة، إذ سرعان ما استبدّ بي نعاس فظيع أرسل موجات من الخَدَر اللّذيذ في كلّ مفاصلي، متسلِّلًا حتَّى إلى جفوني التي أطبقت من دون أن أشعر.

ـ اخلدي إلى الفراش أيَّتها الأميرة، فالمهمَّة العظيمة في الغد تحتاج إلى توفير للطاقة.

قال بوريس، وانحنى عليَّ وقبَّل خدِّي برفق، ثمَّ مضى إلى غرفته وأغلق الباب خلفه.

قبل أن تطويني آخر سَكَرات النوم، ومضتْ في رأسي جملةُ قالها بوريس ولم تسترعِ انتباهي وقتها: «نخب البحث عن خوان كارلوس»!! ماذا قصد الفتى بهذه الجملة؟ وعمَّ جئنا نبحث هنا بالتَّحديد؟ هل... وهل... وهل ؟؟؟ سرقَتِ الأسئلة الكثيرة النُّعاسَ من عينَيّ لبرهة وجيزة من الوقت، لكنّ تعبي ما لبث أن غلب فضولي بأن أسكته قائلًا قبل أن تجرفني أمواجه بعيدًا: إنَّ الغد لناظره قريب.

في الصَّباح التالي، انطلقنا بعد تناول القهوة والكرواسان إلى المحطَّة الجنوبيَّة للباصات، حيث ركبنا حافلة أوصلتنا بعد ساعتين وخمس دقائق إلى مدينة كوينكا. وهناك، سألنا، بعد نزولنا، عن وسيلة تحملنا إلى كاستييخو دي لا سييرا، إذ لم أجد في أثناء بحثي في «الويب» أيَّ وسيلة نقل عامَّة من

الممكن أن يتمّ الحجز فيها (أون لاين). استعملنا أخيرًا الوسيلة الوحيدة المتاحة، وهي استقلال سيارة تاكسي خاصّة، اتّفقنا مع سائقها الشّابّ الذي يدعى بيدرو، والذي كان للمفاجأة النادرة يتحدّث بعض الإنكليزيّة، على أن يوصلنا ثمّ يعود لإرجاعنا إلى كوينكا في السّابعة مساءً.

في الطّريق بين كوينكا وكاستييخو دي لا سييرا، التي استغرق وصولنا إليها نحو أربعين دقيقة، خرجت من زمني وعدت إلى العيش قبل نحو عشرين عامًا من الآن. خرجت ندى منّي وتقمّصتني إيڤا أو مارتا، فوجدتني صبيّة يافعة تركض خلف أختها في حقول زهرات عبّاد الشمس التي تمتدّ مسافات شاسعة وتلوّن المدى بلون أصفر.

هذه الحقول حقيقيّة، إذًا؟ خاطبت نفسي وأنا في انخطافي الجميل، وتخيّلت نفسي أيضًا فراشة تحوم داخل لوحة لڤان غوخ. وانتشيت إذ جسّتْ نظراتي بأصابعها وأكفّها اللّامنظورة تلك الأزهارُ الصفرُ الهزيلة، التي تحدّق مرتجفة في شمسها، وتقتُ إلى لمس كلّ الأشياء الأخرى التي لم تكن حتّى اللّحظة إلّا مجرّدَ صور ملوّنة في خيالي، محفوظة في ألبومات جميلة ومغطّاة بالسيلوفان.

نظرت إلى بوريس، فوجدته يحدّق في الحقول مثلي من خلال نافذته، أخذت كفّه في كفّي وقلت:

ـ يمكن للخيال أن يصبح حقيقة أحيانًا، أو ربّما أنّ كلّ الحقائق في العالم، أصلُها مجرّدُ خيال!

نظر إليّ مستغربًا الحالةَ التي تلبّستني، وضغط على كفّي وقال:

ـ لا فرق عندي بين الحقيقة والخيال. أحبّ أن أعيش لحظتي كما أراها وكما أحسّ بها، حقيقةً كانت أم خيالًا.

هل قال بوريس ذلك، أم أنَّ قلبي هو من أجاب عنه؟ غير مهمّ، ابتسمت له موافقة على كلماته تلك التي لم أعذّب نفسي بالتساؤل إن كانت قد قيلت حقيقةً، أم أنّها كانت نفحات من خيال. ابتسمت له وأنا أسلّم نفسي إلى نشوة العيش في الخيال.

كانت السّاعة تشير إلى الثانية والنّصف عندما وصلنا. كانت القرية عبارة عن عدة بيوت متفرّقة تتّكئ على سفح جبل، وقد طالعتنا عندما بدأنا بصعوده المقبرةُ التي عرفتها من بوابتها الحديديّة المزخرفة، تمامًا كما وصفتها لي إيڤا.

توغّلت بنا التاكسي إلى قلب القرية، الذي لم يكن إلّا ساحةَ الكنيسة التي تتمركز فيها البركة، المتَّخِذةُ شكلَ صليب تحت نافورة حجريّة. ومع أنّنا كنّا في شهر تموز، إذ يُتوقّع أن تكون القرية مزدحمة نسبيًّا، إلّا أنّنا شعرنا عندما ترجّلنا من السيّارة بأنّنا نزلنا في مكان مهجور!

ـ هذه ساعة الـ «سييستا».

قال السّائق مفسّرًا بإنكليزيّة ركيكة. والسييستا هي فترة القيلولة المقدّسة عند الإسبان، وخصوصًا القرويّين منهم.

انتبهت فجأة عند سماع جملة بيدرو، وقبل أن يهمّ بالذهاب على أن يعود لإرجاعنا في السّابعة، إلى مشكلة مهمّة وجدّيّة، وهي اللّغة! كان من حسن حظّنا أن عثرنا على هذا السّائق الشابّ الذي يجيد بعض الإنكليزيّة، وقدّرت أنّ من المستحيل أن نجد في هذه القرية من يتكلّم لغة أخرى غير الإسبانيّة ليساعدنا على التفاهم مع مَنْ يمكن أن يعرف شيئًا عن عائلة الدون أنطونيو، مالكِ نصف أراضي القرية، وعائلة العجوز خوسيه فرناندو، حارسِ الكنيسة.

استوقفت السّائق قبل أن يَمضي، وبعد أن تشاورت مع بوريس، وطلبنا منه أن يبقى معنا إلى آخر النهار حتّى السّابعة، ليقوم بدور الدّليل والترجمان، وقد قبل بيدرو المهمّة على الفور.

ركن سيّارته تحت شجرة جوز عند طرف الساحة، وترجّل منها، منضمًّا إلينا حيث كنّا في انتظاره أمام النافورة.

ـ لندخلِ الكنيسة!

قلت لهما، ومشيت في اتّجاه البوّابة الخشبيّة العتيقة للكنيسة التي أمضت إيڤا ومارتا أحلى سنوات حياتيهما في كَنْسِها ونفضِ الغبار عن لوحاتها وتماثيلها.

عندما دفعت الباب من دون أن يفتح، استدرت إلى بيدرو متسائلةً:

ـ مغلقة؟

ـ توقّعت ذلك. اليوم هو الاثنين.

تبادلت وبوريس نظرتَيْ ندم، لأنّنا أهدرنا يوم الأحد بالتسكُّع في مدريد.

«ولكنْ، لماذا الكنيسة؟» سأل بيدرو.

ـ أريد أن ألتقي أحد السكّان القدامى، لأسأله عن عائلة صديقتي!

ـ نستطيع أن نتمشّى قليلًا. وفي كلّ الأحوال، لن نعدم لقاء بعض السكّان في مقهى القرية.

قال بوريس:

ـ وهل يوجد مقهًى في هذه القرية المهجورة؟

ـ بكلّ تأكيد. دعونا نبحث عنه.

مشينا في حارات القرية الضيّقة، ولاحظت أمام بعض البيوت عددًا لا بأس به من السيّارات الحديثة. قدّرت أنّها للأبناء الزوّار المقيمين خارج القرية، وهذا الأمر دلّني على أنّها لم تكن خالية تمامًا في هذا الوقت من العام. تفرّجنا على البيوت القديمة ذات الأبواب المفتوحة والمزوّدة كلّها بالستائر نفسها التي تتألّف من سلاسل حديديّة متراصّة معلّقة أعلى الباب إلى جانب بعضها البعض! أثارت استغرابي، فسألت:

ـ ما الغرض من هذه السلاسل؟

«لمنع دخول القطط والحشرات»، أجاب بيدرو، وأضاف:

ـ في الصيف، لا يغلق أحد من السّكّان بابه، طلبًا للهواء. ومن أجل منع القطط والحشرات من الدُّخول، تمَّ تعليق هذه السَّتائر الثقيلة.

خلال أقلّ من عشر دقائق، اكتملت جولتنا في كلّ أنحاء القرية الصَّغيرة، ووجدنا البار أخيرًا، وكان عبارة عن «ترّاس» صغير يطلّ على وادٍ جميل، كانت إيڤا قد وصفته لي بدقَّة، من دون أن تنسى أشجارَ الفاكهة المنتصبة على السفوح، ولا حقولَ عبّاد الشمس التي كان يتَّصل اصفرارها الزاهي بالأفق الشاحب البعيد من خلف الغابات الخضراء.

بضع طاولات محاطة بكراسيّ بلاستيكيَّة، من دون روّاد! جلست وبوريس إلى إحداها، بينما توجَّه بيدرو إلى باب مفتوح على غرفة تبدو خالية، وقَرَعَهُ، وما لبث أن أطلّ منه شابٌّ في نحو السَّابعة عشرة، يملأ النعاس جفونَه التي فتحها للتوّ محدِّقًا في بيدرو.

«هولا.. بويناس»، قال الشابّ.

«بويناس»، أجابه بيدرو، وتابع الحديث معه بالإسبانيَّة قبل أن يعود إلينا متسائلًا:

ـ ثربيثا؟

حدَّقنا فيه بدهشة، وسأله بوريس:

ـ ماذا يعني هذا؟

«آه، عفوًا!!» أجاب ضاحكًا: البيرة. هل تشربان البيرة؟

كانت فكرة موفَّقة طبعًا تحت وطأة هذا الحَرّ، وهذا اللّاشيء الذي حصلنا عليه حتى الآن!

- بعد نحو السّاعة ستنتهي القيلولة، وسيبدأ الناس بالتوافد إلى هنا، لا تقلقا.

قال بيدرو مشجّعًا.

صرفنا تلك السّاعة في احتساء أكواب البيرة الباردة، الواحد تلو الأخر، وفي الاستماع إلى قصّة حياة بيدرو الذي شعر بأنّ مسؤوليّة تسليتنا تقع على عاتقه أيضًا. وبمساعدة إنكليزيّته التعيسة التي لم أفهم أنا منها الكثير إلّا بمساعدة بوريس، عرفنا أنّه ليس إسبانيًّا صافيًا، إذ إنّ والده مهاجرٌ من البيرو استوطن إسبانيا منذ ثلاثين عامًا، وتعرّف في مدريد إلى امرأة إسبانيّة تعمل في الحقل السّياحيّ، فأحبّها وتزوّجها وانتقلا للعيش في كوينكا حيث حصلت هي على وظيفة جيّدة في فندق محترم، وافتتح هو دكّان «ميني ماركت» ما زال يعتاش منه حتّى الآن. بيدرو هو الابن البكر بين الأبناء الثلاثة الذين أثمر عنهم ذلك الزواجُ، ويدرس الآن العلوم السّياحيّة التي ورث شغفه بها عن أمّه، ويعمل في الصّيف سائق تاكسي لتأمين مصروفه. ولديه حبيبة جميلة تدعى ماري سول، تصغره بعام واحد ومجنونة به حبًّا.

حدّثنا بيدرو عن الأزمة الاقتصاديّة التي ضربت إسبانيا منذ العام 2008، وكيف صار مجرّد الحصول على أيّ عمل حلمًا من أحلام الشباب الذين هاجر الكثير منهم للعمل في ألمانيا وبريطانيا وسويسرا والنمسا خلال السنوات القليلة الماضية.

وقبل أن تنتهي قصصه التي بدت لي أنّها بلا نهاية، بدأ بعض الشبّان يتوافدون إلى المقهى ويحدّقون فينا بفضول واستغراب قبل أن يجلسوا. قلت لبيدرو:

- ما رأيك في أن تسأل أحد هؤلاء الشبّان إذا كان في إمكانه أن يساعدنا؟

- ولكنْ، اعذريني سينيورا، ماذا أقول لهم إذا سألوني لأيّ سبب أستفسر عن تلك المعلومات؟

- قلْ لهم إنَّ لي صديقة إسبانيَّة مريضة تعيش في فرنسا تمتُّ بصلة قُربى إلى عائلة الدون أنطونيو، وقد كلَّفتني بالسُّؤال عنهم عندما عرفَتْ أنَّني من إسبانيا، لأنَّها تريد أن تعرف ماذا حلّ بهم الآن!

- حسنًا، ذكِّريني باسمه الكامل؟

نظرتُ في موبايلي إلى ملفّ الملاحظات لأتأكَّد:

- أنطونيو غوميز، وابنه بابلو غوميز ألفاريز.

بعد التَّحية والسُّؤال الذي طرحه بيدور على الشابَّين اللَّذين كانا يجلسان إلى الطاولة الأقرب إلينا، تكلَّم الشَّابان في وقت واحد بحماسة وصوتٍ عالٍ، ووجَّها الحديث إليّ وإلى بوريس غير آبهَين بأنَّنا لم نكن نفهم ما يقولانه!

ترجم بيدرو:

- يقول الشَّابان إنَّهما لا يعيشان هنا وإنَّما في مدريد، وهما قد سمعا بهذه العائلة التي تملك النفوذ والكثير من الأراضي في المنطقة، لكنَّهما لا يعرفان شيئًا عن التَّفاصيل، لأنَّ أحدًا من أفراد تلك الأسرة لم يظهر في القرية منذ وقت بعيد. واقترحا أن نذهب لسؤال أحدٍ من الجيل السَّابق.

«حسنًا»، قلتُ وأنا أنظر إلى الشابَّين وأهزُّ لهما رأسي بودّ.

- ولكنْ، من يجب أن نسأل، وأين؟

أضفت مخاطبة بيدرو ليترجم لهما، وقد فعل وأجابني على لسانيهما:

- نستطيع أن نذهب إلى بيت جدَّة خايمي، وهو الشابّ ذو القميص الأزرق. لا يبعد المنزل كثيرًا عن هنا.

«وهل يرافقنا خايمي؟»، قلت وقد نظرتُ إلى الشابّ ذي القميص الأزرق مبتسمةً.

«بكلّ سرور»، أجاب بيدرو.

ـ اسمي ندى. وهذا بوريس.

مددتُ يدي لأصافح الشابّ وأنا أعرِّفه بنفسي، ففاجأني إذ نهض عن كرسيّه في اتِّجاهي وقبَّلني قبلة على كلّ خدّ، وهو يقول:

«خايمي، إينكانتادو (Encantado)»، وصافح بوريس.

«تشرَّفت»، ترجم بيدرو، في حين قام الشابّ الآخر وحذا حذو صديقه فقبَّلني قبلتين، وصافح بوريس، وهو يقول:

ـ رامون، إينكانتادو (Encantado).

بعد حفلة التَّعارف والتَّقبيل، مشينا مع خايمي ورامون إلى حيث يقع بيت جَدَّة الأوَّل. وفي الطريق، لمسنا الحياة الخاملة وقد عادت تدبّ في القرية بعد انتهاء فترة القيلولة. كان الناس، وأغلبهم من كبار السنّ، يجلسون في الشارع أمام أبواب دُورهم على كراسيّ واطئة، يرتشفون القهوة أو البيرة، أو يأكلون الفاكهة، ويهزُّون مَراوح جميلة أمام وجوههم طلبًا لنسمة هواء، تروّح عنهم قيظ تموز، ويُلقون التَّحيَّة على كلّ عابر سبيل حتَّى إن كان غريبًا.

ـ بويناس... بويناس... بويناس.

قلَّدت بيدرو وقمتُ بتوزيع التَّحيات بدوري وأنا أشعر بالخفَّة والبهجة.

مررنا بالكنيسة، فشعرتُ بالأسف لأنَّني لم أستطع أن أزورها من الداخل، وبحثتُ حولها عن بيت الحارس الذي من المفترض أنَّ التوأمين قد وُلدتا ورُبِّيَتا فيه، وسألت جيش الأدلّاء الذي يرافقني:

ـ هل تعرفون شيئًا عن حارس الكنيسة القديم؟ خوسيه فرناندو؟ ألم يعد هناك أيُّ حارس للكنيسة الآن.

ترجم لي بيدرو:

ـ لا يعرف الشّابان شيئًا، لكنَّهما يذكران أنَّه كان للكنيسة حارس عجوز له زوجة مجنونة، توفّي، وهي أُوْدِعت في مصحَّة عقليَّة، ومن بعدهما لم يأتِ أهالي القرية بأحدٍ ليقوم بهذه المهمَّة، إذ لم يعد هناك كاهن مقيم كما في السَّابق، بل يأتي أحدهم من قرية أخرى لإقامة قدّاس يوم الأحد، وكذلك في الأعياد.

تبادلتُ وبوريس نظرتين ذاتَيْ معنى. لقد عرفنا المعلومة الأولى في مهمَّتنا.

نظرنا حيث أشار خايمي: كانت هناك امرأتان تجلسان أمام باب البيت المفتوح:

ـ هذه أمّي، وجدَّتي.

الصغرى بينهما كانت في نحو الخمسين، والأخرى كانت سبعينيَّة، بحسب تقديري. تفحّصتاني وبوريس باهتمام في أثناء حديث خايمي الذي كان يشرح لهما طلبي.

ابتسمت الأمّ بلطف، أمّا الجدَّة فبقيت محدِّقة وهي مقطَّبة الجبين، ولم تتوقَّف عن التهام حبّات عنقود عنب أصفر كبير، كان ملقًى في تنُّورتها، حبَّةً في إثر أخرى، وتبصق البذور جانبًا.

ـ أنا ندى، وهذا بوريس.

ـ إينكانتادا... تشرَّفت، أنا ماريا، وهذه أمّي دولوريس.

وقامت ماريا عن كرسيّها وقبّلتني أيضًا، ثمَّ قبّلت بوريس.

دخل خايمي البيت وعاد محمَّلًا بكراسيّ قصيرة من الخشب والقنّب، وضعها أرضًا بمواجهة أمّه وجدَّته، ودعانا إلى الجلوس.

- أهو ابنك؟

سألتني الجدَّة دولوريس وهي تحدِّق في بوريس، الذي نظر إليّ وقد احتقن وجهه فجأة. ضحكتُ وأجبتها:

- لا، بل هو صديقي.

- كم هو جميل. أليس لديك أولاد؟

- بلى، كان لديَّ صبيّ، بل شابّ، وتوفِّي في حادث منذ نحو سنة.

- آه، يا عزيزتي. كم هذا مؤلم. أنا آسفة... آسفة جدًّا!

قالت الاثنتان في وقت واحد، فأجبت:

- شكرًا لكما. شكرًا.

سادت لحظة صمت كسرها بوريس بقوله:

- القرية جميلة. هل أنتما مقيمتان هنا دائمًا؟

ترجم بيدرو ما قاله بوريس، فأجابت ماريا بأنَّها مقيمة بمدريد، وهي الآن في زيارةٍ لأمِّها دولوريس المقيمة هنا دائمًا مع زوجها الطاعن في السنّ.

- أمِّي وأبي ونحو عشرين شخصًا آخرين، هم فقط السكَّان الدائمون لكاستييخو دي لا سييرا!

- وكيف يُمضون فصل الشتاء؟

سألتُها وأنا أتذكَّر أنَّني لم أجد أيّ دكَّان خلال تجوالي في القرية، تمامًا كما ذكرت لي إيڤا.

- لقد تعوَّدوا أن يدبِّروا أمورهم بعد كلّ هذا العمر. كلّ صعوبات الحياة هنا لا تعادل بالنِّسبة إليهم صعوبةَ الانتقال للعيش في مكان آخر!

- أنا أفهم!

كان الحوار يبدو سمجًا من خلال مروره على بيدرو ذهابًا وإيّابًا، لذلك فضّلت أن أدخل مباشرة في الموضوع الذي جئت من أجله:

- أنا مقيمة بفرنسا، ولي صديقة إسبانيّة هناك لها أقرباء من قريتكم. عندما سمعتْ أنّني مسافرة في إجازة إلى إسبانيا أعطتني اسم القرية واسم عائلة أقربائها، ورجتني أن أسأل عنهم. هي لم تسمع عنهم شيئًا منذ فترة طويلة وتحبّ أن تعرف أخبارهم.

- ما اسم تلك العائلة؟

- عائلة أنطونيو غوميز!

«الدون أنطونيو والدونيا إيزابيل؟» صاحت الجدّة باهتمام.

- لا أعرف اسم زوجته، لكنّني أعرف أنّ له ابنًا وحيدًا اسمه بابلو، وأربعٌ من البنات. هل تعرفين شيئًا عنهم سينيورا؟

«أي ياي ياي...» صرخت دولوريس وصفّقت بكفّيها كأنّها تؤكّد معرفتها الممتازة بهم، وقالت:

- الدون أنطونيو هو مالك نصف القرية تقريبًا، وزوجته إيزابيل ليست من هنا، بل تنتمي إلى قرية أخرى، لكنّها كانت تعيش في كوينكا عندما أحبّها الدون أنطونيو وتزوّجها!

- وأين يعيشان الآن؟

- في بيتهما في كوينكا، وذلك منذ أن تزوّجا، ولكنّهما يملكان هنا أيضًا بيتًا كبيرًا قريبًا من هذا الشارع، هو أكبر بيوت القرية وأفخمها؛ بيت عائلة غوميز الأصليّ.

- وهل يأتون إلى بيتهم هنا؟

ـ كانوا... كانوا جميعهم يُمضون الصيف كلّه تقريبًا هنا، والدون أنطونيو كان يأتي حتّى في الشتاء، كلّ أسبوعين. لكنّهم توقّفوا عن ذلك واختفوا تمامًا منذ نحو خمسة عشر عامًا، منذ أن مات وحيدهم بابلو.

«مات بابلو؟» قلت وبوريس في صوت واحد، وتبادلنا نظرتين مندهشتين.

تدخّلت ماريا وحكت لنا:

ـ كان ـ رحمه اللّه ـ شابًا فاسدًا غريب الأطوار، سبّب الكثير من المتاعب لأهله. قيل إنّه كان يتعاطى المخدّرات، ويقيم علاقات مشبوهة برجال ونساء، وقد وُجد ميّتًا في شقته. هناك من قال إنّه انتحر، وهناك من قال إنّه تعاطى جرعة زائدة من المخدّرات أدّت إلى مقتله.

ـ يا للقصّة المفجعة. وماذا عن علاقاته؟ هل سمعتم عن علاقة له بإحدى فتيات القرية؟

تبادلت ماريا نظرة مع أمّها، وقالتا إحداهما للأخرى:

ـ التوأمان.

خفق قلبي بلهفة وأنا أفكّر في أنّ قصّة إيڤا الخياليّة تتجسّد أمام عينَيّ، تابعت ماريا قبل أن أسأل:

ـ كان للكنيسة في ذلك الوقت حارسٌ عجوز، تزوّج في عمر كبير من أرملة بسيطة العقل أنجبت له توأمين فتاتين، ثمّ أنجبت لاحقًا صبيًّا جميلًا، لكنّ الطفل توفّي في سنّ صغيرة، الأمر الذي كسر ظهر العجوز وسبّب اكتئابًا حادًّا للأم، فأُهمِلَت الفتاتان وتُركتا للعمل في الكنيسة والتسكّع في الحقول. وعندما نضجتا، قيل في القرية إنّ بابلو كان يستغلّ سذاجتهما ويعاشرهما معًا. وقد هربتا في وقت لاحق، الواحدة تلو الأخرى، وانقطعت أخبارهما، وهو ما أودى بحياة أبيهما المسكين وبعقل أمّهما نهائيًّا حتّى أُوْدِعَتْ مصحّةً عقليّة، ولم نسمع عنها شيئًا بعد ذلك.

ـ وماذا عن بابلو؟ هل تزوَّج قبل أن يموت؟

ـ لا، لم نسمع بذلك، لكنَّنا سمعنا أنَّه أنجب صبيًّا من دون زواج من امرأة غير معروفة، أتى به إلى أمِّه لتربّيه قبل فترة وجيزة من موته.

أصابتني قشعريرة حادَّة، وشعرت بالدمّ يندفع راقصًا وقافزًا في عروقي، حتَّى كدت أقفز واقفة عن الكرسيّ. هل يكون هو؟ هل يُعقَل؟

ـ ماذا يعني أنَّ أمَّه امرأة غير معروفة؟ ألم يعرف أحدٌ شيئًا عن هوية الأمّ؟

سأل بوريس قبل أن أستفيق من ذهولي ونشوتي، فأجابت ماريا قبل أن يترجم بيدرو:

ـ إحدى شقيقات بابلو قالت إنَّ الأمّ كانت عشيقة لأخيها، وقد أصيبت بمرض خطير في أثناء حَمْلها سافرت للعلاج منه خارج إسبانيا، وقد ذهب بابلو خلفها عندما وضعت الطفل وأتى به إلى هنا.

سألت أنا:

ـ وأين يعيش الطفل الآن؟

ـ مع جدَّيه إيزابيل وأنطونيو في كوينكا.

ـ ألم يأتيا به إلى هنا أبدًا؟

ـ أبدًا، لقد توقَّفا عن المجيء إلى القرية منذ ذلك الوقت تقريبًا، قبل وفاة بابلو بفترة وجيزة، كما ذكرت.

نظرتُ إلى بوريس كأنَّني أسأله ما رأيك؟ فأجابني بالتماعة في عينيه وقام بطرح سؤال أخير:

ـ هل هناك أحد في القرية يعرف عنوان الدون أنطونيو في كوينكا.

بصقت دولوريس بذرة عنب جانبًا، وقالت:

ـ ولكنَّكما لم تقولا لنا ما اسم تلك السيِّدة التي تنتمي إلى قريتنا، والتي تريد كلّ تلك المعلومات؟

«اسمها إيڤا، ولا أذكر اسم عائلتها للأسف. قالت لي إنَّها من أقرباء الدون أنطونيو!» أجبت.

ـ هي من عائلة غوميز، أم كاستيانو؟

ـ نعم، كاستيانو، كما أظنّ، ولكنَّني غير متأكِّدة.

ـ حسنًا لنرَ، سأسأل لاحقًا عن إيڤا كاستيانو تلك.

وألقت حبَّة عنب أخرى في فمها وعيناها معلَّقتان بوجهي المحتقن، تحدِّق فيه بشكّ.

«وماذا عن العنوان؟» ألحَّ بوريس.

أجابت ماريا:

ـ ربَّما يستطيع بابا أن يأتينا بالعنوان، سأطلب منه أن يتَّصل بدون خيسوس الكاهن. هو صديق مقرَّب إلى الدون أنطونيو.

«غراسياس ماريا»، شكرتها من دون الاستعانة بالمترجم، وأنا أبتسم بحماسة وامتنان.

عندما ركبنا سيَّارة بيدرو التي قادها عائدًا بنا إلى كوينكا بعد نصف ساعة، كان العنوان في حوزتنا.

وصلنا إلى كوينكا قبل السَّابعة. كانت الشمس لا تزال ساطعة وحماستنا في أوجّها، فقرَّرنا التوجُّه إلى بيت الدون أنطونيو على الفور، مؤجِّلَين وجبة الطعام إلى ما بعد تلك الزيارة.

تحايلنا على جوعنا بالتهام قطع «التشورّوس» المقليَّة والمرشوشة بالسكّر، والتي اشتراها لنا بيدرو من مطعم صغير صادفناه في الطريق، وقد

أحببتها لأنَّها تشبه كثيرًا «المشبَّك الحلبيّ» الذي يتألَّف أيضًا من عجينة مقليَّة بالزَّيت ومغطَّسة بالسُّكر السَّائل الذي نسمِّيه في حلب «القَطْر». وقد أوجعني قلبي عندما تذكَّرت وَلَعَ غدي بهذه الحلوى، بعد أن كان قلبي قد أمضى عدَّة أيَّام من دون أن يتوجَّع.

لم يكن صعبًا على بيدرو الوصول إلى العنوان المطلوب. ركن سيَّارته حيث تيسَّر له في آخر الشارع الهادئ الذي بدا لنا جميلًا وراقيًا، فترجَّلنا منها ومشينا إلى المبنى رقم 12.

وأمام البوَّابة هناك، وقفنا، بوريس وأنا، نتبادل النَّظرات، أمام دهشة بيدرو الذي قال:

- هل تريدان أن نجرِّب الصعود اليوم، أم نؤجِّل الزيارة إلى الغد؟

- لا بيدرو، الآن، طبعًا الآن.

قلت له وأنا أسترجع في ذهني الصيغة التي ابتكرتها لأقدِّم من خلالها نفسي إلى تلك العائلة، وبالتالي لأطرح أسئلتي.

«هذا هو جرسهم»، قال وهو يشير إلى الزرّ الذي كُتب إلى جانبه: 3-B.

- اضغط يا بيدرو، واسأل عن الدون أنطونيو أو الدونيا إيزابيل. قل لهما إنَّنا نحمل رسالة من قريبة لهما تعيش في فرنسا!

فعل بيدرو. وبعد برهة، أجابه صوت نسائيّ، وطلب منه الانتظار بعد أن قال ما أمليته إيَّاه. بعد برهة أخرى، عاد الصوت وقال لنا: تفضَّلوا. وسمعنا أزيز البوابة وهي تفتح، فدخلنا المبنى وصعدنا إلى الطابق الثالث.

استقبلتنا امرأة في عقدها الخامس تقريبًا، دعتنا إلى الدخول، وقادتنا إلى صالة الاستقبال وقالت:

ـ الدونيا إيزابيل ستأتي حالًا، تفضَّلوا بالانتظار.

بعد أن توارت تلك المرأة عن أنظارنا، قمت عن الأريكة التي كنت قد جلست عليها لتوّي، وتجوَّلت في الصالة الفاخرة الرياش أتأمَّلها بفضول. كنت أبحث عن شيء ما، ووجدته.

كانت الصيغة التي اخترعتها تعتمد على أنَّ ذلك الطفل الذي حكوا لنا عنه في القرية هو ابن إيڤا فعلًا. كان عليّ أن أتأكَّد من هذا، أو أن أجازف باعتباره كذلك كـ «كارت» أخير.

الصور التي وجدتها موزَّعة في أنحاء الصالة ضمن إطارات جميلة فضِّيَّة ومذهَّبة أكَّدت فرضيَّتي. كان بعضها يُظهر طفلًا أسمَرَ ظريفًا، وبعضها الآخر والأحدث يُظهر صبيًّا مراهقًا يافعًا.

كانت هناك أيضًا صورٌ قديمة للعائلة كلِّها: الوالدين والبنات الأربع وبابلو، أكيد. هذا هو، إذًا، بابلو! الرجل الضئيل الحجم، والذي حطَّم حياتين قبل أن يتحطَّم. وجدت له صورًا أخرى، من مراحل مختلفة من عمره، كما وجدت صورًا للبنات في حفلات زفافهنّ.

عدتُ إلى التَّركيز في أحدث الصُّور الموجودة، ومن خلف كتفي شاركني بوريس في التَّحديق فيها. مراهق في الخامسة عشرة تقريبًا، أسمرُ ونحيف، يرتدي قميص ريال مدريد، ويسند بذراعه اليمنى كرةَ قدم إلى خاصرته، ويحمل فوق كتفيه وجهين مألوفين ومعروفين تمامًا من قِبَلي، ليسا وجه كريستيانو رونالدو بالتأكيد، بل وجها إيڤا ومارتا، أمّه وأختها التوأم، بما لا يدع مجالًا للشكّ!

ارتفع صوت نبض قلبي حتّى خلته يقرع أُذنَيّ ويخرج منهما. تلاحقت أنفاسي وتقطَّعت كأنَّني جئت للتوّ ركضًا من تلك المصحَّة في ميتز إلى أمام تلك الصورة في كوينكا، من الحديقة التي تدخِّن إيڤا على المقعد تحت

شمسها نادبةً ابنَها المقتول، إلى هذا المنزل الذي يعيش فيه أميرًا مدلَّلًا ومرفَّهًا، وجاهلًا بآلام أمِّه ودمار توأمها.

ـ إنَّه هو يا بوريس!

ـ لقد عرفت أنَّه حيّ، وأنَّ بابلو لم يقتله، بل استبدل به جثَّة رضيع ميِّت!

ولكن، لماذا، وكيف؟! كانت الأسئلة صعبة، ولم يكن ذهني المستلَب والمذهول جاهزًا للتَّفكير في إجابات. الصُّورة الوحيدة التي سكنتني صورة وجه إيڤا وأنا أقول لها:

«خوان كارلوس هنا... حيٌّ يُرزَق، يا إيڤا».

أخرجت موبايلي والتقطت صورة لصورة الصَّبيّ، ثمَّ جلست إلى جانب بوريس أسترجع أنفاسي وأتمالك نفسي قبل لقاء دونيا إيزابيل.

همس بوريس في أذني بالسُّؤال الذي كان يدور في ذهني للتوّ:

ـ تُرى، هل تعرف إيزابيل هويَّة والدة حفيدها؟

نظرت إليه متواطئة معه في سؤاله، وقبل أن أفتح شفتيَّ لأقول شيئًا، سمعنا صوت عصا تقرع الأرض بالتَّزامن مع خطوات بطيئة تنسحب معها، وولجت دونيا إيزابيل الصالة، فوقفنا لتحيّتها.

كانت طاعنة في السنّ أكثر ممَّا توقَّعت، ضئيلةَ الحجم وأنيقة المظهر بغير تكلُّف. أطلَّت علينا من خلال عينين تَعِبتين وصافيتين، كبحيرتين ذاتي سطح شفّاف يُظهر حطام أحزان غارقة ومستقرَّة في قاع عميق.

انبرى بيدرو لتأدية مهمَّته، وبادر بتحيَّة السيِّدة وبتقديمنا إليها. مدَّت يدها وصافحتنا، ثمَّ أشارت إلينا بالجلوس فجلسنا، وباشَرْتُ الحديث بسرعة تتناسب مع سرعة دقَّات قلبي.

ـ دونيا إيزابيل، نأسف لإزعاجك، آمل أن تكوني في صحّة جيّدة.

«الحمد للّـه»، قالت بعد أن سمعت ترجمة جملتي من بيدرو.

ـ سأدخل في الموضوع مباشرة، لو سمحت!

ـ تفضّلي!

ـ إنّه بخصوص ابنك المرحوم، بابلو!

تغيّرت ملامح سحنتها فجأة، وطاف الحطام الغريق في عينيها على السطح حتّى كاد ينسكب من وجهها.

ـ أنا آسفة من أجله سيّدتي، ومقدّرة لشعورك تمامًا، فقد فقدت منذ نحو سنة ابنًا في التاسعة عشرة من عمره، وأعرف كيف تشعر الأمّ حين تفقد ولدها!

دمعت عيناي حين قلت ذلك، ولم أستمرّ طبعًا في قول كلّ ما كنت أفكّر فيه: «على الرّغم من أنّ ابنك كان منحلًّا ومنحرفًا، أو أنّه كان في أحسن الأحوال مريضًا نفسيًّا، وليس مثل ابني الذي كان بطلًا، مات شهيدًا من أجل قضية سامية، فإنّني أدرك أنّ الأمر سيّان بالنّسبة إلى الأمّ، وأدرك أنّ الألم واحد».

بدا لي أنّها تعاطفت معي إذ دمعت عيناها بدورها، وتابعت الإصغاء إلى حديثي الذي كان يُترجَم إليها عبر بيدرو:

ـ لقد تعرّفتُ في فرنسا، حيث أعيش، إلى امرأة تَعْرِفُ ابنك بابلو، رحمه اللّـه.

انتفضت بدهشة وقالت:

ـ مَن هي تلك المرأة؟ وماذا تعرف عن ابني؟

ـ لقد... لقد كانت على علاقة حميمة به، حملت منه وأنجبت طفلًا!

عقدت الدّهشة لسانها. سكتت لبرهة طويلة محدّقة فيّ، ثمّ قالت:

ـ ماذا تقولين؟ هل كان بابلو يعرفها؟ أين هي الآن، وأين الطفل؟

ـ هي الآن في مصحَّة خيريَّة تتلقَّى العلاج لأنَّها مصابة بالأيدز، لكن وضعها جيِّد ومستقرّ وتستطيع مغادرة المصحَّة حين ترغب في ذلك، لكنَّها لا تريد.

ـ وبابلو؟ والطفل؟

ـ بابلو كان يعرف، وقد... ذهب إلى فرنسا حين وضعت طفلها، وخطفه منها، وأوهمها بحيلة مُحْكمة بأنَّه وُلد ميِّتًا.

توسَّعت مقلتاها حتَّى كادتا تسقطان في حجرها، وشحب وجهها وتمتمت بصوت ضعيف:

ـ هل تتحدَّثين عن ابنة خوسيه فرناندو؟

ـ أنت تعرفين، إذًا؟

ـ لا أعرف كلّ شيء، أعرف فقط أنَّها مصابة بمرض عضال يحول بينها وبين تربية طفلها، وأنَّها تخلَّت عن الطفل حين وضعته وأعطته لبابلو!

ـ هذا ليس صحيحًا! لقد قام بابلو بخطف الطفل، واستبدل به جثَّة رضيع ميِّت! وهي لا تعرف أنَّ ابنها حيّ!

ـ وكيف عرفتِ أنت؟ وما شأنك أصلًا في هذا الموضوع؟

تلعثمتُ ولم أعرف بماذا أجيبها على الرَّغم من أنَّني كنت قد أعددت في ذهني إجابة عن هذا السُّؤال المتوقَّع، لكنّ انفعالي العميق أنساني كلّ ما هو غير حقيقي. ما شأني أنا، أصلًا؟ أجبتها أخيرًا، وبصدق:

ـ باختصار ووضوح، بما أنَّني امرأة سُلِبَ منها ولدها أيضًا، فقد لمسني أَلَمُ تلك المرأة الأخرى التي سُرق منها الطفل الذي جعلت منه منارة لغدها، وسببًا لاستمرارها في الحياة. لقد هربَتْ من إسبانيا إلى فرنسا لتحميه ولتبدأ معه عمرًا جديدًا في عالم جديد، لأنَّ بابلو كان يضغط عليها لإجهاضه. وعندما

وُلد سرقه منها، فتحطَّمت كلّ عوالمها ويئست من الحياة، وانهارت علاقتها حتَّى بأختها التوأم التي ساعدت بابلو على الوصول إلى الطفل وخطفه.

جفَّفت إيزابيل الدُّموع التي تجمَّعت في عينيها قبل أن تنساب على خدَّيها، ومسحت أنفها بعناية، ونظرت إليَّ قائلة:

ـ أنا يا ابنتي لا أعرف شيئًا عن قصَّة الخطف تلك. ما أعرفه أنَّ ابني بابلو الذي كنت وزوجي نتَّهمه دائمًا بأنَّه شابٌ عديم النفع وعارٌ على العائلة وسيتسبَّب بقطع نسلها، جاءنا ذات يوم بطفل جميل وألقاه بين ذراعَيْ والده قائلًا: «هذا طفل من صلبي، اطمئنَّ دون أنطونيو لن ينقطع نسلك». لم يكشف لنا بداية عن هويَّة الأمّ، ثمَّ عندما ضغطت أخواته عليه، وعندما واجهنه بمعرفتهنّ بعلاقته بابنتَيْ خوسيه فرناندو، حارس الكنيسة، اعترف بأنَّ الأمّ هي واحدة منهما، وأنَّها تخلَّت عن الطفل له بعد أن وضعته لأنَّها مصابة بمرض خطير وغير مؤهَّلة لتربيته. وقد طلب منَّا التكتُّم عن الموضوع لتجنُّب إحداث فضيحة في القرية، واقتنعنا بذلك. وقد نشأ الولد هنا بيننا بعد وفاة بابلو، وهو اليوم شابٌ رائع لن أقوى على فراقه كما فارقت أباه سابقًا.

ـ وماذا يعرف الولد عن أمّه؟

تنهَّدتْ بعمق مرَّة تلو الأخرى ولم تُجب إلَّا بعد حين:

ـ لقد قلنا له إنَّها فتاة من القرية، وقد ماتت في إثر إصابتها بالسرطان.

ـ وهل سُجِّل اسم الأمّ كما هو في شهادة الميلاد؟

ـ نعم، طبعًا.

ـ ألمْ يحاول الولد أن يسأل أحدًا من سكان القرية عن أقرباء أمّه؟

ـ لم نذهب به إلى القرية أبدًا. كان يبدو غير مهتمّ بالقصَّة عندما كان صغيرًا، لكنَّه منذ نحو سنتين، عاد إلى التساؤل عن هذا الموضوع، وكنَّا نتهرَّب من الإجابة!

ـ نعم، دونيا إيزابيل، بما أنَّه يعرف اسم أمِّه المسجَّل في شهادة ميلاده، أظنّ أنَّه سيقوم يومًا ما بالتقصّي عن عائلتها.

ـ في الحقيقة، لم يعد يهمُّنا الأمر كثيرًا بعد أن توفِّي خوسيه فرناندو المسكين، واختفت الفتاتان.

ـ لكنَّهما ظهرتا اليوم!

ـ ماذا تقصدين؟

نظرتْ إليّ نظرة مختلفة، فيها شيء من شراسة لبؤة تستشعر خطرًا يُحْدِق بشبلها:

ـ لا أحد يستطيع أن يسلبنا الولد. لا تحاولي!

ـ آسفة، دونيا إيزابيل. مؤكّد أنَّ أحدًا لن يسلبكم إيَّاه، لا أتحدث في هذا الصدد أبدًا. ولكنْ، ألا ترين معي أنَّه يجب أن تعرف الأمّ أنَّ ابنها حيّ؟ وكذلك الأمر بالنِّسبة إلى الولد.

ـ ولكنْ، يا عزيزتي، ألا تجدين أنَّ الأوان قد فات. تخيَّلي ردَّة فعل الصَّبيّ عندما سيعرف بهذا الأمر؟ لا... لا. أفضِّل ألَّا نخاطر في نبش الماضي. دعي كلّ شيء كما هو، أرجوك.

ـ اعذريني، دونيا إيزابيل.

نظرَتْ إليَّ متوسِّلة ومتوجِّسة، لكنَّني تابعت:

ـ أنا أعرف أنَّ هذا الموضوع هو شأن عائليّ حميم خاصّ بكم، هو قراركم أن تخبروا الولد الآن أو أن تدعوه يكتشف الحقيقة بنفسه لاحقًا. ولكن من طرفي، لن أستطيع أن أمنع نفسي عن إخبار الأمّ بالحقيقة. هذا الخبر سوف يعيدها إلى الحياة من جديد بعد أن كانت قد ارتدت كفنها وسكنت تابوتها منذ كثير من السنوات.

بدأت العجوز ترتعش وسالت دموعها من دون أن تهتمّ بمسحها، فأشفقْتُ عليها وخفْتُ في الوقت نفسه، فقمْتُ إليها وحضنْتُ كفَّيها بين كفَّيَّ بحنان وقلْتُ لها:

ـ دونيا إيزابيل، اسمعيني: الولد هو مُلك نفسه أوّلًا وأخيرًا. سيعرف الحقيقة يومًا ما ولن يسامحك على إخفائها عنه. أنا أعرف شعور أن تفقدي ولدًا. ولذلك، أعرف كم هو بديع أن تستعيدي الولد بعد فقدانه. تسألين لماذا أقوم بهذا؟ لأنّني أتخيَّل أنَّ عودة خوان كارلوس إلى الحياة بعد أن ظنَّت أمُّه أنَّه قد مات، ستكون بمثابة عودة غدي ابني، وبمثابة عودة بابلو ابنك. فكّري في روعة هذا!

ضغطتْ على كفّي بود، ثمّ رفعتْ رأسها وسألتني:

ـ ولكن، من هو خوان كارلوس؟

ـ آه، ما هو اسم ابن بابلو، إذًا؟

ـ اسمه أنطونيو. لقد أصرَّ بابلو على أن يعطيه اسم جدّه، إذ اعتبره الإنجاز الوحيد الذي قدَّمه إلينا وإلى الحياة. وقد كان فعلًا كذلك!

ـ أمّه سمَّته خوان كارلوس!

ـ خوان كارلوس؟! أتذكَّر، نعم. هو اسم الابن الوحيد لخوسيه فرناندو الذي مات طفلًا.

ـ تمامًا. لقد أرادت أن تعطي الاسم فرصةً جديدة للحياة! وقد تكرَّرت الصدمة بشكل مضاعَف عندما خسرها.

ـ أنا آسفة جدًّا.

ـ وأنا أيضًا.

ـ لماذا فعل بابلو ذلك بها؟

ـ إذا لم يكن لديك، وأنت أمّه، فكرةُ عن السَّبب، فمن المؤكَّد أن أحدًا لا يدري!

ـ ابني المسكين! من يدري ماذا كان يدور في قلبه وعقله!

ربتُّ على كفَّيها بودّ قبل أن أتركهما لأعود إلى الجلوس في مكاني الأوَّل، ونظرتُ إلى بوريس الذي كان يراقب الموقف بصمت، فابتسم لي مشجِّعًا. أمَّا بيدرو، الذي بذل جهدًا جبَّارًا في الترجمة، فقد كان يبدو منهَكًا وجائعًا.

«اسمعي يا ابنتي»، قالت إيزابيل، وأضافت: يجب أن تدركي أنَّ كلّ ما يهّمني من هذه القصَّة الآن هو مصلحة أنطونيو الصغير، فقط لا غير. سأستشير أنطونيو زوجي في الموضوع، وسنرى ما هو الأفضل للولد، وسنفعله.

ـ حسنًا جدًّا سيِّدتي. ثقي بأنَّني لن أتطفَّل على أموركم العائليَّة أكثر ممَّا فعلت، ولن أتدخَّل في قراراتكم. سأعطيك عنوان المصحَّة حيث تعيش التوأمان. وأنا واثقة بأنَّكما ستختاران الصواب.

أخرجتُ لها بطاقة تحمل اسم المركز وعنوانه، ووضعتها على الطاولة أمامها، وأومأت إلى فريقي الصغير بأن ننهض:

ـ سامحيني ثانية، دونيا إيزابيل، وتفهَّمي موقفي أرجوك. تشرَّفت بمعرفتك.

ـ وأنا أيضًا.

قالت العجوز وهي تحاول القيام متَّكئةً على عصاها، فطلبتُ منها بودّ ألّا تفعل.

ـ أرجوك ابقي حيث أنت. أتمنَّى أن نلتقي ثانية.

«وأنا أيضًا»، قالت بصوتها الضعيف، ثمَّ أردفت:

ـ آسفة جدًّا من أجل ابنك.

ابتسمت لها ابتسامة مبلَّلة ببعض الدُّموع، وشكرتها بتأثُّر، ثمَّ استسلمت ليد بوريس التي سحبتني لننصرف، وفي جعبتنا صيدُنا الوفير، المؤلم، المدهش والمثير... والواعد بغد جديد، مختلف.

تكلَّلت زيارتنا بحدث إضافيّ جميل، إذ تفاجأنا عندما دفعنا باب المصعد للخروج أسفل المبنى، بشابّ ينتظره للصعود. ألقى علينا تحيَّة مهذَّبة وسريعة، وسند لنا الباب لنخرج. عرفته منذ الوهلة الأولى. لقد كان هو: أنطونيو الصغير؛ خوان كارلوس الذي عاد إلى الحياة.

ابتسمت له في أثناء خروجي، وقاومت رغبتي الجارفة في أن ألمس خدَّه الجميل، الذي تزيَّن بحبة شباب أو اثنتين؛ خدَّه الذي اشتهيت أن أستشعر دفأه لأتأكَّد، من جديد، من أنَّ الخيال يمكن أن يصبح حقيقة ذات لحظة سحريَّة.

ـ 2 ـ

ـ لن ينام أحدُ مبكّرًا. ليس اللّيلة!

قال بوريس، عندما تثاءبتُ وبان عليّ التّعب والنُّعاس، في المطعم الجميل الواقع في قلب كوينكا القديمة حيث كنّا نتناول غداءنا وعشاءنا لهذا اليوم الطويل.

ـ نعم، يجب أن نحتفل هذه اللّيلة، ولكن، إذا استطعنا إلى الاحتفال سبيلًا!

ـ هيا، لا تكوني متثاقلة!

ـ آه، بوريس. أنا في الحقيقة ميّتة من التّعب! دعنا هذه اللّيلة نشرب نخب العثور على خوان كارلوس بهدوء، ولنؤجّلِ الاحتفال إلى ليلة الغد، في مدريد. سيكون أجمل بالتأكيد!

ـ حسنًا، يا أميرة. سأمرّر هذه اللّيلة أيضًا. عسى أن تلتزمي بليلة صاخبة في الغد.

ـ سأفعل بكلّ تأكيد.

- هيا بنا إذًا، لننتقل إلى بار هادئ ليأخذ كلٌّ منّا كأسًا صغيرة، نشربهما معًا نخبَ العثور على خوان كارلوس!

- بكلّ سرور، ولكن لنختَرْ مكانًا قريبًا من الفندق.

- وهو كذلك.

كان بيدرو قد ساعدنا على إيجاد فندق جيّد لقضاء هذه اللّيلة التي ارتأينا أن نُمضيها في كوينكا، ونصحنا بزيارة القسم القديم والأثريّ من المدينة، وقد كانت نصيحة قيّمة. كان المكان ساحرًا، بأزقّته القديمة وأبنيته الأثريّة وقلاعه المَهيبة. المئات من السيّاح كانوا هنا، يملأون السّاحات والمطاعم القديمة والبارات الصغيرة والجميلة.

اختار لنا بيدرو فندقًا صغيرًا هناك، وقريبًا منه اختار بوريس بارًا جميلًا للنّخب الذي كان علينا أن نشربه، احتفالًا بالمفاجأة الكبيرة التي تمثّلت في اكتشاف أنّ ابن إيڤا الذي كنّا نشكّ في أنّه مجرّد كذبة، لم يكن حقيقيًّا وموجودًا فحسب، بل أيضًا كان حيًّا يُرزَق.

- ما أجملَ هذا المكان!

قلت ببهجة طفلة في الملاهي. فعلى الرّغم من أنّ المكان كان مزدحمًا جدًّا بحيث بالكاد وجدت كرسيًّا عاليًا جلست عليه بينما وقف بوريس إلى جانبي، فإنّه كان ينضح بجوّ ساحر مقتبَس من التاريخ القديم لهذه المدينة. كانت الجدران مغطّاة تمامًا بعشرات، بل بمئات اللّوحات الصّغيرة ذات الأُطر المميّزة لرسوم أو صور فوتوغرافيّة تمثّل شوارع كوينكا الأثريّة وساحاتها وشخصيّاتها القديمة المشهورة، ومشاهدَ مختلفة تصوّر أسلوب الحياة التقليديّة فيها. والثرياتُ الغريبة المتدلّية من الأسقف كانت خلّابة، وكذلك الموسيقى التي كانت تصدح بصخب.

أخرجني بوريس من نشوتي حين سأل:

- هل عرفتِ لماذا فعل بابلو ذلك؟

- نعم، أظنّ ذلك!

- لقد تمسّك بالطفل بعد اكتشافه الإصابة بالأيدز.

- تمامًا، أراد أن يحصل عليه ليقدّمه إلى أهله تعويضًا لهما عن فشله، وتعبيرًا عن وجوده، وربّما كان في داخله يدرك أنّه لن يعيش ليُنجب طفلًا آخر! كان عليه أن يسرق الطفل من إيڤا ويحرمها إيّاه، ضمانًا لاستمراريّته.

- نعم، ذلك الطفل كان يجب أن يعيش كابن بابلو وليس كابن إيڤا!

وفكّرت: ليضمن استمراريّته، يجب على المستقبل أن يمرّ فقط من خلاله، وليس من خلال أيّ أحد آخر. ليس للآخر الحقُّ في اجتراح غده الخاصّ أو حلمه المختلف أو مستقبله الجديد، لأنّ ذلك سوف يُلغيه. أيّ نوع من المشاركة يُلغيه. أيّ نوع من الاختلاف يُلغيه. وللمحافظة على كينونته، عليه أن يجاهد ليُلغي الجميع. هو منطق الطغاة على اختلاف أحجامهم وقصصهم، واختلاف أزمنتهم وأمكنتهم!

«ولماذا، في رأيكِ، أكّدت روزيت لكِ أنّ إيڤا لم يسبق لها الحمل والولادة؟» سألني بوريس.

- لا أدري؟؟ ولا أستطيع أن أجد أيّ مبرّر لهذا؟ ما رأيك أنت؟

- لا أعرف أيضًا!! ولكنّني أظنّ أنّ ما تبقّى من الأجوبة ستجدينه كلّه عند إيڤا، ولا أظنّ أنّها ستواصل هربها وسكوتها بعد أن تخبريها بما توصّلت إليه.

- أنت محقّ. أتشوّق إلى الحديث معها!

- لننسَ الآن كل الأفكار المعلّقة والمُتعِبة. دعينا نشرب نَخْب نجاحنا.

رفع كأسه في اتّجاه كأسي فقرعتها بها ممتَنَّةً، وغمرتني، على الرَّغم من تعبي، موجةٌ من الرضا والارتياح لم أشعر بها منذ زمن طويل... طويل جدًّا.

عندما جدَّد بوريس كأسه، رفعها ثانية مقترحًا نخبًا جديدًا.

- نخب أميرتي التي أفتخر بها... وأحبُّها!

- آه، بوريس!!

ذكّرني كلامه بما كنت أناضل لتجاهله ونسيانه، لكنّني وجدتني فجأة سعيدة جدًّا بشكل غير مبرَّر، وغير مفهوم.

- هل سأشرب وحدي؟

سألني وهو لا يزال رافعًا كأسه، فضحكت بدلَع صبيَّة صغيرة وقرعت كأسي بكأسه بطرب.

اقترب منّي بعد أن شرب جرعة كبيرة، ومال بهدوء وقبّلني في أسفل عنقي. كان لتلك القبلة الناعمة مفعولان متضادّان؛ فقد أحسست بنشوة واسترخاء، ثمّ انتفضت فجأة كأنَّ عقربًا لدغتني.

- بوريس، أرجوك!

- أنا الذي يرجوك. هل لي أن أعرف: ممَّ تخافين؟

- ليس الأمر خوفًا. ببساطة، هذا لا يُعقَل.

- هل تأثَّرتِ بقول تلك العجوز اللّئيمة والمجنونة؟

ضحكتُ عندما ذكّرني، إذ كنت قد نسيتها.

- هي لئيمة، لكنّها ليست مجنونة. أنت بالفعل تقريبًا في عمر ابني.

- أنا في عمر نفسي. لست في عمر أحد.

- حسنًا إذًا، أنا التي في عمر والدتك!

- أنت امرأة لا عمر لها. أنت امرأة ساحرة، وكفى!

ضحكت ثانية، إذ أسكرني الإطراء، ولم أدرِ كيف أُقنع هذا الصَّبيّ بأن يتخلّى عمّا في رأسه! نظرت إليه بشغف، فبدا لي رجلًا شهيًّا. تأمّلت عينيه الجميلتين وكتفيه العريضتين، وعضلات صدره المتناسقةَ والظاهرة تحت قميصه الأبيض، ثمّ سرعان ما غضضت النَّظر إذ فكّرت في أنّه لن يتخلّى عمّا في رأسه إن ضبطني أنظر إليه هكذا!

«عليكِ أن تنسَي قليلًا كلّ تلك القصص»، قال.

- قصص؟ أيُّ قصص؟

- الأعمار أوّلًا، وما يجب وما لا يجب ثانيًا، وما يُعقَل وما لا يُعقَل ثالثًا. كوني مخلصة لنفسك فقط. اسألي نفسك ما الذي تريده وتشتهيه فعلًا، ثمّ اسألي نفسك ما الذي سيحدث إن جرّبت الحصول عليه، وما الذي سيحدث إن لم تجرّبي؟!

مرّة أخرى، يُذهلني هذا الشابّ بقَدْر كبير من الحكمة!. يجعلني كلامه دائمًا أتوقّف مع نفسي وأفكّر. ولكنْ، هل أفكّر هذه المرّة أيضًا؟ هل يُعقَل؟

- هناك أشياء، يا بوريس، يجب أن نتجنّبها ولو كنّا نشتهيها، كي لا تؤذينا نهاياتها الكارثيّة، على اعتبار أنّ لكلّ شيء نهايةً.

- نعم، لكلّ شيء نهاية، ولكن ما الذي يؤكّد لك أنّ النهاية ستكون مؤذية وكارثيّة؟

- هناك أمور تُعْرَفُ بالعقل. لا يتوجّب علينا أن نجرّب كلّ شيء لنعرف.

- من قال هذا؟

ـ المنطق يقول هذا.

ـ وهل كانت تصرُّفات جان دارك منطقيَّة؟ هل كان دون كيشوت منطقيًا؟

ـ آه، هذه أمور أخرى!

ـ بل هو الأمر نفسه!

ـ حسنًا، سأسايرك. انظر إلى نهاية جان دارك الكارثيَّة. لقد انتهت حرقًا!

ـ وأنا أيضًا سأسايرك، وسأسألك: لو لم تَمُتْ جان دارك حرقًا، فهل كانت ستبقى حيَّة حتَّى الآن؟

ـ بالطبع لا، كانت ستموت بطريقة أو بأخرى.

ـ تلك الطريقة أو تلك الأخرى، أيّ مثال كانت ستعطي للتاريخ وللأجيال؟

نعم، لقد جعلني رُغمًا عنِّي أفكِّر: هل كانت ستسمَّى مدرستي جان دارك لو كانت بقيت تلك الفلَّاحةَ البسيطة كما هي، وتزوَّجت فلَّاحًا مثلها، وأنجبت خمسة أطفال؟ هل كان سينتصب هناك تمثالٌ يُلهب خيالي ويضع الحجر الأساس في طريقة تفكيري؟ هل كانت أمِّي ستحكي لي تلك القصَّة المؤثِّرة، التي حفرت في وجداني وشكَّلت شيئًا من كياني؟ هل كان عالمي سيكون كما هو، لو أنَّ جان دارك جبنت عن المحاولة وأصمَّت أذنيها عن الرَّسائل التي كانت تسمعها (ربانيَّةً كانت أم مجنونة)؟ هل ماتت جان دارك عندما أُحرقت، أم أنَّها كانت ستموت فعلًا لو عاشت تربّي أطفالها وتحلب أبقارها كفلَّاحة عادية حتَّى سنّ السبعين، أو الثمانين، أو التِّسعين!

لا يذكر التاريخ كم عشنا من السنين، بل يذكر، رُغمًا عنه، ما الذي غيَّرناه في ملامحه!

وأجدني أسأل نفسي ثانية: ما الذي جنته جان دارك على الصَّعيد الذاتيّ من إعطاء المَثَل للتاريخ والأجيال؟ تُرى، هل كانت ستعيش بسعادة أكبر لو عاشت كأيِّ امرأة!؟ هل كانت الفكرة التي ستجول في رأسها وقلبها وهي تغمض عينيها العجوزتين في فراشها في ذلك الكوخ الريفيّ، بفخامة الفكرة نفسها ونشوتها، وقد جالت في رأسها وقلبها، عندما أغمضت عينيها المحترقتين وهي مستسلمة لقَدَرها الرهيب على تلك المحرقة!؟

تذكَّرت هنا فجأة رواية كازانتزاكيس الرَّائعة «الإغواء الأخير للمسيح» التي تفترض أنَّ المسيح مُنِحَ فرصة قبل أن يُصلَب ليتخلَّى عن رسالته ويعيش حياة عاديَّة، لكنَّه رفضها بعد فترة من الشكّ والتردُّد، واختار الموت على صليبه من جديد. عندما قرأتها منذ زمن طويل، نفرت منها ولم أفهم تمامًا المغزى الحقيقيّ الكامن فيها. واليوم، أشعر بها تضيء كالمصباح في قلبي، وتَهديني، بما لا يدع مجالًا للشكّ، إلى حقيقة أنَّ جان دارك كانت أسعد امرأة في زمنها على الرَّغم من عمرها القصير ونهايتها المأساويَّة. لم تفعل ما فعلته فقط من أجل التاريخ، بل من أجل نفسها. اختارت أن تسير في الطريق الذي وجدت سعادتها كامنة فيه، ولم تأبه بالذي ستلقاه في نهايته.

تلك الفكرة الفخمة والمضمَّخة بزخم التَّضحية والحبّ والانتصار، والتي جالت في رأسها المحترق في لحظتها الأخيرة، حَمَلتها حتمًا إلى ذروة النشوة وذروة الحياة. تلك اللَّحظة الأخيرة، التي تختتم الحياة، أيَّ حياة، مهما طالت أو قصرت، هي في الحقيقة، بالنِّسبة إلى أيّ محتضِر، كلُّ التاريخ. وبالنسبة إلى جان دارك، كانت أجمل تاريخ، وأطولَ تاريخ، وأفخمَ تاريخ.

كان هناك أمامي، قريبًا جدًّا منِّي، يحدِّق في عينَيَّ النَّعِستين ويسمع الحديث الذي كان يدور بيني وبين نفسي، وبدا أنَّه موافق عليه.

ابتسمت له وأنا أفكّر: إذا كان جنون جان دارك قد غيَّر شيئًا من التاريخ، فما الذي سيغيِّره اليوم جنوني؟ أجابني صوتي العميق: غير مهمّ. وإن لم يُضِفْ جنونك شيئًا إلى الحياة، فمؤكّد أنّه لن يَنقص شيئًا منها. في النهاية، لا يُغيِّر كلُّ المجانين العالمَ، على الرّغم من أنَّ كلّ من غيَّروا العالم، كانوا من المجانين!

التقط بوريس كفِّي وقبَّل باطنها، قبل أن يقترب ليهمس في أذني:

- هل نشرب نخبًا آخر؟ أم...

ابتسمت له، وقد أعجبتني القُبلة، فلم يسبق أن قبّلني أحد في هذا المكان، وقلت:

- إلى النوم يا عزيزي، ادَّخر الأنخاب لاحتفال الغد. يجب أن ننام جيّدًا، وإلّا فإنّنا لن نقوى على السَّهر غدًا أيضًا.

- حسنًا، سأتظاهر بأنّني اقتنعت.

طوَّق خصري عند خروجنا من البار، ومشى بي قائلًا:

- لن تستطيعي المشي من دون مساعدة.

- شكرًا لك. هذا لطف منك.

- في خدمتك، يا أميرة.

حين وصلنا إلى الفندق وصعدنا إلى طابقنا، قبَّلت خدّه قبل أن أفتح باب غرفتي، وتمنَّيت له ليلة سعيدة. بقي واقفًا خلفي حتّى فتحت الباب ودخلت. وقبل أن أُغلقه، دفعه فجأة ودخل. عانقني بقوّة فارتبكت. سمحت لنفسي بالاسترخاء بين ذراعيه لبرهة، ثمّ تملَّصت وأنا أقول:

- تصبح على خير أيُّها الرجل الوسيم.

ردَّ بقبلة خاطفة سرقها من شفتَيّ. ابتسم بمكر وخرج، فأغلقت الباب خلفه وأنا أضحك في داخلي.

«يا إلهي... إنَّه مجرَّد طفل! لا تنجرفي وراء مشاعره وإلَّا فستندمين»، قلت لنفسي وأنا أندسّ في الفراش.

«ستندمين»، سرقت هذه الكلمةُ النعاسَ من عينَيّ من دون أن تدع لي الفرصة للاستمتاع بتذكُّر أحداث هذا اليوم الطويل والبهيج.

حاولت أن أستبق أفكار نبيل، وبدأت أضع الفرضيَّات والاحتمالات التي من الممكن أن يلجأ إليها كي ينفِّذ وعيده. لم أصل إلى شيء، سوى إلى ليلة أخرى مليئة بالكوابيس.

-3-

«بقي يومان من زمن رحلتنا المجنونة»، كنت أفكّر في هذا الأمر في الباص الذي كان يعود بنا من كوينكا إلى مدريد. وكأنَّما كان ذهني شفّافًا، فقد باشر بوريس بالحديث من حيث انتهيت:

ـ يومان، بما فيهما اليومُ وغدًا، وهو يوم السفر!

«كيف عرفت؟» سألته مندهشة.

ـ عرفتُ ماذا؟

ـ أنَّني أفكّر في هذا الموضوع؟

ضحك بخبث وقال:

ـ وأعرف أيضًا عن المواضيع الأخرى! لكنَّني أصمت كي لا أُحرجك!

ضحكت بدوري وقلت:

ـ ما أسخفَك!

خطَّطنا لتمضية يوم جميل من دون أن يكون متعِبًا. قلت له إنَّني لا أريد أن أستنفد كلّ قواي في النهار، إذ كنت أتطلَّع إلى سهرة صاخبة أختم بها هذه الرِّحلة السَّريعة والمثمرة.

تسكَّعنا بعد الظهر في حديقة Retiro العملاقة، واسترخينا في أحد مقاهيها المطلّة على البحيرة الفاتنة التي تعجّ بقوارب التَّجذيف الصغيرة، التي اشتهى بوريس أن نركب واحدًا منها لكنَّني رفضت. وفي المساء، تعشَّينا في مطعم مدريديّ جميل في الحيّ اللّاتينيّ (La Latina) كان قد نصحنا به موظَّف الاستقبال في فندقنا، ثمَّ تنقَّلنا من بار إلى آخر في المنطقة نفسها، نشرب نخبًا هنا ونرفع ثانيًا هناك. حتّى استهلكتُ آخر ذرّة نشاط كنت قد ادَّخرتها، وأعلنت لرفيقي الشابّ أنَّني قد استسلمت.

«هيا، ما زال الوقت مبكِّرًا!» قال.

- ليس بالنِّسبة إلى امرأة في سنِّي!

- لن أُفسد مزاجي بالردّ عليك.

ضحكت مندهشة من طريقته تلك، ووجدتني أصرخ به من دون وعي:

- تأدَّبْ، يا ولد!

- مرَّة أخرى، لا أريد إفساد مزاجي! هيا بنا يا أميرتي الكسول.

- هيا يا فارسي الجميل.

كنت أترنَّح من السُّكْر والتعب، فطوّق كتفي وأسندني إليه، فوجدتني أطوِّق خصره وألقي بثقلي عليه وأرتاح.

«هل أنت سعيدة؟» سألني همسًا.

- نعم، أنا كذلك!

- أمَّا أنا، فأشعر بأنَّني أحلِّق في السَّماء.

نظرت إلى السَّماء. كانت النجوم تبدو شاحبة في ليل المدينة الصاخب الأضواء، لكنَّها أيضًا كانت موجودة هناك، هادئة ومستقرَّة. لم تسقط أيُّ واحدة منها بسبب سعادتنا!

عندما وصلنا إلى الفندق، بدأ ذهني المتعَب يعاود نشاطه، ويفكّر كيف سأتصرَّف عندما سيحاول بوريس دخول غرفتي، كما كنت أعرف أنّه سيفعل... ضبطت ذهني يمارس، بتوقُّد غريب وسرعة قياسيَّة، الاختبارَ الذي كان بوريس قد طرحه عليَّ سابقًا: ماذا سيحدث إن سافرت وراء فضولي، وماذا سيحدث إن لم أسافر!

الفضول في هذه اللَّحظة تَرافَقَ مع إحساس غريب لم يسبق لي أن شعرت بمثله: نشوة واسترخاء وإثارة وترقُّب، وحنان جارف يتدفَّق في دمي وتفوح رائحته من مسامي.

ماذا سيحدث إن تدفَّقْتُ خلف شعوري، وماذا سيحدث إن لم أفعل؟

«حسنًا، لن تسقط النجوم في أيّ حال من الأحوال». هذا ما هَمَسْتُ به نفسي لنفسي، عندما أسلمْتُ جسدي وروحي أخيرًا لعناق عذب، واستشعرت دفئًا لا عمر له، ومتعةً جديدة وغريبة لم أعرفها مع نبيل خلال علاقتي الطويلة به.

عندما استيقظت في الصباح التالي، توقَّعت أن أفتح عينَيَّ لأجده مستيقظًا قبلي، حانيًا فوقي محدِّقًا في وجهي بِوَلَهٍ، لكنَّني وجدته نائمًا بعمق. سخرت من نفسي، ونهضت من الفراش وانا أتساءل بقلق عن عواقب ما فعلته ليلة الأمس.

ليلة الأمس؟! لم أستطع منع نفسي من الابتسام على الرَّغم من قلقي، وانتابتني قشعريرة ناعمة، واستعدت الدفء اللَّذيذ الذي حلَّق بي إلى النجوم التي كانت هناك تتفرَّج علينا تارةً، وتغضّ النَّظر طورًا.

«ستظهر النجوم مرَّة أخرى هذه اللَّيلةَ، لا تقلقي»، طمأنت نفسي عندما نظرت إلى وجهي في المرآة بعد أن غسلته. كانت عيناي تلتمعان

ونقاطُ الماء تقطر من رموشهما، وتسيل فوق خدَّيَّ المتورِّدتين ببهجة راضية، لا أثر فيها ليأس أو انكسار.

ظهر وجهه المبتسم في المرآة خلفي، وحصلت على نظرة الوَلَهِ التي انتظرتُها، وزاد عليها قبلته المعهودة أسفل عنقي:

ـ صباحك سعيد، يا أميرتي.

- 4 -

عندما عدت إلى ميتز، كان قد بقي يومان من زمن إجازتي، بما أنّني أمضيت خمسة أيّام في إسبانيا. وعليه، كان عليَّ أن أتحلّى بالصّبر قبل أن ألتقي إيڤا لإعلامها بالخبر الكبير.

الأمر الأوّل الذي قمت به بعد وصولي، كان الاتّصال بنبيل، الذي لم تفارق كلمته الأخيرة ذهني منذ أن قرأتها، وبقيت تطنّ كالنحلة في رأسي، وأنا أتخيّل عينيه الحادّتين تخترقانني، وأتخيّل صوته الصارم يقول بقسوة: «ستندمين»!

عندما سألني متفاجئًا عن سبب هذا الاتّصال، قلت له بحزم إنّه مَدين لي باعتذار، عن تهديده لي وأسلوبه الغريب في دعوتي الى حضور جنازة والده. لكنّني كنت أعرف أنَّ السّبب أعمق من ذلك، وقد يكون ناجمًا عن شعور دفين بالذنب لممارستي الحبَّ مع شخص غيره للمرّة الأولى في حياتي، أو قد يكون نابعًا من رغبة في الانتقام والتّشفّي، إذ أردت له أن يسمع صوتي الذي تنهَّدَ في أذن رجل آخر في أثناء اندماجي به، الأمر الذي يعني انفصالًا حقيقيًّا عنه.

أو ربَّما كنت متوجِّسة من انتقام قريب وأحاول اتِّقاء شرِّه. كما أنَّني أريد لهذه الحرب الباردة أن تضع أوزارها أخيرًا، لأتابع حياتي بسلام.

تجاهل تمامًا موضوع جنازة والده، وما قلته له عن الاعتذار، وسألني بحدَّة وجفاء:

ـ ماذا كنت تفعلين في إسبانيا؟

داهمتني فجأة برودة وقشعريرة، وسرى خَدَر في أطرافي. بدا لي أنَّه رمى حجرًا على أمنياتي السَّاذَجة، من اعتذار وتسامح وسلام، فتطايرت من حولي كسرب حمام. شعرت بخوف غامض، وأجبته بذهول:

ـ هل تتجسَّس عليَّ؟

ـ ماذا فعلت هناك؟ سياحة؟

ـ ليس بالضبط، كان لديَّ مهمَّة خاصَّة.

ـ مهمَّة خاصَّة؟

ـ تتعلَّق بإحدى نزيلات المركز الذي أعمل به.

ـ وما هي هذه المهمَّة؟

ـ أمور يطول شرحها...

ـ ومع مَنْ ذهبت إلى هناك؟

ـ مع أحد الأصدقاء.

ـ رجل أم امرأة؟

ـ رجل.

ـ رجل؟ وحدكما؟

انتبهت فجأة إلى أنَّني أجيب عن أسئلته المتتالية بخضوع نعجة وديعة. ندمت على اتِّصالي به، وكرهت ضَعفي وخوفي منه، وقرَّرت أن أتماسك، وأن أُظهر له الوجه الذي يستحقّ.

- ندى!!

- نعم، نبيل؟

- لم تجيبي عن سؤالي؟

- ولماذا يجب أن أجيب؟

- أهكذا؟

- نعم، هكذا.

- حسنًا جدًّا. هنيئًا لك صديقك الجديد.

- هل ستجعلني أندم من أجل هذا أيضًا..

«لماذا اتَّصلتِ، ندى؟ ماذا كنت تريدين؟» قال بنزق، فأجبته بصدق:

- كنت أريد السلام. كنت أريد أن أسامحك، وأن تسامحني!

- هل حلَّلتني من دم غدي؟! لقد قلتِ سابقًا إنَّ دم غدي يَحُول ما بيننا.

- وقلتَ أنت إنَّني أنا من أهدره.

- وماذا تغيَّر الآن؟

- يجب أن يتغيَّر شيء ما. فالحياة يستحيل أن تستمرّ هكذا... أريد أن أعيش بسلام!

صمت طويلًا، ثمَّ قال:

- لقد فات الأوان. الحرب لا تترك مجالًا لأيِّ فسحة سلام.

أنهى المكالمة من دون تحيَّة وداع. فهمت ما قصد بجملته الأخيرة: «لن أحرِّرك ولن أسمح لك بأن تعيشي بسلام!» لم أهتم، ألقيت بهاتفي على الطاولة أمامي وأنا أشعر بمزيج غريب من الخوف والارتياح! من طرفي، لقد قلت ما أردت قوله، وقد حرَّرت نفسي بنفسي وانتهيت أخيرًا من

نبيل. ولكنْ، ماذا بالنِّسبة إلى غدي؟ هل قمت بخيانة براءة ملامحه التي انعكست على وجه بوريس؟ أم أنَّني خنت أمومتي الجريحة بانجرافي خلف شهوة صبيانيَّة كمراهقة خالية الذهن والفؤاد؟

عندما كان حيًّا، كنت أتخلَّى لأجله عن مواسمي وأخبِّئ محصول حقولي في مخازنه. أمَّا الآن، فهل تُراني ارتكبت ذَنْبًا إذ تمتَّعت بنفسي بموسمي الأزرق؟

-5-

أزفَّ أخيرًا يوم الاثنين الذي انتظرته بقلب مضطرب النبض. كنت أتطلَّع إلى رؤية ملامح وجه إيڤا عند سماعها ما سأقول، لكنَّ المفاجأة الأكبر لم تكن تلك التي ارتسمت على وجهها كما توقَّعت، بل التي ظهرت على وجهي أنا.

في فترة القيلولة تعمّدَتْ مثلي أن تختلي بي كأنَّها حدَستْ أنَّني ذهبت في إجازتي تلك خلف الطُّعْم الذي رمته لي، وعدت أحمل ما كانت تريدني أن أجيء به.

كانت تنتظرني على المقعد الخشبيّ في الحديقة على الرّغم من الحرّ الشديد. لمحتها من نافدة المكتب تدخِّن السيجارة تلو الأخرى وهي تنظر في اتِّجاهي كأنَّها كانت تخمِّن أنَّني أراقبها من خلف الزجاج. لم أقاوم كثيرًا وَجيبَ قلبي الذي كان يضجّ مزلزلًا الأرض من تحتي دافعًا إيَّاي إلى الخروج، فخرجت وتمشَّيت إليها بخطى مرتجفة، كانت تتابعها بعينيها المحتقنتين من خلال دخان سجائرها الذي كانت تنفثه بعصبيَّة.

«إيڤيتا، كيف حالك؟» بادرتها بخفَّة.

ـ بخير، وأنت؟

ـ بخير.

ـ كيف كانت إجازتك؟

ابتسمت لها ونظرت في عينيها بعمق:

«مثيرة جدًّا»، أجبت، وأضفت: هل تعرفين أين كنت؟

ـ أين؟

ـ في إسبانيا!

تغيَّر لونها فجأة، ثم ابتسمت ابتسامة ذات معنى، متسائلةً عن المزيد، فزدتها:

ـ كنت في مدريد، وفي كوينكا. وزرت كاستييخو دي لا سييرا!

نفرت الدُّموع من عينيها فجأة، وقالت بصوت مخنوق:

ـ ماذا فعلت هناك؟

ـ لقد... لقد سألت عنك!

ـ ولماذا فعلت هذا؟

ـ كان يجب أن يفعل أحد هذا، وأنا أعرف أنَّ هذا ما كنت تريدينه أن يحدث يومًا ما!

خبَّأت وجهها بكفَّيها لبرهة، ثمَّ مسحت دموعها بقسوة وواجهتني بنظرة مستسلمة وجريئة في الوقت نفسه، كمحكوم بالإعدام جاهز لتسليم عنقه إلى المقصلة. سألتْ:

ـ وماذا قالوا لك؟

ـ كثيرًا من الأخبار.

ـ أخبريني.

ـ أوّلًا بما يتعلّق بوالديك. أنا آسفة جدًّا، إيڤا.

«ماذا حدث لهما؟» سألت بجزع.

ـ لقد توفّي والدك منذ زمن طويل، ووالدتك موجودة الآن في مصحّة للأمراض العقليّة.

حضنت وجهها من جديد بكفَّيها وبكت بصمت لبرهة. جلست قربها ومسحت ظهرها بحنان وأنا أتمتم بكلمات التعزية والأسف.

«وبعدُ؟» قالت بعد أن مسحت أنفها وعينيها بالمنديل الورقيّ الذي ناولتها إيّاه.

ـ بالنّسبة إلى بابلو، فقد مات هو الآخر منذ زمن طويل. وغير معروف إن كان موته انتحارًا، أم بسبب جرعة مخدِّرات زائدة.

هزّت رأسها كأنّها كانت تتشفّى به، ثمّ نظرت إلى السّماء كأنّها تشكر عدالتها التي حدثت وأنصفتها في أمر ما.

ـ وماذا عرفت أيضًا؟

ـ هل تتوقّعين أن يكون هناك شيءٌ آخر؟

«يجب أن يكون»، أكدّتْ بحسم، ونظرت إليّ من جديد باستسلام وقوّة.

أخرجت موبايلي وأظهرت على شاشته الصُّورة التي التقطتها في منزل دونيا إيزابيل للصبيّ الممسك بكرة القدم. وقبل أن أُريها إيّاها، قلت بصوت مرتجف، وقد بلغ الانفعال بي أشدّه:

«ابنك، خوان كارلوس»، فأكْمَلَتْ هي عني:

ـ هو حيّ يُرزَق!

صفعتني كلماتها، فأُصبت بالذهول لبرهة من الزّمن، توقّف خلالها ذهني عن التفكير وشعرت بتوقُّف دقّات قلبي، وتقطّعت أنفاسي:

«أنت تعرفين؟» سألتها من خلال ذهولي بصوت لا يكاد يُسمَع!

ابتسمت، وعادت الدموع لتنسكب على وجنتيها، في مشهد لم أرَ مثله في حياتي، وبقيت صامتة.

ـ أجيبيني إيڤا؟ كنت تعرفين؟ كنت تكذبين حين قلت إن بابلو قتل ابنك بمساعدة مارتا؟

ـ تعالي معي.

قامت عن المقعد وجذبتني من يدي، ومشت بي إلى غرفتها، وأغلقت الباب خلفنا.

ـ حسنًا إيڤا، قولي شيئًا.

بقيت على صمتها، لكنَّها بدأت بفكّ أزرار قميصها، ثمَّ فتحته ورفعت صدريَّتها، وأشارت إلى الزاوية الأنسيَّة تحت ثديها الأيسر، حيث وَجَدْتُ وشمًا أزرقَ، عبارة عن كلمة «بابلو».

ـ لقد قلتُ لكِ إنَّني سأُريك إيَّاه يومًا ما.

حَدَّقْتُ في الوشم مذهولة وقد تجمَّد ذهني وتوقَّف عن العمل تمامًا.

ـ ماذا يعني هذا؟

قالت وهي تعيد إغلاق القميص بصوت مخنوق:

ـ يعني أنَّ بابلو خطف ابن مارتا بمساعدة إيڤا، وليس العكس!

ـ مارتا؟ الطفل ابن مارتا؟

ـ مارتا هي الأخت التي وُلدت قبل خمس دقائق؛ هي الثائرة التي تمرَّدت وهربت وحملت وأنجبت، ثمَّ أصيبت بمضاعفات خطيرة بعد الولادة أوصلتها إلى ما هي عليه الآن. وإيڤا، هي الموالية المستكينة المستلَبة التي سرقت طفل أختها وسلَّمته إلى بابلو. ولم يكن هناك طفل ميِّت، كما قلت

لك ولمارتا. لقد قام بابلو برشوة عناصر من إدارة المستشفى، كما «تبرَّع» للمركز بمبلغ ضخم ليسهِّلوا له أمر اختطاف الطفل، بعد تحرير شهادة وفاة له، وذلك بعد أن شهدتُ له بأنَّه ابنه، ووقَّعتُ عوضًا عن مارتا على تنازلٍ عنه لأبيه.

- إذًا، فقد قصصتِ عليَّ القصَّةَ بالمقلوب؟

- مارتا هي إيڤا، وإيڤا هي مارتا!

- ولماذا فعلتِ ذلك!

رفعتْ وجهها إلى أعلى، وخُيِّل إليَّ أنَّه أضاء بنور داخليّ خفيّ أصابني بقشعريرة. ثمَّ أغمضتْ عينيها وقالت:

- لأنَّني حلمت دائمًا أن أكون هي.

أن تكون هي؟ فكَّرتُ في مارتا الملقاة في سريرها كالجثَّة الحيَّة، وتذكَّرت انطباعي الأوَّل عنها، عندما جزمت بأنَّ وضعها أسوأ من أيّ وضع متخيَّل، وأنَّه لم يعد هناك في الكون ما هو أسوأ منه!

وسألت إيڤا:

- حلمتِ أن تكوني هي على الرَّغم من مصيرها التَّعِس؟؟

- على الرَّغم من مصيرها التَّعِس، الذي أعتقد أنَّ مصيري أتعس منه!

- ولكن، لماذا؟

- لكثير من الأسباب، أهمُّها أنَّها لفترة من عمرها عاشت لنفسها، بينما أنا عشت كلّ عمري له. لقد تمنَّيت دائمًا أن أتصرَّف مثلها ولم أستطع، واغتنمت الفرصة عندما تقمَّصتُها وأنا أحكي لك قصَّتنا، وعشتُ لحظات سعيدة متمرِّدةً مثلها، ومحاربةً مثلها، وباحثةً عن غدٍ أفضل مثلها؛ لحظات تساوي عمري كلَّه.

ـ لكنَّ النتيجة كانت مفجعة!

ـ لكلتينا! وأؤمن بأنَّ وضعها أفضل لأنَّها فقدت الإدراك وارتاحت، بينما أنا ما زلت أدرك، في كلّ لحظة، بشاعةَ أن أموت وأنا حيَّة.

ـ أنتِ من قامت بمحاولة الانتحار، إذًا؟

ـ تلك كانت كذبة أخرى. لقد تمنَّيت ذلك لكنَّني ما استطعت. جرحت نفسي جرحًا سطحيًا، وعندما رأيت الدِّماء جبنت. لو كنت مارتا لكنت فعلت.

اقتربتُ منها أكثر، وأمسكت بمعصميها:

ـ انظري إليَّ يا إيڤا!

رفعتْ إليَّ عينيها المحتقنتين، فثبتُّ نظري فيهما وقلت لها بهدوء:

ـ أنت لم تموتي بعدُ. ولم يعد هناك بابلو ليسلب إرادتك. ما زلت تملكين الفرصة للعيش لنفسك، استفيدي منها، لا تهدريها!

ـ ومارتا؟ بعد أن خنتها وبعتها، هل أعيش لنفسي وأتركها حطامًا خلفي؟ لقد انتهت حياتي حين تحطَّمت مارتا.

ـ غير صحيح ما تقولينه. بل بالعكس تمامًا: الفرصة الآن أمامك لتعيدي مارتا إلى الحياة بعودتك أنت إليها.

ـ كيف؟

ـ عليك بمصالحتها. عليك أوَّلًا أن تكسري الحاجز بينكما. ادخلي إليها في غرفتها، وتحدَّثي إليها، قولي لها إنَّ حلمها حيٌ يُرزَق، واسمه أنطونيو وليس خوان كارلوس، وهو يعيش في صحَّة جيِّدة كالأمير الصغير في منزل جدَّيه.

ـ ما الفائدة من هذا. هي لا تدرك!

ـ هذا الكلام غير مؤكَّد. هي متضرِّرة ذهنيًا، لكنَّها تسمع من أذنها اليُمنى. ولا شيء يؤكِّد أنَّها لا تفهم ولا تدرك ما تسمعه. افعلي ما أقوله لك. قد تدرك روحها حديثك إن لم يدركه عقلها. وفي كلّ الأحوال، ستحرِّرين نفسك من لعنة دم الطفل، ومن تِرْكة بابلو المسمومة التي استعبدتك، عندما ستبوحين بما خبَّأته في قلبك كلَّ تلك السنوات. وبعد أن تحصلي على حرِّيَّتك، ستتمكَّنين من الانطلاق إلى حياة جديدة، تعيشينها لنفسك.

حرَّرتْ معصميها من قبضتي ومسحتِ الدُّموع التي كانت تبلِّل خدَّيها، ثمَّ أدارت ظهرها لي ومشت إلى فراشها، واندسَّت بصمت تحت الغطاء وسحبته إلى ما فوق رأسها.

خرجت بدوري من الغرفة بهدوء، وأغلقت الباب خلفي وأنا أسمع من داخل روحي صرير باب جديديّ يُفتح ببطء... ها هنا.

أمل

-1-

كنت قد أيقنت أنّني انتهيت منه وأغلقت خلفي الباب، لكن يبدو أنّني كنت مخطئة.

أنا اليوم في حاجة إليه؛ ليس إلى نبيل توأم روحي وشريكِ حياتي والطفل الذي أحببت، بل إلى الآخر: نبيل الذي كرهت.

كنت في حاجة إليه تمامًا وحصريًا، بشخصه الجديد، الذي انتقدته وفقدت احترامي له، وخفت منه، واحتقرته.

فاجأني منذ قليل اتّصال من حلب. المتحدّث كان أبا صالح، والدَ الفتاة التي كانت منذ سنوات تعمل في محل الأزياء الذي افْتَتَحْتُه شراكةً مع صديقة لي، قبل أن نغلقه بسبب الحرب وهجرة الشريكة إلى كندا.

- مرحبًا، سيّدة ندى، آسف لإزعاجك في هذا الوقت. أنا أبو صالح، والد أمل.

«أبو صالح؟؟»، تساءلت متوجّسة. لماذ يتّصل أبو صالح بي في الواحدة بعد منتصف اللّيل، إن لم تكن هناك كارثة قد حدثت!

ـ أبو صالح؟ أهلًا بك. ما هذه المفاجأة، عسى أن تكونوا بخير أنت والعائلة، كيف هي أمل؟

ـ لقد ضاعت أمل. أخذوها منذ الأمس، وليس لنا سواك. *أبوس إجريكي يا ست ندى. إلحقي أمل، برحمة ابنك إلحقي أمل.*

وانخرط في نشيج مرير أخرسني وقطع أنفاسي التي جاهدت لالتقاطها لأسأله، ولأفهم:

ـ أبو صالح، اهدأ أرجوك، أخبرني ماذا حدث.

ـ أنا آسف، لا تواخذيني.

ـ لا بأس، احكِ لي، أرجوك.

ـ ليلة الأمس، مثل الآن تقريبًا، قُرع الباب بعنف، وعندما فتحنا اقتحم البيت مجموعة عناصر مسلَّحين، وسأل أحدهم عن أمل. كانت هي من فتح الباب لهم، فلم نستطع تخبئتها. جرّوها معهم كالنعجة وهي في ثياب النوم. حاولت أن أذهب معها لكنَّهم دفعوني جانبًا، وخرطش أحدهم رشّاشه في وجهي. وعندما سألناهم إلى أين تأخذون الفتاة، قالوا لنا إلى الفرع، وركبوا سيَّارتهم وابتعدوا.

ـ ألم يقولوا أيّ فرع؟

ـ لا، لم يقولوا شيئًا. حاولت أن أسأل شبَّان الحاجز القريب في أوَّل الحارَّة (الشَّبيحة يعني)، لكنْ لا أحد يعرف شيئًا، إلَّا أنَّ أحدهم، وهو شابّ طيِّب، وعدني بأن يسأل أحد أقربائه من الضبّاط لمعرفة في أيّ فرع هي، وحتَّى الآن لم نحصل على إجابة. نصحني الجميع بأن أتَّصل بك، لعلَّك تكلِّمين سيادة الوزير. أبوس إيدك يا ست ندى. ابنتي مريضة بالقلب وأنت تعرفين ذلك. الحقيها.

ـ ولكنْ، أخبرني أوّلًا: ماذا فعلت أمل لتُعتقل بهذه الطريقة؟ أَصْدِقْني القول لأستطيع المساعدة.

ـ واللَّـهِ العظيم، واللَّـهِ العظيم، لم تفعل شيئًا مؤخّرًا. أنت تذكرين، في بداية الثورة، كانت غبّيّة ومتحمّسة، كتبت عدَّة أشياء سخيفة على الفيسبوك، وشاركت في تلك المظاهرة، وقد نهرناها وقتها كثيرًا، حتَّى أنَّني صفعتها على وجهها صفعةً أسالت الدِّماء من أنفها، فكفَّت المسكينة عن أيّ نشاط، حتَّى أنَّها ألغت صفحة الفيسبوك الخاصَّة بها من أساسها، وقد ظننا أنَّنا انتهينا وارتحنا. لكنْ، ما الذي حدث الآن من جديد ليتذكَّروها؟؟ لست أدري، واللَّـهِ العظيم، لست أدري.

ـ حسنًا، أبا صالح. طوِّلْ بالك. لعلَّها إجراءات شكليَّة. سؤالان أو ثلاثة ثمَّ يتركونها تعود. اهدأْ أرجوك، وأعدك بأن أتصرَّف بسرعة.

ـ يكتِّر خيرك، يا ست ندى. أنا قَلِق من أجل وضعها الصحّيّ. أنت تعرفين. قلبها ليس مُعافًى!

ـ أعرف، أعرف. تعشَّمْ خيرًا. وإن شاء اللَّـه، سيكون كلّ شيء على ما يرام.

ـ يكتِّر خيرك، ستّ ندى. يرحم ابنك، ويطوّل عمرك.

ـ سأكلِّمك غدًا. اطمئنّ الآن وحاول أن تهدأ. تصبح على خير.

ـ وأنتِ بخير.

ما الذي يجري هناك؟ سألت نفسي بجزع وأنا أتذكَّر تلك الفتاة اللَّطيفة والنَّحيلة والمصابة باختلال وراثيّ في عضلة القلب؛ المرض الذي تمَّ اكتشافه في سنوات المراهقة، عندما كانت تتعرَّض لنوبات إغماء غامضة ومتكرِّرة . تذكَّرت أنَّها كانت تُعالَج بأدوية خاصَّة، وأنَّها قالت لي يومًا إنَّها

قد تضطرّ إلى عمل جراحيّ إذا ساء وضعها أكثر. وكنت قد تعهَّدت وقتها، بأنّني سأتكفَّل بتكاليف العمل الجراحيّ كاملة إذا دعت الحاجة إليه، باعتبارها موظَّفةً عندي.

أذكر عن أمل الطالبة في كلِّيّة الأدب العربي أنَّها كانت قارئة شَرِهة، تنفق جزءًا كبيرًا من راتبها على شراء الكتب، وتُمضي وقتها في البوتيك في قراءة الروايات، الواحدة تلو الأخرى، وكثيرًا ما كانت تنصحني بقراءة واحدة مميَّزة أو أخرى، وتقوم بإعارتها لي لتناقشها معي لاحقًا.

بفضلها، كانت تلك الفترة في حياتي الأكثرَ قراءة، إذ قرأت فيها من الرّوايات، بدعم أمل وحماستها، أكثرَ ممَّا قرأت في كلّ عمري. وأعترف بأنّني مَدينة لهذه الفتاة، بكثير من الأوقات السَّاحرة التي أمضيتها في خضمّ بضع روايات رائعة، وبكثير من الأفكار الصادمة التي اكتشفتها من خلال بحثي بين تلك السُّطور، ورافقتني من بعدُ في مسيرة حياتي.

عندما بدأت الأحداث في سورية بالتصاعد والاحتقان، كانت أمل من أكثر المتحمِّسين للثورة. كنَّا نتناقش لساعات طويلة نحلِّلُ أسباب ما يجري حولنا، وكانت تأتيني بقصص مروِّعة تصلها من مختلف المصادر، وأهمُّها تلك التي كان يحكيها لها أقرباؤها المقيمون بحمص، التي سُمِّيت وقتها: عاصمةَ الثورة.

أذكر أنَّها تغيَّبت يومًا عن دوامها في البوتيك لتشارك في مظاهرة طلَّاب جامعة حلب الشهيرة، حين احتشدوا في ساحة الجامعة ورفعوا أعلام الثورة تحت أنظار بعثة المراقبين الدوليّين الذين كانوا يزورون المدينة، بحسب خطة الأمم المتَّحدة، والذين أمدّ وجودهم الشبَّانَ المتظاهرين بالأمان، فتجمَّعوا بأعداد غير مسبوقة وهتفوا للحرِّيَّة. وفي الصَّباح التالي، جاءت أمل بوجه متورِّم حمل أثر الصفعة التي تلقَّتها من والدها عند عودتها من المُظاهرة.

كنت أنصحها دائمًا بألّا تصدّق كلّ ما تسمع وأن تخفّف حماستها، وأن تلجم صراحتها أمام الناس، حتّى أقرب المقرّبين إليها، وأن تلجأ إلى الدبلوماسيّة في التّعبير عن آرائها عبر منشوراتها على الفيسبوك، وأن تدقّق في صحّة الأخبار قبل أن تنشرها، لكنّها كانت تقول: «الساكت عن الحقّ شيطانٌ أخرس. هذا واجبنا الأخلاقيّ تجاه التاريخ والبلد، أن ننقل بوضوح ما يحدث أمامنا، ولاسيّما أنّنا لا نعرف غدًا مَن الذي سينتصر، والتاريخ دائمًا يكتبه المنتصر. وبالتالي، علينا أن نؤرّخ ما يجري اليوم من أحداث، قبل أن يتمّ طمسها غدًا إن انهزمت الثورة، لا سمح اللّه. إن لم نحكِ ونكتب هذا الآن، فلأيّ سبب، إذًا، اختُرِعت الكلمات، واختُرِعت الكتابة؟!».

إلى أن أتاني نبيل يومًا محمَّلًا بتنبيه وإنذار، وقال لي:

ـ اجعلي تلك الغبيّة التي تعمل في البوتيك تتوقّفْ عن عرض عضلاتها «التشي غيفاريّة» على صفحات الفيسبوك. صار اسمها في القوائم، ولن يسكتوا عنها طويلًا. الأمر جدّيّ. وإن لم تستجب اصرفيها.

في تلك الفترة، وقبل أن تعلو أصوات المدافع والصواريخ والطائرات الحربيّة وقذائف الهاون على كلّ الأصوات الأخرى، كانت الحماسة للتّعبير عبر مواقع التّواصل الاجتماعيّ ما زالت في أوجّها، كما كانت الرقابة الأمنيّة في أوجّها أيضًا. كثيرون من الشبّان اعتُقلوا لأسباب مشابهة، منهم من خرج بعد أيّام، ومنهم من اختفى ولم يُعرَف له مصير، فخافت أمل عندما مرّرت إليها الرّسالة، وألغت صفحتها على الفيسبوك قبل أن تقول لي:

ـ فعلت ذلك خوفًا على أهلي وليس على نفسي. أنا أعرف أنّهم لن يعذّبوني، فإن حدث واعتقلوني، فلن يتحمّل قلبي الأمر وسأموت في لحظتها.

فكّرت في جملتها تلك بهلع. هل كان ذلك حَدْسًا منها أم قرارًا؟ هل يمكن أن نواجه موتًا مجانيًّا آخر؟! من أجل ماذا؟ ومِن أجل مَنْ؟ يجب أن

تخرج أمل، ولو اقتضى الأمر أن أدوس على كرامتي ومبادئي. فأوّلًا وأخيرًا، تبقى حياة الإنسان هي القيمة الأسمى التي تتسابق لحمايتها كلُّ القيم، التي سبق أن انتهكتها الحرب، فلم تعد تتمتَّع بالحصانة التي من المفترض أن تتمتَّع بها. حسنًا، سأكون منافقة وذليلة من دون أن ألتمس عذرًا لنفسي. لم تعد تهمُّني الأعذار. سأكلِّم نبيلًا.

تردَّدت قليلًا في طلبه في هذه السَّاعة، وفكَّرت في أن أنتظر حتَّى الصباح، لكنَّني تراجعت عن فكرتي، إذ خفت أن يحدث شيء نندم عليه قبل طلوع الصباح.

بعد رنَّة واحدة، جاءني صوته، وتخيَّلته مرتاحًا ومبتسمًا وهو يقول ساخرًا:

- ندى الغالية، أهلًا أهلًا، مُريني؟

- توجَّست من لهجته، ولكنَّني تابعت: نبيل، أريد منك خدمة، أرجوك.

- بالتأكيد، قولي، تفضَّلي!

- لقد اعتُقلت أمل؛ الفتاةُ التي كانت تعمل في البوتيك عندي. أخذوها من بيتها ليلة الأمس ولا أحد يعرف في أيّ فرع هي.

- آآآه، أمل؛ فتاة الفيسبوك. ماذا كتبت مؤخَّرًا؟

- لا شيء يا نبيل. لم تكتب شيئًا منذ سنوات. البنت مسكينة ومصابة بمرض القلب.

- يمكن أن تكون قد اعتُقلت على خلفيَّة نشاطها السَّابق!

- لست أدري. أرجوك، اسأل أحدًا عنها وافهم ما الموضوع وحاول أن تُخرجها، فوالداها يكادان يموتان من الهلع عليها.

- أنت تطلبين منِّي أن أفعل ذلك؟ أن أستغلّ منصبي الذي قلت لي يومًا إنَّه مشبوه وليس لي. تريدين اليوم أن تستفيدي منه؟ من المنصب المشبوه؟

لم تخفَ عليَّ سخريته التي ابتلعتها بمرارة، قبل أن أضيف بصوت يجاهد للخروج من صدر يختنق:

ـ فَلْتعتبرْ أنِّي كنت حمقاء. وهذه الفتاة المسكينة لن تدفع الثمن عنِّي. أنا أرجوك مرَّة أخرى، يا نبيل: هل ستساعدني؟

صمت لهنيهة تخيَّلته فيها يكتم صيحة فرح وانتصار تكاد تفلت منه، ثمَّ قال:

ـ طبعًا يا ندى. بالتأكيد سأساعدك. لا تقلقي. اعتبري أنَّها صارت في بيتها.

ـ آآآآه، شكرًا جزيلًا.

ـ ولكنْ...

ـ لكنْ، ماذا؟!

ـ ثمَّة شرط صغير!

ـ شرط؟

تلك الكلمة التي أعدتها من بعده، كانت كعُود ثقاب اشتعل فجأة ليضيء وجه المؤامرة القبيح.

ـ تعالي إلى دمشق واستلميها بنفسك.

لم أقوَ على الإجابة، لأنَّ ذهني كان مشلولًا بعد أن علقت فيه تلك الفكرة الرهيبة كجلطة أسكتته وعطَّلت وظائفه. هل أقول هذه المرَّة أيضًا إنَّني لا أصدِّق أنَّ هذا هو نبيل؟ أم أقول إنَّني لا أصدِّق غبائي الذي يتفاجأ كلَّ مرَّة ويطرح على نفسه الأسئلة ذاتها.

ـ لم تجيبيني!

وجدت نفسي تقول له:

ـ هل أنت من فعل هذا؟

ـ فعلت ماذا؟

ـ اعتقال أمل؟

ـ أنت تخرّفين. ليس لي علاقة بالموضوع.

ـ أنت مجرم.

ـ انتبهي إلى كلامك. أنتِ من اتَّصل يطلب المساعدة.

ـ وما زلت أطلبها.

ـ وما زلت مستعدًّا لتقديمها. ستصلك بعد ساعات بطاقة الطيران. تعرفين بقيَّة الإجراءات. أراك قريبًا في دمشق. عودي يا حبيبتي... إلى حضن الوطن!

سقطتُ في بئر عميقة، مظلمة، سوداء، لَزِجة الجدران ولا أوكسيجين فيها. ماذا أفعل؟؟

كيف سأخرج منها؟؟ لا أعرف.

لماذا يحدث لي هذا؟ ثمن ماذا أدفع الآن؟؟ لا أعرف.

وصلتني تذكرة الطيران، فغمرني يأس مميت وأنا أستعيد الموقف السَّابق الذي انتهى بالوعد الصادق: «ستندمين»!

في غمرة الوحدة والضياع، اتَّصلت ببوريس: «أنا أختنق... هلّا تأتي؟!»

- 2 -

طلع الصباح عليَّ وأنا مفتَّحة العينين منكفئةً في حضن بوريس الذي عجز للمرَّة الأولى عن تزويدي بالأمان.

أمضيت اللَّيل أسأل نفسي: ماذا يريد منِّي نبيل؟ هل سيكتفي بإذلالي لبضع ساعات ثمَّ سيتركني، أمّ أنَّه يخطِّط لأمر آخر؟ هل استفاق الآن (بعد أن هدأ ألم موت غدي) لاستعادة أملاكه القديمة، وإعادة خِرافه الضالّة إلى حظائرها؟ كيف أسلِّم نفسي إليه كشاة تُساق إلى الذبح؟

وكيف لا أسلِّم نفسي وأترك تلك الفتاة المسكينة تساق إلى الذبح مكاني.

هل كان هو فعلًا من دبَّر تلك المؤامرة كلَّها ليساومني ويُذِلّني، أم أنَّه استغلّ الوضع لينفّذ تهديده بجعلي أندم؟ صرت الآن أشكّ في كلّ شيء وأصدّق أيّ شيء. ذلك الرجل الذي كان زوجي، هو الآن شخص يمكن أن يفعل أيّ شيء، وكلّ شيء.

كان بوريس مصرًّا على منعي من السَّفر:

- أنت في أمان هنا، فلماذا تُلقين بنفسك في الخطر؟

- لست مخيَّرة في ذلك، يا بوريس: حرِّيَّة إنسانة بريئة، أو ربَّما حياتها في يدي.

- ليس هذا إلَّا فخًّا، صدِّقيني. سيُطلقونها إذا كانت بريئة في حال ذهبتِ أم بقيتِ.

- أنت لا تعرف شيئًا يا بوريس. لو كانوا سيُطلقونها بهذه البساطة لما اعتقلوها من الأساس. هناك ثمن يجب أن يتمّ تسديده.

- ولماذا تسدِّدينه أنت؟

- لا أحد غيري يستطيع ذلك!

- لن أسمح لك بالذهاب.

- اسمعني، بوريس. أنا لست دائمًا غبيَّة. سأعرف كيف أُنهي الموضوع بيني وبين نبيل بمجرَّد أن أطمئنّ إلى أنَّ الفتاة عادت إلى منزلها. أنا أدرك أنَّه يريد أن يُذِلّني قليلًا لينتقم من قسوتي الأخيرة، فليكن. سأكون دبلوماسيَّة معه. سنجلس وسنتحدَّث. وأنا واثقة بأنَّنا لن نُنهي الحديث ونحن عدوَّان. أنا أعرف كيف أتعامل مع هذا الرجل.

قلت ذلك لبوريس لأهدِّئ روعه، لكنَّني كنت أكذب في كلّ كلمة قلتها. كنت في الحقيقة أتمنَّى أن يكون الوضع هكذا. لكن، في ضوء التَّغيُّرات الكبيرة التي حدثت في شخصيَّة نبيل مؤخَّرًا، صرت واثقة بأمر واحد فقط: أنا لم أعد أعرف ذلك الرجل، ولا أعرف كيف أتعامل معه.

حضَّرت حقيبة صغيرة أنزلها لي بوريس ووضعها في صندوق سيَّارة التاكسي التي طلبتها لتوصلني إلى المطار. أصرّ على مرافقتي إلى باريس من دون أن يترك لي مجالًا للاعتراض، وأنا لم أكن جدِّيَّة في الاعتراض. كنت أحبّ أن يبقى معي أطولَ فترة ممكنة، لأنَّني لم أكن واثقة بعودتي لرؤيته ثانيةً.

قبل أن أغادر شقَّتي، بهدوء المتوجِّه إلى تنفيذ حكم إعدامه، وانصياعه، فكَّرت في أرشيف غدي الثمين، من صُوَر فوتوغرافيَّة وأفلام وثائقيَّة لم يكتمل إنجازها. وجدتني متشوِّقة إلى نبشه والتَّفرُّج عليه من جديد، ولكن ليس وحدي، بل مع كلّ الكرة الأرضيَّة. تذكَّرت كلمات أمل القديمة التي تخلَّت عنها مرغَمة تحت التهديد: «إن لم نحكِ ونكتب عن هذا الآن، فلماذا اختُرعت الكلمات إذًا، ولماذا اختُرعت الكتابة؟». وفكَّرت: «إن لم تُعرَض هذه المشاهد الآن، فلماذا اختُرع التَّصوير إذًا، ولماذا اختُرعت الأفلام؟ ولماذا كان غدي؟»

أرسلت كلّ شيء إلى بوريس عبر رسائل إلكترونيَّة، وأرفقت إليه معها كلمةَ المرور إلى صفحة الفيسبوك خاصَّتي، تحسُّبًا للمفاجآت المتوقَّعة.

بعد نصف ساعة من تحرُّك التاكسي، جاءني ذلك الاتِّصال الذي حرَّرني من المِصْيَدة التي عَلِقْتُ بها، ولكن بقسوة اقتلعت قلبي من صدري، وأعادت جثَّة غدي بدمها الطازج لتتمدَّد بين ذراعَيّ من جديد.

«ست ندى»، قال صوت ضعيف مكسور.

- أبو صالح؟؟ لعلَّه خير، أنا في طريقي إليكم. سنطلق سراحها اليوم.

- لا داعي، شكرًا لك، لقد أُطلق سراحها وانتهى الأمر.

- ماذا حدث؟؟ أبو صالح، تكلَّم.

- لقد ماتت.

- ماذا؟؟؟؟

أجهش بالبكاء، ففعلت مثله، حتَّى قال:

- ذلك الشَّبّيح على الحاجز، وصلته معلومات من قريبه الضابط، تفيد بأنَّها ماتت بعد ساعتين من اعتقالها. لم يتحمَّل قلبها ذلك الفزع الرَّهيب. ماتت، وأُودعت الثلاجة. ولم يُبلغنا أحد حتَّى الآن كيف سنستلم الجثمان.

ـ ولكن، هل أنت متأكِّد؟

ـ للأسف نعم. لقد... لقد أتاني بصورة لجثَّتها في الثلّاجة... وبساعة يدها.

هل أعزِّيه، أم أعتذر منه؟ أم أُنهي المكالمة وأهرب من وجه ألمه الكبير، وعجزي وخجلي الكبيرين!! «شهيدة» جديدة أطاحتها طواحين الهواء التي عزمت على محاربتها. جان دارك أخرى وليست أخيرة تُحرَق على مذبح الوطن، وتقدَّم قرباناً إلى آلهة بشعة ليس لجشعها حدود. وغداً سيكتب أبوها تحت صورتها: «فداك يا وطن... أملُ وألفُ أمل».

هل كان نبيل يعرف ليلة الأمس أنَّها ميِّتة عندما كان يساومني على حرِّيَّتها بدم بارد؟

فكَّرت في أن أتَّصل به لأفهم، لكنَّ الغثيان تملَّكني وأنا أتخيَّله يساومني على الجثمان، وأفكِّر في الكلمات التي من الممكن أن يتلفَّظ بها، وباللَّهجة الجديدة التي صار يحدِّثني بها.

«هذا شيء عاديّ، عليّ أن أنشر أشياء كهذه بحكم منصبي بين الحين والآخر». هل تُراه سيقول لي اليوم أيضاً: «هذا شيء عاديّ. أخطاء فرديَّة كهذه تحدث بين الحين والآخر»؟!!

ازداد غثياني وأنا أستعيد كلماته، «لا تدقِّقي...»، «لكنْ، ثمَّة شرط...»، «عودي يا حبيبتي... إلى حضن الوطن».

عدت إلى بيتي مع بوريس، مُرهَقةً ومحطَّمة، كأنَّني كنت في مشوار بعيد. أصابني الدُّوار حالما أغلقت الباب خلفي ولم تحملني قدماي أكثر، فحملني بوريس قبل أن أسقط أرضاً ومدَّدني في سريري. ورحت في سُبات محموم نغَّصته كلمةٌ لم يُشفَ غليلها بعد، ولا أعرف كيف ومتى سأتخلَّص منها: «ستندمين»!

الموسم الأزرق

-1-

فبرغم جميع حرائقه...

وبرغم جميع سوابقه...

وبرغم الحزن السَّاكن فينا ليلَ نهار...

وبرغم الرِّيح... وبرغم الجوِّ الماطر والإعصار...

الحبُّ سيبقى يا ولدي: أحلى الأقدار.

مرّ وقت طويل من دون أن أسمع لهما صوتًا من حيث كانا يلعبان في الغرفة المجاورة. غدي وصديقه فؤاد. سألت نفسي: ما تُراهما يفعلان؟ أسكتُّ صوت عبد الحليم الذي كان يغني نزار قباني وأصغيت، فلم ألتقط إلَّا سكونًا مُريبًا! انتابني القلق، فتركت «التاب» من يدي، وقمت لأتفقَّدهما.

عندما فتحت باب الغرفة، لفحتني نسمة هواء عَطِرة ولطيفة، كانت هي وحدها تلعب في الغرفة الفارغة.

- غدي... فؤاد! أين أنتما؟

أذهلتني المفاجأة، وفكَّرت في أنَّهما ربَّما اختَبآ في مكان ما لإخافتي أو مداعبتي. بحثت عنهما تحت السَّرير، وفي الخزانة، وخلف السّتار الذي

كان نصفه الآخر مرفوعًا، مفسحًا المجال للنافذة المفتوحة خلفه، لتُدخِلَ إلى الغرفة ما شاء أن يدخل من أشعَّة شمس دافئة أو نسائم رقيقة.

ـ غدي... يا غدي... أين أنت؟

كان ندائي من دون جدوى مثل بحثي. داهمني خوف يعصر القلب، وتوجَّهت نحو النَّافذة المفتوحة على غير العادة، وأنا أتساءل إن كانا قد قفزا منها، أو طارا، أو سقطا!

أرسلت نظري إلى المدينة الجريحة التي شوَّهها الحزن والقهر، فبدت لي في هذه الظهيرة كأمٍّ ثُكلت بأحد أبنائها، ففقدت شهيَّتها للحياة وأهملت بقيَّة الأبناء.

زُرقة السَّماء كانت ملطَّخة بسُحُب من دخان أسود كثيف هنا وهناك، بينما انفرد صوت القذائف مدوِّيًا في الأجواء، إذ لم يعد هناك من عصافير لتزقزق.

أين ذهب الصّبِيّان؟ نظرت إلى الشارع أسفل النافذة. كان كلّ شيء هادئًا، بما فيه الحاجز المتمركز هناك، يحرسه اثنان من الشَّبّيحة الملتحين مفتولي العضلات، يدخِّنان ويعانق كلّ منهما كلاشينكوفه بحرص وحنان.

أين ذهب الصّبِيّان؟ هل طارا في السماء؟ هل تبخّرا في الهواء؟ هل خُطفا؟ ولكن، من أين هبط الخاطفون، وكيف خرجوا بهما؟

ماذا سأقول لسوسن إن سألتني عن ابنها؟ هل أقول لها إنَّه ذاب مع ابني، في فضاء غرفة مُغْلَقة كان يفصلني عنها باب وممرّ صغير؟! هل أقول لها إنَّ صوته الملعلع سكت فجأة وتلاشى في سكون لا يشوبه إلَّا أزيز رصاص؟ ماذا سأقول لسوسن؟

خرجت أبحث في بقيَّة غرف المنزل، لا أثر لهما. نزلت من البيت، ودُرتُ حول المبنى راكضةً كالمجنونة وأنا أصيح. لا أثر لهما. لقد ضاع الولدان.

لم أعد أعرف ماذا سأفعل. عدت إلى البيت قائلة لنفسي إنَّهما حتمًا سيعودان.

عندما صعدت الطوابق الثلاثة إلى شقَّتي، انتبهت، وأنا ألهث من التعب، إلى أنِّي تركت بابها مفتوحًا عندما نزلت مهرولة كمن أصابها مسّ. دخلت وأغلقت الباب خلفي، فوجدته جالسًا هناك، وأمامه على الطاولة باقة عجيبة من أزهار عبّاد الشمس، ولكن بلون أزرق!

- من أنت؟

- اسمي خوان كارلوس، أحمل إليك باقة من الزهر، ورسالةً من غدي.

- أين هو غدي؟ أخبرني؟ أين ذهب؟ أين أجده؟

- لماذا تبحثين عن الحيِّ بين الأموات؟

- أين أبحث عنه، إذًا؟

- لا تفعلي. هو سيعرف كيف يجد طريقه إليك!

- ماذا يعني هذا؟

مدّ يده بالرِّسالة التي كان يحملها، فاختطفتها بلهفة، وأنا أشعر بأنَّ رأسي يكاد ينفجر! وأتساءل متى ستعوي الذئاب لتوقظني من هذا الكابوس.

وقبل أن أفتحها، حانت منِّي التفاتة نحو باقة الزهور. كانت رائعة الجمال، بالغةَ الغرابة والفرادة بلونها الأزرق العجيب، وشذاها النادر.

أمّي العزيزة:

قطفت لك هذه الأزهار من المكان الذي أنا موجود فيه الآن. عبّاد الشمس هنا ليس أصفر فقط، بل يمكنك أن تشاهدي منه أزهارًا من مختلف

الألوان. وقد اخترت لك الأزرق لأنّه يذكّرني بحكاية قديمة كانت تحكيها جدّتي، وكنت تبكين كلّما سمعتِها! هل تذكرين؟

هذه الأزهار لا تدور مع الشمس، وهي في حقولها الملوّنة تتطلّع كلٌّ منها إلى اتّجاه. هي حرّة ومَرِحة، ترقص مع نسائم الهواء، وتغنّي عندما يحلّ المساء. لها صوت جميل، كما تتميّز بشذاها السّاحر الذي يختلف من واحدة إلى أخرى.

اعتني بأزهارك جيّدًا يا أمّي الحبيبة، ستسلّيك بموسيقاها وتنعش قلبك بعبيرها. قالوا لي هنا إنّها كي تعيش تحتاج إلى قليل من الماء، وإلى كثير من الحبّ! حبّ الذات الحقيقيّة وحبّ الآخر. حبّ قضية أو رؤيا أو طريق، وحبّ الحياة. وعندما سألتهم كيف ستشعر هذه الزهرة بالحبّ، أجابوني بأنّها تستطيع أن تتنفّسه في الهواء في عمليّة تشبه ظاهرة التركيب الضوئيّ، إذ تستعيض به عن الطاقة الشّمسيّة، فتمتصّه من الجوّ وتتغذّى به وتطرح بعدها الأوكسيجين ليتنفّسه الجميع.

تنفّسي يا حبيبتي أوكسيجين زهراتك الزرقاء وأَنعِشي رئتيك، وعودي إلى الحياة من جديد، فالموت لا يليق بك. اكتشفي حياتك أنت، فحياة الآخرين لا تليق بك.

وأمّا عنّي، فكما قال لك خوان كارلوس: «لا تبحثي عن الحيّ بين الأموات»، لقد اخترت قَدَري بنفسي فكان أحلى الأقدار. لا تبحثي عنّي يا أمّي، بل عيشيني. أنا غدك. أنا أنت. أنا موسمك الأزرق.

• ملاحظة: جرّبي أن تنثري بعضًا من بذور هذه الأزهار في تراب حديقتنا، ولكن ليس الآن، فهو مشبَع بالدماء. وهكذا، فقد تزهر أزهارًا ميّتة. عليك أن تقلّبيه قليلًا، لينفذ النور إلى أعماقه الرّطبة، قبل أن تلقي بالبذور، التي قد تزهر يومًا ما موسمًا جديدًا... لعلّ وعسى!

- 2 -

مع حلول تشرين الأوَّل، بدأت تباشير الشتاء تعلن عن نفسها بقوَّة في ميتز؛ هذه المدينة التي تقع شمال شرق فرنسا. لفحتني أُولى النَّسمات الباردة هذا الموسم عندما خرجت من النايت كلوب برفقة بوريس وقد أعياني النُّعاس والتعب في إثر سهرة هذا السبت.

- تشعرين بالبرد؟

- نعم، قليلًا.

- لنستقلَّ سيَّارة تاكسي، إذًا!

- لا، لا داعي لذلك. أريد أن أستنشق هواء اللَّيل لعلّه يخفِّف قليلًا صداعي.

- لديك صُداع؟

- ليس صُداعًا جِدِّيًا. بسبب الضجَّة والمشروب والتَّعب، أحتاج إلى قليل من الهواء النَّقيّ، ثمَّ إلى قسط طيِّب من النوم.

- النوم؟ هل أنت متأكِّدة؟

ضحكت وأجبته:

ـ متأكّدة تمامًا. النوم، ولا شيء سوى النوم.

ضمّني بذراعيه وقبّل جبيني، قائلًا:

ـ حسنًا يا أميرتي: النوم، ولا شيء سوى النوم.

لم أغفل عن امتعاضه الذي حاول إخفاءه مرّتين، الآن، وقبل دقائق حين طلبت منه الانصراف. كان يبدو مستمتعًا جدًّا، متفجّر الحيويّة والطاقة، وبدا لي أنّه يمكن أن يبقى بذلك النّشاط نفسه حتّى الصّباح! «هذا وقته»، قلت لنفسي، «إن لم يسهر ويرقص في هذا العمر، فمتى سيفعل ؟!». حاولت أن أتجاهل تعبي فترةً من الوقت كي لا أُفسد سهرته، لكن مقاومتي انهارت في نحو الثالثة، فسألته الانصراف وأنا أشعر فعلًا بالأسف الشديد من أجله.

كان المكان يعجّ بأناس من مختلف الأعمار، أقنعت نفسي بداية بذلك، لكنّني ما لبثت أن اعترفت بأنّ أكثر من أغلبيّة الموجودين كانوا من الشباب، وذلك عندما انصرفت الأقليّة الأكبر سنًّا عند نحو الواحدة فجرًا، تمامًا عندما بدأ التعب ينال منّي، وعندما بدأت أتوق في سرّي إلى الخلود إلى الفراش.

عندما توقّفت عن الرّقص وجلست مستسلمة، جلس بوريس إلى جانبي وضمّني بذراعه، لكنّ نظره وقلبه بقيا معلّقين في الحلبة، حيث ترقص الفتيات الصغيرات الجميلات، في مرح ونشاط، بتنانيرهنّ القصيرة وقمصانهنّ الشفّافة والضيّقة والتي تُظهر نهودهنّ الصغيرة والمشدودة والصُّلبة والمشرئبّة إلى الأعلى.

بوريس، الشابّ الجميل الفائق الجاذبيّة، كان محطّ أنظار الفتيات في كلّ مكان. وكنت قد ضبَطته أكثر من مرّة يحدّق بشغف إلى نساء جميلات هنا وهناك. لم أعوّل على الموضوع لأنّني أعرف أنّ كلّ الرجال يفعلون ذلك

غريزيًّا، لكنَّني كنت كلَّ مرَّة أختلي فيها بمرآتي أقارن لاشعوريًّا بيني وبين أولئك النِّساء الشَّابّات، ولم تكن المقارنة ولا مرَّة في مصلحتي.

ما عدا تلك النَّظرات، كان بوريس يبدو عاشقًا وسعيدًا وراضيًا، ولكن أنا كنت قد بدأت أتعب.

«ألم تسمعي منه أو عنه شيئًا مؤخَّرًا؟» سألني فجأة، وعرفت أنَّه يقصد نبيلًا.

ـ لا، لكنَّني أترقَّب خطوته التالية. أعرف أنَّه جهاد لن ينتهي!

ـ لن ينال منك. أنت امرأة قوِيَّة.

ـ نعم، لست مخيَّرة في أن أكون غير ذلك. عسى ألَّا يكلِّف الأمر مزيدًا من الضحايا.

قبَّل رأسي وضغط على ذراعي مشجِّعًا، ثمَّ سأل:

ـ وَأَلَمْ تصلك أخبار عن إيڤا؟

ـ لا، لم يصل شيء بعد. ولا أظنّ أنَّه قد يصل.

عملت إيڤا بنصيحتي، التي أظنّ أنَّها عاشت سنوات في انتظارها لتنفيذ ما لم تستطع تنفيذه من دون تحريض. لقد أدْرَكْتُ أنَّ سعيها لتقصّ عليّ قصَّتها كان الهدف منه إيصال الرِّسالة التي لم تكن تعرف كيف توصلها وهي مكبَّلة الرُّوح بسلاسل الماضي الثقيلة.

كانت تشكّ في مصير خوان كارلوس، وكان يعذِّبها هذا الشكّ. لم تعرف ما الذي فعله بابلو به، حتَّى جئت أنا وأكَّدت لها أنَّه حيّ ومعافًى وعلى أحسن ما يكون، فارتاح قلبها إذ زالت اللَّعنة عنه، وتأهَّبت روحها للطَّيران.

استأذَنَتْ إيڤا من روزيت بعد يومين من حوارنا ذاك، ودخَلَتْ غرفة مارتا، وبقيتْ فيها لأكثر من أربع وعشرين ساعة.

عندما دخلت المشرفة الغرفة في الصَّباح التالي لإعطاء مارتا أدويتها وفطورها، وجدت التوأمين نائمتين في سرير واحد، محتضنة إحداهما الأخرى.

أيقظت إيڤا، لكنَّها لم تستطع إيقاظ مارتا، لأنَّها كانت قد ماتت بسلام في حضن أختها في إثر سكتة قلبيَّة مفاجئة. تحرَّرت روحها أخيرًا وقطعت ما تبقَّى من الحبل السرِّيّ الواهي الذي كان يربطها بذلك الجسد المتهالك، وحلَّقت بعيدًا عنه.

بعد يومين من دفنها، اختفت إيڤا! هربت من المركز في غفلة من المشرفين عند انبلاج الصباح، من دون أن تترك خلفها أثرًا، ومن دون أن تأخذ معها إلَّا قليلًا من النقود، وعلبة سجائر.

- لا تقلقي عليها. ستعرف كيف تجد طريقها!

قلتُ لروزيت، فسألتني إن كنت أعرف شيئًا، فحكيت لها عن طفل مارتا الذي تأكَّدت بنفسي من وجوده حيًّا في إسبانيا، وسألتها بدروي: مَن الذي طلب من الإدارة إخفاء ملفَّات التوأمين؟ فقالت إنَّ إيڤا فعلت هذا في عقب ولادة مارتا، ووقَّعت على الطلب أوَّلًا، ثمَّ جاءت بتوقيع أختها حالما استيقظت من الغيبوبة التي دخلتها في إثر وضعها الطفلَ.

عرفتُ أنَّ إيڤا فعلت ذلك بتحريض من بابلو لقطع كلّ الخيوط التي يمكن أن تكشف حقيقة ما حدث.

- وما الذي ذُكِرَ في تقرير المشفى عن موت الطفل؟

- مكتوب في التقرير، بحسب ما أذكر، أنَّ الطفل وُلد بوزن منخفض نسبةً إلى عمره بسبب إدمان والدته على الهيرويين، الأمر الذي أدَّى إلى ضعف في جهازه التنفُّسيّ تسبَّب بموته.

ـ وهل كان ذلك مقنعًا لإدارة المركز؟

سألتها من دون أن أفصح عن اعترافات إيڤا.

ـ لا أعرف إجابة عن هذا السُّؤال يا عزيزتي، فقد استلمتُ إدارة هذا المركز منذ ستّ سنوات، وحادثة الولادة تلك حدثت منذ خمسة عشر عامًا. أنا لا أعرف أكثر ممَّا قرأته في التقارير، ولم يكن لديَّ سببٌ لأشكِّك فيها.

ـ أفهمك، روزيت.

«وحده بابلو يعرف ما حدث»، قلت في نفسي، وأضفت: «وأيضًا، القائمون على إدارة المركز في ذلك الوقت، والمشفى الذي حدثت فيه الولادة». ليس من المستحيل القيام برحلة جديدة للبحث عنهم، لفضح جريمتهم بعد مواجهتهم بما خبَّأوه وأغفلوه. ولكن، ما الفائدة من فعل هذا! لقد فعلوا كلّ ذلك للإيهام بأنَّ الطفل وُلد ضعيفًا، ثمَّ مات لأنَّه لا يستحقّ الحياة ولا يقوى عليها، وأنَّ لا أمل لمارتا بأيِّ غد أو مستقبل جديد خارج سلطة بابلو. بينما اليوم، الجميع صار يعرف أنَّ الطفل حيّ، وأنَّ الغد، وإن غيَّر اسمه، فهو موجود، وأنَّ المستقبل الذي اشترته مارتا بعمرها، قادمٌ لا محالة.

وصلنا إلى بيتي. حاول بوريس الصعود معي، لكنَّني ذكَّرته:

ـ متعَبة جدًّا، وأريد أن أنام.

نظر إليّ بقلق قارئًا ما يعتمل في داخلي، وسألني أخيرًا:

ـ هل أنت بخير؟ أو: هل نحن بخير؟

جرفني حنان كبير، إذ غمرتني زُرقة عينيه القَلِقتين، إذ جسَّدتْ موسمي الأزرق، الذي قطفته راضية حتَّى آخر حبَّة، وأَنْعَشْتُ روحي المريضة برحيق الحياة الذي كانت تنضح به ثماره. مسحت خدَّه برفق بطرف إصبعي وقلت:

ـ ما يهمُّني فعلًا أن تكون أنت بخير.

ـ ماذا يعني هذا؟

ـ عزيزي بوريس، ليس الآن، في الغد علينا أن نتحدَّث. في الغد.

ـ ما أصعب انتظار الغد!

قبّلني على خدّي، فدخلت المبنى وأغلقت البوّابة خلفي بعد أن شيَّعته بابتسامة عاشقة، وقلت لشبحه الذي راح يبتعد خلف الزجاج المغشّى:

ـ صدقت، يا عزيزي: ما أصعب انتظار الغد. لكن الأصعب ألَّا يكون هناك غدٌ لانتظاره.

صعدت الدَّرجات القليلة إلى شقَّتي وأنا أترنَّح. لقد شربت أكثر من المعتاد هذه اللَّيلة. أَوْلَجْتُ بصعوبة المفتاح في القُفل وأدرته، وانسللتُ مباشرة إلى فراشي، وقد غلبني النوم.

رنَّ الأنترفون جارحًا سكونَ اللَّيل، رنَّةً قصيرة، وحادَّة.

هل عاد بوريس؟ تساءلت وأنا أرفع رأسي عن المخدّة، ثمَّ سحبت نَفْسي نحو الباب. رفعت السماعة وأصختُ السَّمْع، فجاءني صوت آخر، يقول بالعربيَّة:

ـ افتحي ندى، هذا أنا.

ـ نبيل؟

ـ مفاجأة؟؟؟

ـ أبدًا، ليست كذلك. كنت أنتظرك، بين لحظة وأخرى!